TOUS COMPLICES !

TOUS COMPLICES !

BENOIT MARCHISIO

EQUINOX

les arènes

à ACQ

« There's no vestige of a beginning, no prospect of an end
When we all disintegrate it'll all happen again
If you came to conquer you'll be king for a day
But you too will deteriorate and quickly fade away »

Bad Religion, « No control » – *No control*,
Epitaph Records (1989)

HIVER

1

Il manque un sujet.

Autour d'une table en bois aggloméré, un essaim de pigistes *brainstorme*. Une demi-heure plus tôt, Paul Parsène, le journaliste-présentateur vedette de la tranche 22 heures-minuit, a quitté la pièce en claquant la porte.

Ce soir, les perturbations dans les transports ferroviaires dues à l'épisode neigeux que subit le pays doivent introduire les cent vingt minutes que dure son émission, « Débats », carrefour d'audience stratégique pour l'Antenne, la chaîne d'information continue leader sur le marché français de la *hard news*. Puis Parsène doit enchaîner sur l'anniversaire des occupations de facultés, les derniers chiffres du chômage et les idées-cadeaux geeks de dernière minute proposées par la rédaction – un sujet plus léger à l'approche de Noël.

Ça coulait bien. Au début de la conférence de rédaction,

devant le conducteur[1] de l'émission, Parsène semblait enthousiaste.

Il lui fallait un dernier thème. Cinq débats, c'est le bon rythme. En deux heures, ça fait un peu plus de vingt minutes par sujet. Suffisant pour échanger sans ennuyer les téléspectateurs.

Paul, contre l'avis de Jean, son rédacteur en chef, a refusé d'inclure dans son sommaire la crise qui secoue l'Inde, où l'obtention de la nationalité serait bientôt assujettie à la pratique d'une religion plutôt qu'une autre.

– C'est trop loin, la moitié du public ne sait même pas placer Bombay sur une carte, a-t-il lancé. Trouve autre chose. Un truc qui se passe en France, ça emmerde tout le monde, l'inter'. Et vite.

Jean a pris note.

D'autres idées ont fusé. Agacé par le manque d'originalité des propositions de sa rédaction pour combler le sommaire de l'émission du 21 décembre, Parsène a brusquement quitté la réunion, abandonnant le réd' chef et ses pigistes aux retombées de sa colère froide.

Le direct commence dans moins de deux heures.

Et ils n'ont toujours rien.

Les performances exceptionnelles de « Débats » octroient à Paul Parsène un pouvoir total sur le sommaire de son *talk-show* – réduisant Jean au simple rôle de passe-plat. Ses avis tranchés et péremptoires affligent ses collègues et paralysent les actionnaires, perfusés aux recettes publicitaires exponentielles que leur offre le présentateur. Conscient de son

1. Le conducteur est un document minuté qui résume le déroulé d'une émission.

aura, Parsène agit comme un adolescent impoli. En conférence, il cajole, rejette, influe puis impose. Une fois satisfait des idées proposées – les siennes, souvent –, il s'en empare, choisit l'angle qu'il sait pertinent pour « son public », et les balance à ses trois chroniqueurs, trop contents de s'écharper en direct sur les sujets du moment.

Jean frissonne. Le froid qui tétanise Paris transperce le double vitrage de l'immeuble de l'Antenne, jadis sous-station électrique, aujourd'hui réhabilitée en QG surprotégé de l'info.

Depuis leur arrivée avenue Parmentier, au cœur du 11e arrondissement de la capitale, Paul est de plus en plus difficile. Malheureux d'affronter au quotidien ces bobos béats – tant dans la rue que dans les conférences de rédaction peuplées de types mal rasés et de filles tatouées – qu'il conspue à longueur d'émission, il a décidé de passer la vitesse supérieure et de prendre, à chaque fois, le contre-pied de la bien-pensance supposée des riverains de l'Antenne. Si elle n'est jamais à l'abri des excès, la formule est efficace. L'Antenne domine largement ses concurrentes directes sur le marché de la télévision linéaire comme sur celui de la consommation *online* de contenus. Au-delà des scores honorables de *catch-up* de « Débats » et du nombre élevé de visiteurs uniques sur l'application de la chaîne, les débats de Parsène prennent régulièrement la tête de la TT[1] France.

Rien ne peut lui faire plus plaisir.

Depuis leur débarquement sur l'agora nationale, Paul est obsédé par les réseaux sociaux. Sans cesse arrimé à son

1. La TT, ou *trending topics* pour « sujets tendance », classe, parfois par pays, les thèmes les plus débattus sur le réseau social Twitter, souvent orthographié comme des mots-dièse, par exemple : #débats.

arsenal connecté – une Apple Watch 5, un iPad Pro et un iPhone 11 Pro Max – il vérifie, parfois en direct, si le *hashtag* #débats figure bien parmi les tendances. C'est devenu un objectif en soi, presque une obsession.

Jean le sait : Paul sélectionne les sujets les plus polémiques pour s'assurer de remuer, chaque soir, son marigot numérique infesté d'anonymes aux idées arrêtées et à la gâchette facile. Alors évidemment, l'Inde, ça ne colle pas. Il lui faut du local et du concret.

Pour l'instant, ni lui ni ses pigistes n'ont encore rien trouvé.

Dehors, les terrasses chauffées et abritées se remplissent malgré des températures négatives. Des éclats de rire montent jusqu'au septième étage de l'Antenne, éclairé par les décorations de Noël qui illuminent l'avenue. Rassasié par la vue, le rédacteur en chef s'en retourne à son armée, occupée à réfléchir à ce qui pourra bien satisfaire leur grand sachem. Une belle autocensure, rit Jean. Un cas d'école.

Il expire bruyamment. La cinquantaine déboutonnée trop bas, un CV long comme le bras et une certaine expérience du direct, Jean est un vieux routier de l'info. Lassé des reportages aux quatre coins de la planète qui lui ont coûté une pension alimentaire et la plupart de ses amis, il s'est décidé à « prendre un poste » le lendemain de ses trente-cinq ans, lorsque les chaînes d'information en continu ont débarqué dans le paysage audiovisuel gratuit, une quinzaine d'années plus tôt. Parmi les premiers journalistes à avoir rejoint l'Antenne, il en a gravi les échelons jusqu'au CDI de rédacteur en chef, graal du journalisme télévisuel contemporain gangrené par la précarité et les contrats courts.

Lorsque Jean a rejoint l'équipe de « Débats », émission

aussi vieille que l'Antenne, Paul Parsène n'était qu'un jeune plumitif timide ; c'était son premier job en télé. Il l'a vu gagner en assurance, prendre le virage du numérique avant tous les autres et dévorer la concurrence – Jean compris – pour le poste de présentateur, une fois viré son prédécesseur pour de sombres histoires de fausses informations. Autres mœurs. Désormais, Jean n'est que le sous-fifre d'un gourou hyperconnecté qui voit l'info comme une matière première malléable prête à servir à des téléspectateurs impatients et sursollicités. D'abord méfiant, Jean a finalement pris le pli.

Il est incapable de se souvenir du jour exact où il a baissé les bras, où il a renoncé à croiser le fer contre sa direction pour régulariser les équipes ou avoir son mot à dire sur le conducteur du prochain numéro. C'est venu comme ça, presque sournoisement. Un beau matin, lassé de faire face à un mur, il s'est résigné à ne plus remettre en cause les choix éditoriaux et économiques de Parsène et, par conséquent, des actionnaires.

Ces derniers avaient des arguments. Au lancement de l'Antenne, ils avaient débauché Jean à prix d'or pour s'acheter une crédibilité. Un nommé au prix Albert-Londres, envoyé spécial à Bagdad au plus fort de la seconde guerre du Golfe, ça en jette, dans l'organigramme d'une chaîne de télévision encore jeune et fragile. Lorsque Parsène et ses méthodes ont commencé à prendre leur envol, ils ont acheté le professionnalisme de Jean en deux augmentations bien senties, s'assurant ainsi qu'il ne titille plus l'éthique professionnelle de leur bourrin favori.

Depuis, le rédacteur en chef s'est empâté et assiste, passif, à la cannibalisation du débat public par des types comme Parsène. Le pire, c'est qu'il s'en fout. C'est toujours mieux que le chômage. Il en connaît, des anciennes gloires, des bonnes plumes, des cadors, lourdés dans le cadre de plans de départs volontaires ou de la fermeture de leur canard. La réalité du marché du travail pour un type de son âge l'a frappé quand il a récupéré un portable pro reconditionné. Un collègue l'a prévenu que le message d'accueil de son répondeur n'était pas de lui, qu'il devrait le changer. Par curiosité, Jean a écouté la voix du précédent propriétaire de son smartphone. C'était celle d'un reporter dont il connaît parfaitement le pedigree, un bon professionnel, un peu porté sur le whisky, parti avec une charrette deux ans plus tôt. Il n'a plus jamais bossé. Hors de question d'être de ceux-là.

Ni de finir comme ces jeunes diplômés, là, devant lui. Ils enchaînent les piges précaires sans garantie d'être titularisés, dans une chaîne, un mag' ou une radio. Recommencer depuis le début à cinquante ans passés, très peu pour Jean. Tant pis pour l'amertume de la potion qu'on lui sert.

Il se console en se disant que la télévision est un média contrôlable. Que ceux qui n'aiment pas ce que leur sert l'Antenne zappent ou éteignent leur poste. Personne ne les oblige à regarder.

C'est ce que lui dit tout le temps Paul.

Jean est convaincu qu'il a raison.

– La police a arrêté des livreurs à vélo à Reims. Les mecs bossaient avec de faux comptes.

Le rédacteur en chef lève le nez.

– Apparemment, y aurait un business de location de comptes entre livreurs. À Paris, mais en province aussi.

– C'est-à-dire ? réagit Jean.

– D'après ce que je lis, ceux qui possèdent un compte louent leurs identifiants à ceux qui n'en ont pas. Ils leur donnent ainsi accès à la plateforme de livraison et les mecs qui n'avaient pas ces identifiants peuvent livrer à leur tour. Les loueurs, appelons-les comme ça, récupèrent le prix des courses et font des virements aux locataires. Une partie seulement de la recette du jour, ou du soir. Genre 50 %.

Elle, c'est une tueuse.

Yass, pas plus de vingt-cinq ans à vue de nez. Bosseuse, sérieuse, pleine de bonnes idées. Elle, oui, il pourrait se battre pour elle. Ou il aurait pu.

Jean agrippe son Samsung S10 qui traîne, écran retourné, sur la table de réunion. Il ouvre WhatsApp et décoche un SMS court pour Paul, lui pitchant rapidement l'idée de Yass. Quelques secondes plus tard, il a le feu vert pour creuser le sujet.

– Fais-moi un feuillet, Yass, je l'apporte à Paul.

En cinq minutes, elle lui pond un brief précis sur le système de location de comptes, paraphrasant, faute de temps, brèves et tweets glanés sur le sujet. La feuille sortie de l'imprimante, Jean traverse le septième étage jusqu'au studio où « Débats » est capté tous les soirs. C'est Paul qui a insisté pour que son plateau soit au cœur de la rédaction. À l'image, c'est vrai, ça rend bien : on voit les journalistes bosser derrière, jusque tard. Ça donne l'impression que l'info ne s'arrête jamais.

Parsène n'est pas là. 21 h 22. Jean shoote des textos pour retrouver sa trace. Un SMS lui indique qu'il est en régie.

L'ascenseur de verre conduit Jean au premier sous-sol. Là, il suit un dédale de câbles qui le mène jusqu'au centre névralgique de l'émission. Dans un petit local, un réalisateur et ses assistants, une scripte et un truqueur s'affairent devant un mur d'écrans et une console surchargée de boutons et de manettes. C'est ici qu'on réalise « Débats » en même temps qu'on l'envoie sur les réseaux hertzien, satellitaire et filaire qui, ensuite, tous les soirs, en direct de 22 heures à minuit, arrosent la France de la bonne parole *made in* Parsène.

Paul est droit derrière son réal'. Il le briefe sur les angles, le prévient qu'« elle a pris du poids, alors fais gaffe à pas la prendre de trop bas ». Lorsqu'il voit Jean, son visage s'illumine.

– Alors, ces livreurs ?

– C'est pas mal. Ça peut exciter tes potes, là. Y a tout, dans ce sujet.

– Montre.

Paul s'empare du feuillet de Yass.

– C'est parfait, ça ! Ça fera l'affaire. Et puis ça évitera le marronnier des SDF.

– OK.

– Donne ton document au prompteur, elle saura quoi faire.

Le présentateur tourne le dos au rédacteur en chef. Jean s'apprête à quitter la régie.

Il ne devrait pas, mais il va lui dire tout de même. Il se retourne.

– Au fait, Paul...

– Quoi ?

– C'est Mumbai.

– De quoi tu me parles ?

– On dit Mumbai, maintenant. On dit plus Bombay.

– Et ?

– Rien. Je m'occupe de ça, conclut Jean en agitant la feuille.

Il quitte les lieux. Sur son chemin, il croise les trois

chroniqueurs de « Débats » : un député de la majorité, Rémi Lemoine, une cheffe d'entreprise, Ella Julian, et un expert en communication, Léon Swierczeski. Ils lui lancent un signe de tête auquel Jean ne répond pas.

Un sujet de plus traité à la va-vite sans contradicteur. Ces mecs-là sont toujours d'accord. Il connaît leur pedigree : des libéraux farouches aux idées arrêtées sur tout et un peu plus que tout. Forcément, l'un d'entre eux va balancer une énormité, ça va buzzer en ligne, puis ils passeront à autre chose.

Twitter passera à autre chose.

Le pays passera à autre chose.

Et tout recommencera.

Jean traîne sa carcasse jusqu'à son bureau. Les pigistes ont quitté l'immeuble. Seule Yass est restée sur place, à écumer les dépêches AFP.

Elle a la foi.

Elle.

Dans le studio, Paul et ses chroniqueurs s'installent. Les cameramen s'agitent. Tout est en place. Antenne dans cinq, quatre, trois...

2

189 euros le tout-terrain, un Rockrider entrée de gamme, cadre taille M, comme ses T-shirts. M, c'est pour les moyens, « 165-174 », dit le vendeur – il parle en centimètres, le gars, très grand d'ailleurs, ça en impose tout de suite plus, de voir le monde par le truchement des centaines. Il toise son client. Oui, M, ça ira. Abel, dix-neuf ans, est trop grand pour qu'on se moque de sa taille, et trop petit pour impressionner vraiment. Sa carrure est un non-sujet. Comme le reste. C'est bien ça, M : Abel est dans la moyenne.

Quand même, 189 euros, dans sa situation, c'est une somme, malgré les maigres étrennes reçues le 24 au soir. C'est surtout plus cher que les tarifs des virtuoses de la pince-monseigneur qui officient sur les Maréchaux, cet alignement de boulevards parisiens parallèles au périphérique, où les employés modèles accrochent leurs vélos électriques avant d'embaucher dans des immeubles en verre flambant neufs. Pour 100 balles, ils sont capables de trouver une bécane impeccable, avec sonnette, batterie et sacoches. Abel a hésité, mais il a pris une décision d'homme mûr et responsable.

Il achètera son propre matériel.

Il fera tout dans les règles.

Sur l'étiquette qui pendouille du guidon, il lit : « Vélo VTT ST 50 Noir 26". » Le prix est surligné en fluo. Sous ces informations, un petit texte explique que les ingénieurs de la marque ont pensé à tout : ils ont même optimisé l'utilisation de l'engin. Avec sa « selle ergonomique et confortable », il a été conçu pour « vos premières randonnées VTT, par temps sec, jusqu'à 1 h 30 ».

– J'comprends pas... ça veut dire que je peux pas rouler plus ?

– Ça dépend, vous voulez faire quoi avec ?

Le vendeur s'appelle Marc. C'est ce que dit le bout de plastique épinglé sur son polo bleu.

– Pédaler.

– Sur piste ? En montagne ?

– Ben...

– Pédaler, ouais, mais où ? Sur quelle surface ?

Un mouvement de recul sec. Le tympan gauche a pris 92 décibels. Relié à son talkie-walkie par une oreillette Bluetooth en liaison directe avec le stock (au sous-sol), Marc reçoit la réponse à la question qu'il a posée quelques minutes auparavant. Il appuie légèrement sur le terminal de réception avec son index ; la coque de silicone qui enrobe le haut-parleur de son *earbud* s'enfonce langoureusement dans son canal auditif.

– Il ne nous en reste plus qu'un en tout cas, et c'est celui-ci. On a été dévalisés pendant les fêtes.

– OK.
– C'est pour livrer, c'est ça ?

Il a prononcé cette phrase comme si les ambitions de son client n'étaient pas à la hauteur des quinze kilos d'aluminium suspendus devant eux.

Le Rockrider repose sur deux tiges d'acier noir elles-mêmes plantées dans un mur de béton blanc. Abel trouve que ce n'est pas un beau vélo, avec ses tubes ternes et son guidon droit enchevêtrés dans des câbles anthracite, le tout ponctué de deux roues aux rayons gris. Ses voisins, plus onéreux, n'ont pas meilleure allure. Ils quadrillent la face ouest des dix mille mètres carrés du Decathlon Rosa-Parks comme des papillons percés par un entomologiste minutieux. Derrière lui, deux employés préparent les bêtes, les graissent, les nettoient et les ajustent pour des clients aux bras chargés de casques et de bidons d'eau.

Vingt et une vitesses, selle soudée, deux paires de suspensions : c'est tout ce qu'Abel a retenu. Il n'y comprend rien, à ces choses-là. Pour lui, il suffit de s'installer sur un bloc de mousse agglomérée et d'actionner les pédales, éventuellement jouer un peu avec les plateaux pour monter avec le moins d'effort possible, mais tout le reste ne l'intéresse pas. Il saura se débrouiller s'il crève ou déraille. Ce devrait être les seuls accrocs auxquels il fera face.

Abel a devant lui son futur outil de travail.

Il est livreur, oui.

Mais surtout microentrepreneur.

Il a le statut depuis peu, ça lui a pris cinq minutes sur le site de la chambre de commerce et d'industrie.

Il a finalement opté pour cette forme de société parce qu'il n'en pouvait plus des contraintes du salariat, même occasionnel. Désormais, plus de boss qui vous gueule dessus parce que les sandwiches arrivent froids sur la table des clients, plus de têtes de mascottes à se mettre sur les épaules par des températures infernales dans des parcs d'attractions bondés, plus d'horaires ; il est son propre patron, maître de son destin.

Il s'est ouvert un espace professionnel sur impots.gouv.fr en quelques clics dans le cybercafé miteux en bas de chez sa mère où, pour deux consommations, on ne paie pas la connexion.

Il est prêt à entrer dans la nouvelle économie.

Celle qu'on lui décrit à coups de discours et de tracts comme libérée des archaïsmes et des conservatismes. Celle qui lui convient.

Il ne lui manque que le vélo.

– Oui, c'est ça. C'est pour livrer.

– En ville ?

– Ben ouais.

– Bon, je te dis la vérité.

Marc est passé au tutoiement sans crier gare.

– Si tu prends celui-ci, tu vas faire une économie de 100 euros sur le coup, mais si tu roules tous les jours, midi et soir, tu vas passer ta vie chez Greg, là, qui répare les bécanes. Sinon, tu as ce modèle-là, un 520, il est plus cher mais ça tient mieux. Donc c'est comme tu veux.

Effectivement, c'est comme il veut. Le VTT ST 50, noir 26" à 189 euros fera l'affaire. C'est déjà un luxe de s'offrir un vélo neuf.

Avec les protections obligatoires – chasuble, casque et coudières – et le brassard pour le téléphone, il va en avoir pour plus que prévu. Un pote lui a dit que c'était des dépenses qu'il pouvait imputer sur sa société, mais Abel n'a pas l'intention de s'emmerder avec ces trucs-là.

D'après ses calculs basés sur les prix moyens des courses qu'il a pu déterminer en parcourant les pages de quelques *vloggers* sur YouTube, auxquels s'ajoute la ristourne consentie par l'État – l'ACRE, l'Aide à la création ou la reprise d'entreprise, qui l'exonère de certaines charges –, s'il livre vingt heures par semaine à environ quatre livraisons par heure, il peut émarger à 450 euros net par mois. Cela devrait suffire à aider sa mère et à mettre un peu de côté. Avec les cours qui vont reprendre, il ignore s'il pourra faire beaucoup plus. Le temps de se roder et il saura.

Abel a proposé à sa mère de participer aux frais du foyer dès qu'il a été en âge de travailler. Il a commencé avec des jobs d'été, un peu d'intérim hors saison, puis a accepté des missions plus longues. Les seules contraintes que lui imposait la daronne : ne pas négliger ses études et éviter les conneries. Rester dans les clous, quoi. Après plusieurs mois de galère et autant de tafs ingrats, la carrière de livreur à vélo constitue presque une voie royale : liberté d'emploi du temps, revenus garantis et statut respectable.

Oui, sa mère peut lui faire confiance. Abel est définitivement un bon garçon.

En cette fin d'après-midi, il est un peu tendu. C'est la première fois qu'il utilise l'Appli.

Au début, elle n'était pour Abel qu'un sponsor de maillots de foot ou une publicité sur les panneaux d'affichage du RER. Réservée à une classe autre que la sienne, urbaine, joyeuse et riche – à l'image de ces jeunes adultes extatiques sur les 4 × 3 –, l'application de livraison de repas à domicile lui semblait inaccessible. Par curiosité, il l'avait téléchargée sur son smartphone. Chers, les repas livrables dépassaient souvent les 20 euros pour deux personnes, alors que pour 5, Abel avait appris à confectionner un dîner convenable pour sa mère et lui. L'application avait quitté son LG aussi vite qu'elle y avait atterri.

L'Appli est devenue une opportunité d'embauche lorsqu'il a aperçu un premier livreur à vélo graviter autour de sa fac, nichée en banlieue, avec un sac carré frappé du logo de la société. La vision de ce coursier a provoqué une réaction quasi immédiate : voilà peut-être un moyen rapide et efficace de se faire de l'argent. Renseignements pris, l'Appli recrutait en masse. Et les tarifs étaient alléchants. La décision d'en être fut rapidement prise.

D'après les tutoriels qu'Abel a consultés en ligne, l'outil destiné aux « coursiers-partenaires » – c'est comme ça qu'on appelle les livreurs, chez l'Appli, a-t-il appris sur une vidéo YouTube présentant les activités de la société – est léger et facile d'utilisation. Une fois connecté à son profil, il sera mis en relation avec les restaurants et n'aura plus qu'à faire son job : livrer. Digicodes, pourboires, trajets, temps d'attente : l'Appli gère tout le reste.

Son LG Leon 8 trouvé sur backmarket.fr, 39 euros en condition Stallone, glisse parfaitement dans le brassard qu'il s'est offert. Il en défait la bande adhésive et positionne le tout à hauteur de poignet. Premier test : l'écran, protégé par un revêtement en plastique, est facilement utilisable dans la position qui lui semble la plus naturelle pour l'atteindre, soit bras plié ramené vers le torse et main opposée pour tapoter. Il fait un essai : il ouvre l'application Messages et rédige un court SMS pour sa mère. Tout cela lui paraît très maniable.

Il appuie sur le bouton central du LG. Le téléphone s'y prend à deux fois avant de revenir à l'écran d'accueil. La lenteur de son smartphone est la seule chose qui contrarie Abel. Par souci de performance, il a cessé de mettre à jour le système Android qui fait tourner son terminal depuis la version Nougat du logiciel d'exploitation de Google. Passer au-delà aurait drastiquement ralenti la vitesse d'exécution des tâches, déjà très en dessous de la moyenne. C'est un voisin qui lui a donné ce conseil : « Une fois les premières baisses de régime observées sur ton appareil, arrête les mises à jour, lui avait-il dit. Tu te trimballeras toujours avec une antiquité, mais une antiquité qui fonctionne. »

L'Appli reste compatible avec cette version d'Android, heureusement. Google Maps et Citymapper aussi. Il a finalement conservé la première, plus précise à son goût, et a supprimé tout le reste. *Exit* Twitter, McDonald's, Snapchat, TikTok, Telegram, WhatsApp, Instagram, Allociné, YouTube, Candy Crush, Brick Breaker. Pas de place, pas le temps. Le moindre octet de RAM doit être consacré au bon fonctionnement de l'Appli. Optimiser son outil pour un meilleur rendement : voilà une décision de jeune professionnel raisonnable et déterminé.

Au total, Abel a dépensé 313 euros pour pouvoir travailler. Sans compter le forfait Free 4G 50Go à 8,99 euros par mois.

Casque sur la tête et gilet à haute visibilité sur le dos, Abel sort du magasin en poussant son Rockrider. Rosa-Parks, le nom de ce quartier qui a surgi aux abords de Paris, entre la porte d'Aubervilliers et la porte de la Villette, est désert. La zone commerciale où règne le Decathlon a été conçue pour accueillir les flâneurs et les *shoppers* dans un environnement neutre et sécurisé. De part et d'autre d'une grande rue à double sens où roulent de rares scooters se trouvent un magasin de jouets, un multiplexe, un supermarché, une pharmacie, un square, une station de vélos en libre-service, quelques restaurants, une enseigne de bricolage et, donc, un Decathlon. Mille quatre cents mètres encadrés par deux stations de tramway. Des logements au design déjà démodé chevauchent les commerces. Y pendent des draps et des serviettes, des tricycles et des tapis. Les trams de la ligne 3b, qui circulent peu ce dimanche, brisent le silence dans un crissement aigu. Tout est gris.

Abel se laisse glisser jusqu'à la porte de la Chapelle, plus à l'ouest que celle d'Aubervilliers. Les enseignes défilent. En flâneur, le cycliste détaille leur contenu, leurs offres promotionnelles, leurs couleurs criardes, leurs seuils surchargés de panneaux publicitaires.

Pour passer ces portes coulissantes, parce que la vie les y oblige, certains de ses amis, rarement les plus jeunes, sont devenus chauffeurs VTC. Une fois la jolie voiture acquise grâce à un prêt au taux hallucinant, l'euphorie tombe vite. Les frais sont importants, et il les voit carburer au Red Bull et aux « remontants », comme ils disent, dès 6 heures du mat' au pied de l'immeuble de sa mère, pour tenir des cadences infernales. Il les croise le soir, quand lui rentre de chez un pote et eux de leur tournée quotidienne, aux alentours de 22 heures.

Il s'est posé la question de devenir chauffeur, lui aussi. Mais entre l'assurance et l'essence, sans parler d'un entretien conséquent – un pote VTC lui a raconté des trucs vraiment dégueulasses sur des passagers ivres morts qui dégueulent sans vergogne sur ses sièges en similicuir –, le calcul d'Abel a été rapide : un vélo, c'est un coût fixe au départ, mais un coût fixe qu'il peut assumer seul. Pas besoin de demander de l'aide à quiconque. Sa mère peut dormir tranquille. Elle le sait homme honnête, économe, droit et travailleur.

Une embardée sur la droite et Abel déboule porte de la Chapelle. Il doit se faufiler au milieu des mendiants et des bagnoles pour rejoindre la route qui le mène à son point de rendez-vous. C'est dans une rue anonyme, pas loin des studios de télévision qui résistent encore aux assauts des macs, des clandos et des drogués, qu'il doit récupérer son matériel pro : un sac cubique gris réfléchissant, un coupe-vent imperméable – parfait, on annonce de la pluie pour ce dernier mardi de décembre – et quelques stickers, tous frappés du logo de l'Appli.

Les barrières de sécurité qui guident les nouveaux livreurs vers leur destination sont envahies par les Rockrider, cadenassés en vrac. Abel s'insère dans la file silencieuse et anonyme.

La zone est sinistre. Balayée par un vent glacial, elle est un paysage gothique, où fantômes et créatures doivent rôder la nuit.

Un Algeco blanc est planté au milieu d'un parking mort. Il ne s'attendait pas au siège social d'une multinationale, mais au moins à des bureaux sans âme remplis de geeks codeurs qui assurent la fluidité de l'Appli. Rien de tout cela ici. À peine un gardien obèse, engoncé dans sa guitoune, surveille-t-il sa grille de sudoku. Au sol, la peinture qui délimite les places de stationnement s'efface. Le goudron défoncé par les racines des arbres alentour forme des crevasses envahies par les herbes folles. Un gamin distrait, le nez sur son smartphone, se casse la cheville en s'enfonçant dans un de ces pièges sournois. Le craquement a résonné jusqu'aux oreilles d'Abel. Un concurrent de moins, se dit-il. Il n'aura même pas eu le temps de pédaler. Il semble de toute façon bien jeune.

Il a vu l'émission « Débats » en replay sur YouTube, celle sur les loueurs de comptes, qui est passée il y a quelques jours. Une bande de livreurs semble avoir trouvé la panacée : faire bosser les autres, ceux que l'Appli exclut – notamment les mineurs –, et encaisser une partie de leurs revenus sans bouger le petit doigt. Malins, les mecs.

Ça l'a choqué, bien sûr. Mais pas un instant cela n'a remis en cause sa décision de devenir livreur. C'est temporaire, tout cela. Il a juste besoin d'un peu de thunes pour boucler les fins de mois. Jamais il ne se retrouvera dans une telle situation ; il fait les choses dans les règles, lui. Ceux à qui ça arrive, Abel est désolé pour eux. Mais il doit en premier lieu veiller sur lui-même, le temps que durera ce boulot.

Son smartphone tinte après qu'il a entré son nom et son numéro de téléphone dans une tablette tactile fixée sur la porte d'entrée de l'Algeco. Le SMS reçu lui indique le numéro du casier qui lui est attribué, fermé par un cadenas à trois chiffres. Un second texto lui dévoile la combinaison correcte.

Trois clics.

Ouverture.

Un sac à dos carré, un coupe-vent et quelques stickers, comme prévu.

Le cube gris aux bandes adhésives réfléchissantes empeste la Javel.

Abel claque la porte du casier et reçoit un nouveau texto.

L'APPLI – Cher coursier-partenaire, bonjour et bienvenue sur l'Appli ! Une dernière formalité avant de commencer vos livraisons et vous connecter à la plateforme, veuillez déposer les 120 € de caution pour votre sac en suivant ce lien : bit.ly/844db2

La somme s'ajoute à celle déjà dépensée : 433 euros en tout.

Une fois son paiement validé, un nouveau SMS apparaît sur l'écran d'Abel.

L'APPLI – Cher coursier-partenaire ; félicitations ! Vous pouvez désormais vous connecter sur votre compte de coursier-partenaire avec votre identifiant et votre mot de passe provisoire, disponible sur votre boîte mail. Bon ride !

Abel quitte l'application Messages, lit l'e-mail à peine reçu, mémorise son mot de passe provisoire et ouvre l'Appli. Sur l'écran d'accueil, il entre ses identifiants.

Login : abel.ch@gmail.com
Mot de passe : p12072001!

Ça y est.

Il est connecté.

Un nouveau monde s'offre à lui.

Une carte de Paris, vierge et sommaire, s'affiche sur son écran. Ses doigts lui permettent d'explorer le plan. Il s'arrête sur les quartiers qu'il ne connaît pas. Butte-aux-Cailles, Pigalle, canal Saint-Martin, Montparnasse, Saint-Fargeau.

Autant de noms vaguement familiers, autant de secrets à découvrir, comme des endroits imaginaires sortis de l'esprit foisonnant d'un auteur d'*heroic fantasy*.

Abel ne connaît pas Paris. Rares furent les occasions de venir visiter la capitale. Quelques déplacements scolaires, la Comédie-Française, la tour Eiffel, un autre lieu culturel dont il a oublié le nom, à chaque fois quelques minutes ou quelques heures, avant de retourner dans un bus direction Corbeil-Essonnes, là où il est né, a grandi et vit toujours.

Il n'a plus qu'à attendre sa première commande pour se jeter dans l'inconnu.

Une nouvelle notification. Celle-ci possède un son différent de celui auquel Abel s'est habitué. Les trois notes électroniques annoncent un message émis directement de l'application. L'Appli n'envoie plus de SMS désormais. Elle communique directement depuis sa propre plateforme.

Abel fait coulisser la fenêtre de notification pour afficher le message en intégralité.

L'APPLI – Bonjour Abel ! Rappel : nous nous engageons à livrer nos repas en 30 minutes maximum. Si vous dépassez ces délais, ou si la livraison n'arrive pas à bon port, vous recevrez un strike. Au bout de deux strikes, vous serez automatiquement déconnecté de notre plateforme. Bon ride et surtout soyez prudent !

À nouveau, les trois notes.

L'APPLI – Bonjour Abel ! Le tarif minimum pour une course est de 4,70 €. À vous de pédaler au mieux pour faire augmenter votre CA ! Bon ride et surtout soyez prudent !

Encore, trois notes.

L'APPLI – Bonjour Abel ! On annonce de la pluie ! Nous nous attendons à une augmentation de commandes. Bon ride et surtout soyez prudent !

Le nez rivé sur son smartphone, Abel bouscule une cycliste. Il s'excuse. Son regard croise le sien. Elle semble plus âgée. C'est la seule femme ici. Elle le toise puis remarque son casque, qui porte la même griffe que son vélo.

– Rockrider, hein ?

– Ouais.

– Première expérience ?

– Oui.

– Ils t'ont fait le coup du 520, pour 100 euros de plus ?

– Ouais, ouais…

– T'aurais dû les écouter.

Un silence.

– Salut.

Elle disparaît.

Équipé, Abel récupère son vélo et l'enfourche. Il dépasse la porte de la Chapelle et emprunte la rue Marx-Dormoy, qui s'enfonce vers le centre-ville. Il remonte au maximum la fermeture Éclair de son nouveau coupe-vent. Si les températures ne sont pas aussi basses que la semaine précédant Noël, les derniers jours de l'année lui réservent quelques soirées fraîches.

À nouveau, les trois notes retentissent.

L'Appli veut lui parler.

Elle lui annonce qu'il a reçu sa première commande. Un restaurant italien, dans le 18e arrondissement de Paris, au cœur d'un quartier qu'Abel n'a jamais visité. Huit minutes pour atteindre son but. Il mémorise les principaux axes à emprunter, enfile son casque et accepte la course d'un glissement de doigt vers la droite. En quittant le parking, il dépasse le gamin blessé à la cheville, qui pousse son Rockrider en boitillant. Abel ne lui adresse pas un regard.

Sa journée de travail a commencé.

3

Sur le site de l'Antenne, Lena regarde le numéro de « Débats » sur les loueurs de comptes de l'Appli. En plateau, les experts parlent de léger raté qui sera vite corrigé puisque ce mouvement vers le capitalisme de plateforme est la tendance profonde d'une économie de services disruptée par l'arrivée de ces applications qu'il est illusoire de vouloir réguler au risque de voir des milliers de jeunes gens issus des quartiers défavorisés perdre leur emploi et redevenir dealers.

C'est la première semaine de janvier et Lena est seule dans la salle Médias de la bibliothèque municipale Vaclav-Havel, quadrillée par une dizaine d'écrans d'ordinateur. Son Eastpak noir défoncé sur les genoux, elle garde un œil alerte sur les portes qui donnent accès au lieu. Sur son écran, une page de pub aux couleurs criardes interrompt son visionnage. Lena coupe le son du poste, les sens déjà suffisamment agressés par les visuels que lui renvoie le PC qu'elle squatte depuis plus de trois heures.

Elle vient de temps en temps à la bibliothèque pour regarder les informations ou visionner des longs-métrages. Elle est au calme, ici. Cela fait plusieurs mois que Vaclav-Havel, dans le quartier de Pajol, au nord du 18e arrondissement de Paris, s'est vidé de la plupart de ses étudiants et de ses jeunes actifs, délocalisés vers les espaces de *coworking* qui pullulent en ville. Incommodés par les migrants qui viennent s'y réchauffer, ils ont préféré rejoindre ces cafés stériles aux meubles neufs dont raffolent les jeunes gens allergiques aux bureaux et aux open spaces. Depuis, Vaclav-Havel est devenue un lieu de passage pour exclus. Certains y lisent, d'autres y dorment, beaucoup y suivent des cours de français dispensés par des bénévoles. Lena, elle, regarde la télévision.

Ce soir, elle n'aura croisé personne.

C'est parce qu'elle aime ce bâtiment lumineux qu'elle y emmenait souvent ses élèves. Elle les regardait s'activer entre les étagères et explorer librement les archives et les manuels, une fois le sujet de leur exposé connu. Leur seule consigne était de produire un devoir commun. Lena avait confiance. Elle savait que le système pédagogique mis en place au sein de sa cinquième B favorisait l'échange entre les bons éléments et les élèves plus faibles.

Pour sa troisième rentrée dans un établissement REP+, pour Réseau d'éducation prioritaire renforcé, elle avait pourtant récupéré une classe infernale. Dissipés et arrogants, les élèves rechignaient à la moindre tâche, les plus costauds ne se privaient pas pour se moquer des gringalets et un brouhaha constant emplissait l'atmosphère. Elle était prête à affronter l'adversité – son collège avait obtenu la plus haute note sur l'échelle des établissements à risque – mais le défi semblait trop difficile à relever. Ses collègues étaient au mieux désolés, au pire indifférents.

Plutôt que de se décourager, Lena décida de comprendre le fonctionnement du groupe. Elle prit le temps d'observer la dynamique interne à la classe, de saisir les rapports de domination, d'identifier les pistes d'amélioration et d'isoler les élèves sur lesquels s'appuyer pour mener à bien son entreprise de pacification. Sa classe devint un laboratoire. Lentement, elle mit en place une stratégie qui lui permit de la gérer de manière optimale. Avec un objectif simple : inculquer à des adolescents individualistes les joies de la réussite collective. Quitte à ce qu'ils ne se taisent pas, autant qu'ils parlent d'une même voix.

D'abord, elle bouleversa l'enseignement de sa matière tel qu'elle le pratiquait depuis plus d'un an. Plutôt que de répéter à l'envi des dates et des faits, Lena s'efforça de tisser un grand récit, quitte à passer sur les données les plus empiriques d'une période précise – frises, portraits et plans quittèrent rapidement les murs de sa salle. Cette nouvelle forme capta l'attention de tous, même des plus récalcitrants. Puis, afin de donner son importance à chacun, elle soumit au vote la disposition des tables, le rythme des cours, les angles d'attaque des sujets les plus lourds et la possibilité d'organiser des sessions de soutien pendant les week-ends et les vacances – un homme de ménage complice lui avait même confié un passe-partout qui lui donnait accès au collège pendant les périodes de congés scolaires. Elle se tenait à la disposition de tous, tout le temps, sans préférence. Enfin, elle veilla à ce que le groupe des élèves les moins assidus reçût une attention particulière de la part de ceux qui avaient les meilleures notes, seul marqueur archaïque dont elle concédait l'utilisation au vieux système. Ces derniers furent responsables de la rédaction de fichiers PDF qui devinrent de vrais supports de cours, de la mise en ligne de liens hypertextes et de la confection de vidéos explicatives sur les leçons de la semaine, le tout rendu disponible dans le centre de documentation et d'information de l'établissement, où Lena leur donnait régulièrement rendez-vous. Peu à peu, le niveau de la classe s'améliora, au plus grand plaisir de la professeure d'histoire et de ses collègues, qui applaudirent ses initiatives. Elle reproduit le schéma quatre années de suite, à chaque fois avec succès.

Elle trouvait dans cette communion avec la jeune génération une manière de combler le vide abyssal de sa vie personnelle. Pour les Parisiens qu'il lui arrivait de croiser entre son appartement de l'avenue Jean-Jaurès, la station de métro Stalingrad et le cinéma MK2 Quai de Loire, Lena, épaules rentrées et fringues insignifiantes, faisait figure de passager clandestin : elle ne possédait ni leur beauté, ni leur ambition, ni leur ironie.

Elle avait pourtant essayé de céder aux modes. En vain. De ses années d'études, toutes passées dans la capitale, elle n'avait conservé aucune amitié et ne s'infligeait la compagnie de ses collègues qu'au cours des kermesses de fin d'année. Elle collectionnait les échecs sur Meetic, Tinder et Adopteunmec. Sa sexualité se flétrit, jusqu'à devenir un non-sujet. Elle fuyait les cours de cuisine, les leçons d'escalade et les séances de yoga. Lena se satisfaisait de cette solitude imposée, réparatrice et confortable, loin d'un tumulte urbain dont elle rejetait les codes et les rites. Son abonnement Netflix devint son plan cul : il savait la cajoler et la satisfaire quand elle perdait confiance en elle, et répondait à ses envies intempestives à n'importe quelle heure du jour et de la nuit.

Elle ne trouvait de l'énergie et du bonheur qu'en classe, confrontée à un défi exaltant et rassasiée par le sentiment d'accomplir un devoir indispensable pour le futur de la Cité. Elle se sentait investie d'une mission, celle de servir le bien commun, et se devait de l'accomplir au mieux.

Lena ne se voyait pas comme une gauchiste radicale ou une pasionaria écervelée – son intérêt pour la politique n'avait d'égal que celui qu'elle portait au sexe –, qualificatifs que lui envoyaient souvent ceux qui doutaient de l'efficacité de sa méthode. Au contraire, elle s'enorgueillissait de ce que cette méthode lui apportait à *elle*. Certes, elle voulait former des citoyens libres et réfléchis, mais sa manière d'enseigner provoquait en son for intérieur un doux sentiment de victoire et de hauteur. En flattant ses élèves, elle flattait son ego. Il n'était pas rare de la voir frémir de plaisir lorsqu'elle se réunissait avec ses collègues au cours de conseils de classe déprimants. Elle était fière de sa classe, oui. Mais elle était aussi fière d'elle-même. Elle était meilleure qu'eux tous.

Parfois, elle se mettait à rêver en grand. Bientôt, le statut de professeur serait trop petit pour elle. Il fallait penser à l'après. La direction d'établissement, le rectorat et, pourquoi pas, le ministère. Lena se surprit ambitieuse et carriériste.

Elle assumait de jouer ce rôle de passeuse. De formatrice, presque. De mère de substitution, parfois. Lors d'une inspection, elle confia à son interlocutrice qu'elle aimait cette idée de façonner de jeunes cerveaux. Cela lui valut une petite remarque dans un rapport sinon dithyrambique. Ses élèves n'étaient pas ingrats. Tout ce que Lena investissait dans leur avenir, ils le lui rendaient en étant calmes, attentifs et redevables. Ils la voyaient comme une figure tutélaire, une guide. Mieux, un modèle.

Ils avaient besoin d'elle.

Peut-être qu'un jour la France aurait besoin d'elle.

Cela lui procurait un frisson aussi délicieux qu'addictif.

Lena était une femme heureuse.

Un jour, elle fut convoquée par son nouveau chef d'établissement, fraîchement arrivé, des principes et des consignes plein la besace. Les méthodes de Lena, certes originales et efficaces, n'avaient plus lieu d'être. La réforme voulue par l'Éducation nationale allait (« enfin », diraient certains) standardiser l'enseignement ; aucune mesure indépendante ne pouvait être tolérée au sein d'un collège public. Désormais, des QCM réguliers allaient tester le niveau de connaissance des élèves. Lena protesta, expliqua, argumenta, mais rien n'y fit. Le proviseur appliquait la consigne. Le privé était peut-être une meilleure voie ? Lena refusa tout net. On lui colla mille inspections sur le dos. Mille blâmes suivirent. Ses élèves, ses chers cerveaux, se délayèrent dans un magma de rires gras et de notifications de smartphones. Le désordre envahit la salle de classe et le fragile équilibre qui régissait sa vie vacilla dangereusement. Le démantèlement définitif de ses outils fut le coup de grâce. Ses collègues, auparavant si enthousiastes, ne réagirent pas. Lena partit en congé maladie, s'emmura dans la dépression et préféra démissionner plutôt que de perdre définitivement la face.

Les premiers rendez-vous au Pôle Emploi furent catastrophiques. Rien ne correspondait à son profil. Les employeurs ne faisaient pas grand cas de l'histoire, et Lena ne trouva rien. Elle finit par ne plus se rendre aux convocations et apprit à vivre avec le RSA. Ni voisin, ni sœur, ni frère, ni parent ne lui vinrent en aide, parce qu'elle ne put se résoudre à les solliciter. Le tumulte urbain qu'elle supportait tant bien que mal devint un atroce bruit de fond dont elle avait toutes les difficultés du monde à se débarrasser. Elle ferma définitivement ses fenêtres, scotcha ses rideaux aux chambranles et s'isola un peu plus encore. L'abonnement à un titre de presse nationale fut le premier luxe qu'elle abandonna. Puis ce fut le tour de la connexion Internet. Dans un monde de réseaux, la résiliation de son forfait téléphonique fut son premier vrai pas vers l'exclusion. Elle stocka son Nokia E2 dans une boîte de céréales vide.

La dépression ne disparaissait pas. En sus, Lena développa une véritable haine pour le monde extérieur. Cloîtrée chez elle, elle maudissait tout : l'école nouvelle, le gouvernement, les médias, le capitalisme, le *système*. Sans cesse branchée sur l'Antenne, elle démontait les arguments des experts et des spécialistes, sur tous les sujets, pestant contre leur arrogance crasse. Tout ce qui l'éloignait de l'enseignement tel qu'elle l'aimait, Lena le vomissait. Elle réclamait réparation, vengeance, éructait seule face à son miroir, alertant les voisins et les services sociaux. Lena refusa les traitements et l'internement en hôpital psychiatrique. Elle ne pleurait qu'une chose : ses élèves, ses chers élèves, ses cerveaux vierges et fertiles abandonnés à une sclérose assassine, qui lui manquaient tant.

Le deuxième printemps après sa démission, Lena quitta son appartement. Les huissiers durent se frayer un chemin entre les déchets ménagers pour lui tendre son avis d'expulsion. Deux sacs sur l'épaule, les cheveux sales et des cernes interminables sous les yeux, elle finit dans les locaux d'ATD Quart Monde, un peu par dépit, un peu par hasard.

Un jeune garçon la reçut. À bout face à une interlocutrice hagarde, il lâcha le mot « clochardisation », sans doute pour créer un électrochoc. C'en fut trop pour Lena, qui quitta les lieux sur-le-champ.

Les foyers étaient complets, les associations débordées et l'avenir encore plus gris. Elle termina sa route au nord du boulevard périphérique, derrière la porte de la Chapelle, non loin du parking de la voirie de la mairie de Paris, sis sous la gigantesque araignée de béton qui permet au réseau routier de la capitale de rejoindre l'A1 et le nord du pays. Elle élut domicile dans un camion-benne abandonné, sans roue et sans cabine. Elle mit plusieurs jours à le débarrasser des nids de pigeons et des pipes à crack brisées, abandonnées là par des junkies invisibles, afin de se construire un abri convenable.

Les premières semaines furent éprouvantes. La violence, l'absence d'hygiène, la pression de la police, la mendicité : autant de nouveautés avec lesquelles il fallut composer. Seule la rudesse des citadins ne la surprit pas. Elle était certes plus appuyée, plus franche, l'ignorance et le mépris prenant une forme moins ronde face à une Lena désormais totalement exclue de leur mode de vie.

Ces conditions difficiles lui apprirent la rigueur. Dos au mur, Lena se ressaisit, muscla son corps et affronta l'adversité avec courage. Puis elle aménagea la benne comme un petit studio : un coin cuisine avec des conserves et un réchaud retrouvé dans une poubelle ; un matelas et des couettes sales au fond ; tampons hygiéniques, savons, brosse à dents, dentifrice et bouteilles d'eau à côté.

Elle vécut un dernier moment déchirant lorsque, par un froid glacial, elle dut brûler son exemplaire du *Comte de Monte-Cristo*, son livre favori, le seul qu'elle avait conservé, pour alimenter un feu sans lequel elle n'aurait pas passé la nuit. Devant Dantès qui brûlait, elle fit ses adieux définitifs à sa vie d'avant. Ce premier hiver fut rude mais la puanteur qui se dégageait du camion-benne lui en garantit la jouissance exclusive. Personne n'osait venir la déranger. Au premier printemps, son quotidien se normalisa et se divisa en un emploi du temps simple : mendicité, douche et repas. Elle avait presque retrouvé une routine.

Elle enfile son vieil Eastpak, quitte Vaclav-Havel et se dirige vers son domicile. Il fait noir dehors. Au loin, un orage gronde. Il va pleuvoir.

Un crochet, et la voilà sur les Maréchaux, qui aimantent Rosa-Parks à la périphérie.

Son sac à dos lui lacère les épaules. À l'intérieur, sa nouvelle vie : une pompe à vélo, un démonte-pneu, quelques clés Allen, une clé de direction, un extracteur de manivelle de pédalier, des rustines et trois chambres à air. Pour se faire un peu d'argent, Lena répare les vélos des livreurs qui n'ont pas les moyens de se payer les services d'un professionnel. Elle leur demande le minimum, plus un geste qu'un vrai tarif.

Lena commença à se renseigner sur leur sort lorsqu'elle crut reconnaître un de ses anciens collégiens sur une petite reine décatie, un sac carré sur le dos. Elle fit un tour sur Internet, sur les vieux PC de Vaclav-Havel, afin de comprendre comment ces coursiers bossaient. Elle comprit vite que l'entretien de leurs vélos allait devenir un enjeu clair : ces garçons avaient besoin de livrer longtemps, sur un deux-roues sûr. Les revenus tirés de la mendicité demeurant insuffisants pour subvenir à ses besoins vitaux, la mécanique serait sa béquille. Aussi, il fallait qu'elle s'occupe. Elle ne voulait pas de nouveau sombrer dans la noirceur des deux dernières années. Elle avait fait face à l'hiver. Il fallait construire sur cette première victoire.

Elle-même bonne cycliste, Lena connaissait le matériel dont elle avait besoin. Elle déroba l'essentiel de son kit de réparation au Decathlon Rosa-Parks. À peine vingt-quatre heures plus tard, elle vit un premier livreur galérer sur le parvis de la Cité des sciences et de l'industrie avec son Rockrider crevé ; elle lui proposa naturellement ses services. En échange, elle lui demanda de faire passer l'information qu'au-delà de la porte de la Chapelle, non loin des camions-bennes, une femme bidouillait les vélos.

Ils vinrent vite.

Elle les appelle ses escargots : avec leurs sacs énormes pour leurs petits gabarits, ils donnent l'impression de transporter leur maison sur le dos.

En trois ans, grâce à cette activité, Lena a pu retrouver un peu de dignité et diminuer les heures passées à mendier. Parfois, un escargot dégrafe méthodiquement un sac en papier où se trouvent les menus à transporter et lâche trois-quatre frites ou deux morceaux de poulet à sa bienfaitrice. Un autre éventre les restes des capsules de café abandonnées par les entreprises et en tire de quoi se faire deux tasses avec la cafetière sans âge de Lena, qu'elle garde branchée à un enchevêtrement de fils dénudés qui courent jusqu'au dépôt des camions-bennes de la mairie. Elle a l'électricité depuis peu ; un cadeau d'un de ses clients, incapable de la payer autrement.

Le visionnage du « Débats » sur les loueurs de comptes l'a fait sourire. Ces mecs-là découvrent l'eau tiède. L'intégralité des livreurs qui viennent à elle sont des migrants, des mineurs ou d'anciens coursiers de l'Appli, victimes du double *strike*, et ne peuvent bosser qu'en se vautrant dans l'illégalité. Qu'une bande de sagouins profitent de la situation n'étonne qu'eux.

Elle a discuté de l'émission avec Carl, un Angolais au français impeccable, parmi les premiers à avoir fait appel à elle. Lui a haussé les épaules et confié vouloir surtout avoir son propre compte, pour gagner un peu plus. Il aimerait changer son smartphone sans âge, qui rame à mort. Un Wiko fendu en son milieu, boursouflé de chocs et de rayures. Les envies de Carl s'arrêtent là. Au point de survie.

Ça la désole, mais qui est-elle pour juger de la valeur de cette ambition ? Elle aussi, elle survit, désormais. Les exigences qu'elle peut formuler ne sont plus qu'à l'échelle de son horizon : modestes, pour ne pas dire minuscules.

Quatre ans qu'elle est dehors. La rue a annihilé à jamais ses envies de bonheur et d'équilibre, l'a plaquée au sol et lui a appris à s'habituer au goût du rance et du bitume. Ses ambitions à elle ? Rester propre, manger. Ne pas mourir.

Des Carl, elle en croise tous les jours. Devant son camion-benne où Lena a installé un ersatz d'atelier, avec un bidon d'huile pour faire des feux, un établi de fortune et un canapé défoncé, le tout encerclé par des parapets de béton qui la séparent de la route empruntée quotidiennement par des milliers de voitures. Elle les observe à comparer les commissions qu'ils obtiennent en louant chez l'un ou chez l'autre, à échanger des minutes sur leur forfait téléphonique ou à indiquer sur une carte les abribus dotés de ports USB pour recharger leur smartphone entre deux livraisons.

Ce soir encore elle les retrouve, après une petite heure de marche depuis Vaclav-Havel, sous une pluie discrète. Ils sont venus vérifier qu'ils pouvaient bien pédaler quatre heures sous l'averse qu'on annonce intense. Quelques serrages de freins et de pédalier s'avéreront nécessaires. Lena dispense ses services avec un vrai plaisir.

Ils viennent d'eux-mêmes désormais. Pour faire réparer leur bécane, pour parler aussi. Ils sont une trentaine, fidèles au poste. Carl, bien sûr, et d'autres habitués, que Lena reconnaît et appelle par leur prénom. Elle a créé un lieu de rencontres et d'échanges, un lieu où on oublie la misère et la tristesse, les flics et les clients de l'Appli. Un semblant d'harmonie règne, ici.

Ils ont baptisé ce lieu le Camion. C'était le plus simple.

Il y a de la vie dans ces moments. Comme si Lena la solitaire, autrefois adverse aux interactions sociales, avait enfin trouvé sa maison. Elle tient au matériel qu'elle trimballe dans son Eastpak comme à la prunelle de ses yeux. Il lui a sauvé la vie.

Un compte. C'est tout ce qu'ils veulent. Un compte à eux.

Pour pouvoir livrer en paix, pour bouffer un peu plus, pour survivre, oui.

Comme elle.

Comme tous.

Il doit y avoir un moyen de les aider, de faire comme avec ses élèves, ses chers cerveaux qu'elle aimait tant, comme elle les aime, ses escargots, parce qu'ils ont ramené un semblant de joie dans son quotidien.

Elle veut comprendre la dynamique de l'Appli afin de leur offrir la possibilité d'une émancipation certes minuscule, mais d'une émancipation quand même.

Comme elle faisait avant.

C'est juste une question d'échelle.

4

– Voilà comment ça se passe.

Dans le cabinet d'Igor, au fin fond du 15e arrondissement de Paris, non loin de la grappe d'immeubles du Front de Seine qui défigure la rive gauche de la capitale, un loueur de compte explique son quotidien au jeune avocat.

Igor l'a trouvé sur Twitter. Désireux de rencontrer l'un de ces « petits profiteurs », comme l'a décrit un chroniqueur sur le plateau de Paul Parsène, il a mené son enquête et a fini par tomber sur @rider75666. Au bout de quelques échanges en DM[1], ce dernier, qui se garde bien de dévoiler sa véritable identité, a accepté de rencontrer Igor sur son lieu de travail, entre deux sessions de livraisons, c'est-à-dire au milieu de l'après-midi.

Le jeune avocat s'est pris de passion pour l'affaire des loueurs de comptes le jour où « Débats » s'est emparé du

1. DM, pour *direct message*, est l'outil qui permet à deux utilisateurs du réseau social Twitter d'échanger en privé.

sujet. Il a profité des vacances scolaires, passées en solitaire, pour dévorer toute la littérature disponible sur le sujet, écouter chaque podcast, éplucher chaque tribune et étudier chaque discours syndical se référant un tant soit peu aux enjeux économiques, sociaux et industriels du débarquement, en France, d'une plateforme comme l'Appli.

@rider75666 est arrivé à 15 heures précises, le 7 février, comme prévu. Igor ne sait pas à quel genre de personnage il s'attendait, mais il a tout de même été déçu. @rider75666 est un jeune homme assez insignifiant, plutôt poli et articulé. Le cheveu ras et la barbe trouée. Il a pris place sur un tabouret en métal dans la pièce que l'avocat utilise comme bureau, chambre à coucher et living-room. Igor s'est installé en face de lui sur son fauteuil club d'un autre âge.

– Il y a un groupe Facebook, sur lequel les loueurs de comptes se connectent, où il y a aussi des mecs qui veulent des codes pour bosser, des locataires potentiels, quoi. Tout le monde s'ajoute comme « amis » pour pouvoir ensuite échanger en privé. Après, c'est un bête jeu de l'offre et de la demande.

– C'est-à-dire ? relance Igor, un carnet noirci de notes entre les mains.

– C'est tout con. Disons que moi, j'ai un login et un mot de passe pour pouvoir accéder à l'outil livreur de l'Appli. Je me suis inscrit parce que j'ai ma microentreprise, je peux bosser légalement, livrer sans problème.

– OK.

– Toi, tu veux des codes, soit parce que t'es un migrant, soit parce que t'es un mineur, soit parce que tu t'es fait déconnecter après deux *strikes*. En bref, parce que tu peux pas ouvrir ton propre compte, parce que t'as pas ta microentreprise. Tu suis ?

– Oui, oui.

– Bon. Donc, on s'ajoute sur Facebook *via* ce fameux groupe et tu m'envoies un message privé en me demandant mes codes. Sauf que moi, j'ai déjà d'autres gars qui m'ont demandé mes codes. On passe à la phase 2.

– La phase 2 ?

– Ouais. Je vais voir qui sera le moins gourmand. Donc vous allez tous me dire ce que vous voulez récupérer sur les courses du soir. Les sommes d'argent vont me revenir, puisque, sur ton téléphone, l'Appli aura l'impression de s'adresser à moi. L'argent va directement sur mon compte.

– Je vois...

– Combien t'es prêt à me lâcher pour pouvoir bosser : 30 % ? 40 % ? Plus ?

– Et c'est le moins gourmand qui remporte la mise.

– T'as tout compris.

C'est une mine d'or, ce dossier. Tous les ingrédients sont réunis. Une multinationale anonyme qui pervertit le statut de microentrepreneur, et des livreurs exploités qui à leur tour esclavagisent une bande de mecs dans l'impossibilité de faire valoir leurs droits. Si Igor parvient à défendre les intérêts de ce nouveau lumpenprolétariat, il deviendra une référence. Tout le monde viendra chez lui.

Pour l'instant, son cabinet vivote. Pétri de belles intentions et doté d'une ambition réelle, maître Igor Capelli sort à peine la tête de l'eau en accumulant les missions de commis d'office aux quatre coins de la capitale. Il s'alimente de sandwiches Daunat MAXX (deux triangles le midi, deux triangles le soir) et dort dans son cabinet sur un clic-clac antique – son ex l'a foutu dehors au bout d'un an et demi ; il vivait chez elle, il est donc parti.

– Y a une phase 3 ?

– Ouais, le lendemain. Tous les loueurs modifient leurs mots de passe pour pas se faire carotter. Et ça recommence.

Un mois et demi après l'émission de « Débats », le buzz a complètement dégonflé. Les plateaux télé des chaînes généralistes sont passés à autre chose, la presse française en a largement soupé et les *talk-shows* radiophoniques se sont emparés d'un autre thème. De tout ce remue-ménage, il ne reste plus rien. Et Igor sera seul sur ce dossier. Il faut battre le fer tant qu'il est chaud. Maintenant.

Son laïus terminé, @rider75666 se lève et prend congé. Igor le raccompagne à la porte d'entrée de son studio. Un serrage de main. Ils se quittent en bons termes. Le battant toujours ouvert, l'avocat, planté sur son paillasson, regarde son informateur descendre les escaliers vers l'entrée de l'immeuble.

Il a refusé de lui donner les noms des mecs qui louent son compte. À Igor de faire son boulot.

Le bruit d'une bande velcro qu'on arrache, deux mots échangés, une cavalcade : un livreur est dans l'immeuble. Il déboule dans les escaliers et manque de bousculer Igor. Il ne s'excuse pas et atteint le rez-de-chaussée au pas de course. La porte de l'immeuble est amortie par un système pneumatique.

Le livreur n'aura passé que quelques secondes dans le bâtiment.

Igor pénètre à l'intérieur de son gourbi et verrouille sa serrure sans âge. Son vingt-deux-mètres-carrés le déprime. Le fauteuil club défoncé gît toujours au milieu du salon, face au tabouret, désormais sans occupant. Derrière, une bibliothèque bancale remplie de livres et de cours. Elle fait face à son canapé-lit, soigneusement plié – lorsqu'il reçoit, sinon Igor le laisse béant –, et à un bureau de fortune fait de deux tréteaux et d'une planche de buis. Dans la kitchenette, une table haute est colonisée par les notes et les dossiers. Deux casseroles et trois assiettes sales s'éternisent dans un évier en aluminium. C'est un dortoir plus qu'un foyer ou un bureau.

Il se traîne jusque dans la cuisine et ouvre le frigo, qui lui arrive à mi-hauteur. Il s'accroupit ; une lumière bleutée illumine son visage creusé par la fatigue. Une bière, deux radis, la moitié d'une motte de beurre. Rien qui puisse le rassasier.

Son estomac gronde.

Ce serait si simple.

En cinq minutes, l'Appli atterrit sur sa page d'accueil, il enregistre sa Visa, son adresse, son digicode, son étage, sa porte et passe commande. Le temps de mater la moitié d'un épisode de série sur son ordinateur portable et la bouffe arrive. Un tube invisible le relie à tous les restaurants de la ville. Pourquoi s'en priver ?

Après tout, il n'est pas à une contradiction près.

Le Samsung S7 disparaît dans sa poche arrière. Tant pis pour lui, il se couchera avec la faim. C'est bon pour la ligne, paraît-il.

Une douleur aiguë lui perce le crâne. La migraine est revenue. Elle va et vient, comme une ex toxique qui débarque sans crier gare. Igor se masse les tempes, respire profondément, s'étire, mais rien n'y fait. Les médecins n'ont rien trouvé. Ni tumeur, ni AVC, ni malformation. IRM, scanners, doppler : tout va bien, Igor. L'aspirine fera l'affaire.

Elle est violente ce soir. Sonore. Elle le déséquilibre un poil sur le chemin vers son fauteuil, les deux radis et un bout de beurre déposés sur une assiette qu'il porte dans sa main droite. Igor ferme les yeux. Se calme. Patience. Elle sera partie demain matin. Il branche son vieux MacBook Air sur le site de l'Antenne, le pose sur ses genoux et croque ses légumes trempés de matière grasse.

Ce n'était pas vraiment la carrière qu'il espérait. À trente-deux ans, il se voyait plus à la tête d'un cabinet réputé qu'avocat miteux se battant pour boucler ses fins de mois. Peut-être que son arrogance lui a joué des tours. Persuadé d'être brillant, il a refusé des offres qu'il jugeait trop basses, pourtant émises par des ténors à la curiosité piquée par cet étudiant brillant que tout le monde s'arrachait. Sûr de lui, Igor a voulu se faire tout seul, sans aide. Ses employeurs potentiels ne se sont pas fait prier pour lui tourner définitivement le dos.

Il ne lâche pas. Il y croit encore. Il est convaincu d'être bon. Pour l'instant, lui seul s'en rend compte. Ils verront, tous, à quel point ils ont fait fausse route.

Mais il sait que sans esclandre, sans dossier-choc, il est parti pour continuer une vie de misère entre deux plaidoiries sans âme face à des juges blasés et des procureurs las. Il suffit de voir comment ses idoles ont fait : les Ben Achour, les Pradel, les Spinosi. Des lignes claires, des sujets forts, médiatiques – oui, Igor veut l'attention médiatique et il l'assume –, et des positions tranchées. Des bêtes qui rôdent dans les tribunaux comme dans un club fermé. À lui de forcer la porte.

Il a peut-être trouvé son bélier.

En attendant, il termine son second radis.

Il doit trouver ces clandestins que les mecs comme @rider75666 exploitent. Les faire parler, témoigner même. Son arsenal juridique est prêt, ses arguments sont aiguisés : ils ne risquent rien à partager avec lui leurs conditions terribles. Au contraire. Il peut leur garantir l'anonymat, travailler en caméra cachée, trouver des solutions. Monter des dossiers de demande d'asile pour les plus galériens. Quelque chose, n'importe quoi qui prouvera qu'Igor est un vrai professionnel.

Il se replonge dans ses notes, repasse sur l'article.

Putain.

Les bonnes vieilles méthodes perdurent.

Il se souvient de Théo, son grand frère, syndicaliste acharné, qui campait devant les sièges sociaux des entreprises de BTP afin d'obtenir des papiers pour les illégaux qui transportaient des sacs de ciment sur les chantiers de la ville de Nice, là où ils ont grandi.

C'est lui qui l'a politisé. Lui a appris le sens de la justice, la solidarité. Son abnégation fascinait Igor. Leur grande différence d'âge – près de dix-sept ans ; ils n'ont pas la même mère – donnait à l'aîné un charisme hors normes. Sa propension à tout sacrifier pour l'intérêt commun, pour le sort d'inconnus et d'indigents, rendait le cadet fier de son demi-frère. Il le suivait partout : aux manifs, aux congrès, sur les marchés, devant les usines. Igor a grandi à l'ombre des pneus fumants.

Puis vint le temps des luttes communes et des premiers désaccords. Théo militait pour une action institutionnalisée et encadrée, longuement débattue et intellectualisée, quand Igor préférait le scandale et le coup de poing. Non pas qu'il aimait casser ou occuper. Il préférait comprendre les systèmes pour mieux les pirater et les voir s'effondrer sous leur propre poids. Quand arriva le moment de choisir sa voie, le droit lui apparut comme une évidence. Maîtriser les codes et les règles du système lui permettrait de le combattre de l'intérieur. L'aîné pouvait continuer ses actions stériles face à un ordre de plus en plus réactionnaire, le cadet creuserait son trou pour mieux miner la société de l'intérieur.

Après un désaccord farouche qui les éloigna définitivement, Igor n'eut des nouvelles de Théo que par leur père. Définitivement battu par les gouvernements intransigeants et droits dans leurs bottes, il finissait sa carrière de syndicaliste sans passion et entamait l'automne de sa vie avec lassitude et ennui.

Il faudrait qu'il l'appelle.

Demain.

Il fera tout demain.

L'assiette penche. Calée contre son genou, elle reflète les images que lui renvoie l'Antenne sur le MacBook Air de treize pouces qu'Igor s'est offert pour fêter la fin de ses études. Le beurre, dehors depuis trop longtemps, a commencé à fondre. Il glisse sur la céramique tiède et chute lourdement sur le parquet du salon.

Igor s'est endormi.

PRINTEMPS

1

Abel est grisé.

Chaque centimètre de bitume que ses roues écrasent est une victoire sur la ville.

Sur les grands axes, entre chien et loup, la bécane hideuse brille de mille feux. Sous les coups de pédale vigoureux que lui inflige son propriétaire, le vélo ahane comme une bête, rue sur les bandes blanches délavées par la pluie, slalome entre les voitures et profite des tourne-à-droite pour grappiller quelques secondes sur l'horaire. Certaines pistes du 11e arrondissement sont lisses et droites. Rapides. Idéales pour le Rockrider.

Abel récupère l'anneau cyclable de la Bastille et tourne à gauche sur le boulevard Richard-Lenoir, plus dense. Son rythme baisse. Un regard rapide sur son smartphone le rassure : il est toujours sur le bon chemin. Retour sur l'Appli. Un chronomètre égrène les secondes. Il a accepté la course il y a quatre minutes trente, pour laquelle il touchera 7,90 euros HT. Retour sur Google Maps. Le logiciel l'informe qu'il sera arrivé à destination dans quatorze minutes et estime son trajet jusque chez le client à huit minutes.

Au total, sa livraison aura pris vingt-six minutes et trente secondes. Abel est dans les temps.

Quatre mois qu'il pédale.

Il ne boude pas son plaisir. Certes, son dos n'est plus qu'une mare de sueur. À la fin de ses journées, ses cuisses le brûlent et, au réveil, il peine encore à se débarrasser des courbatures de la veille. Quand il n'assiste pas aux cours de sa fac, il bosse douze heures par jour. Pour pas grand-chose, oui. Mais il est son propre patron. Il aide sa mère. Il ne doit rien à personne. Abel est libre, comme lui promettait la nouvelle économie.

La belle. La moderne. La rapide.

Le logiciel de guidage est son meilleur atout. Il lui permet d'anticiper ses trajets, idéal quand on doit livrer un repas en moins d'une demi-heure. Il suit régulièrement ses indications précises. Il n'a pas encore souhaité défier les voies à sens unique et griller les feux rouges. Il se réserve ça pour l'été, une fois débarrassé de ses obligations d'étudiant, lorsqu'il aura le temps de sillonner la ville et d'en découvrir les moindres ruelles. Il pourra alors défier la carte dessinée par Google. Abel jouera.

Les trois notes retentissent dans ses écouteurs. Au feu rouge, le livreur plie le bras pour lire la notification de l'Appli :

L'APPLI – Bonjour Abel ! Gagnez 100 € pour chaque nouveau coursier qui s'inscrit grâce à votre code d'invitation (ba5on8) et complète 50 livraisons sur l'Appli. Partagez votre lien d'invitation personnelle pour gagner GROS : bit.ly/998jjh0

Son doigt glisse sur l'écran et le rectangle gris s'évanouit.

Il espérait en recevoir une autre.

Les challenges les plus intéressants sont ceux que l'Appli lance lorsque les commandes sont nombreuses. Elle tend une carotte à ses coursiers-partenaires : pour un nombre de livraisons donné, dans un temps imparti, Abel peut toucher jusqu'à 15 euros – jamais négligeable. Les premières qu'il a reçues, il les a ignorées. Il ne connaît pas suffisamment Paris et ne prend pas assez de risques pour réduire le temps passé sur sa selle.

Recruter. Pourquoi pas.

Mais Abel ne parle à personne. Il rentre éreinté avec un RER tardif, où il cale tant bien que mal son Rockrider sans trop gêner les autres passagers, et s'endort presque. Entre la gare et son domicile, il pousse son vélo sous des lampadaires jaunis, le corps débordant d'acide lactique. À la fac – il y va le lundi, le mardi et le jeudi – il lutte trop contre le sommeil pendant les cours magistraux pour tenter de se faire des amis, encore moins des collègues.

Des collègues.

Il en croise de nombreux sur son chemin. Beaucoup sont voûtés sur leur vélo vieillissant, mais certains sont d'une élégance folle. Filiformes sur leur cadre fuselé, ils foncent comme des fusées et fondent dans le trafic fluide de cette fin de journée. Bientôt, Abel sera comme eux : rapide, précis et irrattrapable.

Il dit « collègue », mais il ne leur adresse jamais la parole, à eux non plus. Tous ont l'œil rivé sur le rectangle lumineux qu'ils se sont greffé au poignet, quand ils ne fixent pas l'horizon, le regard vide et les bras ballants. Des collègues, ça discute météo, santé des enfants, plans pour le week-end ; ça gratte la surface de l'intime, juste assez pour esquisser une existence normée. Ça se partage des tranches de vie. Eux ne partagent que l'Appli.

Le restaurant vietnamien se trouve rue du Faubourg-du-Temple, non loin du croisement avec l'avenue qu'Abel arpente.

La piste cyclable est encombrée de trottinettes et de piétons imprudents, AirPods vissés dans les oreilles. L'artère est bouchée par les voitures qui abusent de leurs avertisseurs pour remuer l'embouteillage qui congestionne l'arrondissement depuis la Bastille. Des mecs en hoverboard, suréquipés – casque, lampe frontale, genouillères, coudières – fendent les bouchons sur leur roue lumineuse.

Ses premières tournées furent balbutiantes. Pour retrouver les infos nécessaires, Abel hésitait, son sac en papier dans la main gauche, son smartphone sur le bras droit. Il avait peur qu'on lui tire son vélo, donc il lui fallait cadenasser la bête rapidement avant de trouver la bonne adresse, parfois cachée entre deux enseignes commerciales. Ça va un peu mieux depuis. Il a pris le pli. À peine bonjour, un rapide *check* pour voir si le pourboire est versé et c'est reparti.

Ce avec quoi il a le plus de mal, c'est l'odeur pestilentielle de son sac carré. Burgers, bobuns, pizzas, salades, smoothies, sundaes, crêpes, kebabs y marinent suffisamment pour laisser une empreinte olfactive indélébile. Plus que pour son odorat, Abel s'inquiète pour sa caution. Il demandera à sa mère de lui passer un peu de Javel avant de rendre le matériel.

Le vélo d'Abel tremblote sur les pavés du haut de la rue du Faubourg-du-Temple. À la voirie chaotique s'ajoutent les habitants qui débordent des bars inondés de bière et de rires. Abel les évite en tordant son guidon. Battu, il pose un pied à terre et se fraye tant bien que mal un chemin vers sa destination, bousculé par des fêtards ivres et bienheureux, oubliant leur quotidien morose dans l'ambre d'une roteuse tiède. Si leurs yeux sont vides, leurs sourires sont francs. Ils sont beaux.

Une fois franchie la marée humaine, la rue regagne son calme. Abel vérifie les numéros avant de s'arrêter définitivement.

Le restaurant vietnamien se profile à l'horizon, au seuil d'une rue goudronnée à la va-vite. Sa vitrine est couverte d'autocollants indiquant aux passants que l'établissement est partenaire de l'Appli.

Un livreur patiente devant l'enseigne, la nuque cassée en angle droit, les yeux scotchés sur l'écran de son smartphone. À son tour, Abel consulte son LG : au lieu des quatorze minutes trente prévues, il a mis dix-huit minutes dix à rejoindre l'établissement. Il perd du temps. Il cadenasse son Rockrider au pied d'un panneau de stationnement interdit, dépasse son collègue et pénètre à l'intérieur du Palais d'Asie. Il retrouve deux livreurs, eux aussi penchés sur leur portable. Un petit monsieur surgit de la cuisine et tend un sac en papier par-dessus le comptoir qui fait face à la salle.

– La 9820, bobun nem, une bière et deux mochis thé vert, merci.

Un coursier se lève, fourre la commande dans son sac isotherme carré et quitte les lieux.

– Laquelle ? lance le petit homme à Abel.

Il retourne sur l'Appli.

– 3586.

– Attendez, s'il vous plaît.

Une tablette convoque le petit homme. Il se précipite sur

l'écran qu'il tapote de ses doigts gras et envoie des ordres en cuisine, où on lui répond d'une voix lasse. Un coup de torchon sur le comptoir, pour personne, histoire de dire.

Aux murs, quelques photos du Mékong. Des hommes sur des chaloupes. Des femmes affairées devant des marmites fumantes.

Au plafond, une frise d'orchidées à la blancheur cassée par la fumée de cigarette.

Sur les tables, des sets rouges en papier.

Devant, personne.

Pas un client n'occupe le restaurant. Seuls quelques livreurs passent, emportent leur dû et repartent.

Abel regarde l'heure. Les minutes s'égrènent.

– La 3586, menu végan avec thé noir, merci.

Velcros.

Sac.

Velcros.

Cadenas.

Abel repart.

Les trois notes retentissent. Il a récupéré sa commande, il lui reste sept minutes et dix-huit secondes pour atteindre son objectif : 29, rue Debelleyme, en plein cœur du Marais.

Coup d'œil sur GMaps, qui lui confirme les huit minutes de trajet.

Il va falloir faire vite.

Abel dégringole tant bien que mal jusqu'à la place de la République, où Google Maps lui ordonne d'emprunter la voie partagée avec les bus. Quelques mètres, puis c'est un carrefour indéchiffrable qui se dresse devant lui. Coup d'œil sur le téléphone : prendre à droite, éviter le boulevard

Voltaire pour ensuite récupérer le boulevard du Temple, au coin de la place et du restaurant Indiana.

Les trois notes, encore.

Il ne lui reste que six minutes.

S'il dépasse la demi-heure, il perd les 7,90 euros HT. C'est inconcevable.

Il grille un feu rouge. Un coup d'œil à droite et à gauche l'a rassuré sur la position des scooters et des piétons.

Il quitte le boulevard et déboule dans la rue Charlot.

La vitesse est haute, 3-7, et ses coups de pédale puissants.

Quatrième sortie sur le rond-point, vers la rue de Turenne.

Trois notes pour les trois minutes qu'il lui reste.

Abel passe en danseuse. Il sent la commande brinquebaler dans son dos. Les voitures, agacées, ne prennent aucune initiative pour laisser passer le cycliste. Qu'il se démerde !

Les trois notes, encore.

Elles le sonnent comme un maître pressé armé d'une clochette ridicule qui s'agiterait en l'absence de son valet.

Deux minutes.

Quelques mètres plus loin, la rue est bondée. Des piétons traversent la chaussée sans regarder, au milieu d'un concert de klaxons assourdissants. Abel entend deux commerçants discuter : un accrochage entre un van blanc et un deux-roues semble avoir bloqué la voie. Abel aperçoit un colis Amazon volumineux sur le sol, et un T-Max à la renverse. Il lui faut changer d'itinéraire.

Coup d'œil sur GMaps.

Trois notes. Une minute.

À droite sur la rue de Saintonge, étroite et à sens unique. Et déjà un SUV qui déboule. Abel fonce, sans réfléchir. Même s'il reste sur l'espace réservé aux cyclistes qui pédalent à contresens, le rétroviseur côté conducteur lui frappe l'épaule gauche sans ménagement. Il n'est pas déséquilibré.

Gauche rue de Normandie, encore un sens unique, cette fois-ci seuls des scooters viennent à sa rencontre. Une accélération et il s'insère rue Debelleyme.

Pas le temps de cadenasser le Rockrider ni de retirer son sac gris.

Le bras, plié, lui rappelle les infos.

E. Querchave.

29, rue Debelleyme

35A96 puis 9174, troisième gauche.

Abel pianote le premier code sur un pavé doré, puis le second sur des boutons en plastique gris.

Trente secondes à son chrono.

Il avale les marches de l'immeuble et sonne à la bonne porte. Dès qu'il entend des pas, il sort le sac en papier de son carré et le pose au sol. Il ouvre l'Appli pour valider la livraison. Il lui suffit de faire glisser un bouton jaune vers la droite.

Dix secondes.

– Bonsoir.

Abel ne lève pas la tête. Son réseau tousse. Il est en H+, deux barres. Pas l'idéal.

Cinq secondes.

– Bonsoir…

Enfin, un émoji souriant apparaît sur son écran.

– Bonsoir !

– Bonsoir, bonsoir, soupire Abel. (Il ramasse le sac en papier et le tend à E. Querchave.) Voici.

– Merci. Au revoir.

La porte claque.

Fin de l'interaction.

Abel respire.

D'habitude, il aime jeter un œil à l'intérieur des appartements. C'est son petit plaisir. Là, il était trop préoccupé par la validation de sa commande. Il n'a rien vu de l'intérieur d'E. (Étienne ? Ernest ? Émilien ?) Querchave, client du Palais d'Asie, 29, rue Debelleyme, 35A86 puis 9174, troisième gauche, menu végan avec thé noir. Cet inconnu dont il connaît le nom, l'adresse, le digicode et le régime alimentaire.

En général, les clients entrouvrent leur battant comme le ferait un propriétaire méfiant de voir débarquer des gêneurs malvenus. Parfois, ils sont si prudents qu'Abel ne distingue aucune forme humaine, pas un membre, pas même une ombre. Personne. À peine perçoit-il le bruit de fond d'un enfant qui joue, d'un conjoint qui téléphone ou d'une télévision branchée sur Netflix – la nouvelle saison de *The Crown* est dispo, a-t-il appris.

En descendant l'escalier de l'immeuble – sublime colimaçon en pierre de taille qui garde une fraîcheur bienvenue sur les six étages qu'il escalade avec élégance –, il s'imagine l'intérieur de l'appartement de son client. Sans doute un immense espace, des canapés en cuir noir, du parquet au sol, des vitres donnant sur cette rue calme et cosy. Une télévision immense, sûrement, et une PS4 – au moins –, des tapis doux, une cuisine suréquipée et un système de son ultra-performant.

Un décor de cinéma.

Personne n'a volé son Rockrider. Il l'enfourche et descend la rue Debelleyme pour rejoindre la rue de Bretagne. Puis il se perd dans les dédales du Marais en attendant les trois notes qui l'informeront qu'une nouvelle mission l'attend.

Ici, les terrasses sont fournies et les murs sont propres. Il ne reconnaît aucune des enseignes de vêtements (Sandro, Comptoir des Cotonniers, French Trotters, Royalcheese, Armor Lux, Le Slip français, Kulte, Camper, Pepe Jeans, Muji, A.P.C., Saint James, The Kooples, Balibaris – deux boutiques) et s'étonne du nombre de restaurants japonais. Les noms des marques sont inscrits en lettres dorées sur des façades immaculées. De petites diodes illuminent le chemin des piétons ; par endroits, pas une voiture ne dérange la quiétude des marcheurs. Les pots de fleurs et les plantes grasses ont colonisé certaines places de stationnement. Autour de lui, des policiers circulent à vélo et saluent les passants.

Sa respiration s'est calmée. Ses cuisses sont redevenues sensibles. Il transpire toujours autant et son T-shirt est trempé de sueur – comme les mousses protectrices de son casque – mais Abel se sent d'attaque pour continuer.

Cette livraison lui a apporté une dose d'adrénaline conséquente. Entre les rappels de l'Appli, les bouchons, les itinéraires à inventer et le sprint dans l'escalier, Abel en a eu pour son argent. Il en est encore excité.

Les trois notes le convoquent.

Une nouvelle commande, cette fois-ci dans le quartier de l'Hôtel de Ville, plus au sud. Livraison acceptée. Un restaurant du Sud-Ouest. Neuf minutes de trajet, pour une livraison à une minute du restaurant.

La belle vie, se dit Abel. Ce doit être ça, le luxe suprême, aujourd'hui. Se faire livrer son repas venu tout droit d'un restaurant à une minute à vélo de chez soi.

Pour rendre ce luxe possible, il sera payé 4,70 euros. Le minimum.

La rue de Rivoli se dresse devant lui. Il emprunte la double piste cyclable et tourne rapidement à gauche pour rejoindre sa destination, à l'ombre de la mairie du 4e arrondissement.

Abel est émerveillé par la beauté de Paris, la fierté de ses vieilles pierres et l'audace des jeunes formes qui surgissent de terre, çà et là. Il apprécie particulièrement les immeubles droits et raides non loin de la porte des Lilas – « Art déco », lit-il parfois sur la façade, à côté de la date de construction. Il aime leur rigueur sèche et leurs longs reliefs qui courent du trottoir au sommet de l'édifice, en vagues rectangulaires et biseautées. Il faut les mériter : le chemin jusqu'à ces chefs-d'œuvre n'est qu'une pente raide et sans pitié, qui s'accentue encore à mesure qu'on s'approche du sommet. Plus au sud, autour du cimetière du Montparnasse, il est tombé sur des allées ombragées, hors du temps, presque hors la ville, où squares et placettes se remplissent de riverains réjouis aux premiers rayons de soleil.

Il aimerait pouvoir en être. Profiter, lui aussi. Son smartphone a toujours tôt fait de le tirer de ses rêveries.

Au-delà de ces îlots préservés, comme autant d'oasis le long des traversées dictées par l'Appli et rythmées par ses trois notes, Abel adopte une approche utilitaire du temps passé dans Paris. Il doit être le plus rapide possible. S'il est encore incapable de se passer de Google Maps, Abel s'est très tôt familiarisé avec l'enfilade de boulevards et d'avenues qui lui permettent de contourner les quartiers plus denses du centre-ville : les Grands Boulevards, de la place de la République au point de rencontre entre les rues Richelieu et Drouot, où il prend à gauche sur le boulevard des Italiens vers l'Opéra Garnier, pour enchaîner sur celui des Capucines jusqu'à l'église de la Madeleine, puis rue Royale vers la place de la Concorde où il traverse la Seine pour atteindre le boulevard Saint-Germain, au bout duquel il récupère un autre pont qui l'emmène à la Bastille, d'où il peut rejoindre République, grâce aux boulevards Beaumarchais et du Temple. Puis il a repéré la seconde ceinture, plus longue, celle qui part de la place de la Nation et court le long des boulevards de Charonne, Ménilmontant et la Villette jusqu'à la place Stalingrad ; d'ici, le boulevard de la Chapelle se prolonge en boulevard de Rochechouart puis en boulevard de Clichy pour finir sur la place éponyme où naît celui des Batignolles, qui l'emmène à l'Arc de Triomphe *via* le boulevard de Courcelles et l'avenue de Wagram. Là, il plonge sur Kléber jusqu'au Trocadéro, l'avenue de New-York et le pont d'Iéna, où Abel s'enfonce rive gauche avec le boulevard de Grenelle, qui se change en Garibaldi puis en Pasteur et Vaugirard. Un léger crochet vers le nord lui permet de récupérer le boulevard Edgar-Quinet, puis Raspail, jusqu'à la place Denfert-Rochereau, d'où il rejoint la place d'Italie, *via* Saint-Jacques et Auguste-Blanqui. La place l'envoie enfin sur Vincent-Auriol, qui franchit la Seine et devient le boulevard de Bercy puis de Reuilly, qui court jusqu'à celui de Picpus, qui boucle à Nation.

Deux artères circulaires indispensables à connaître lorsque le trajet effectué lui demande une attention de tous les instants et qu'il ne peut même pas jeter un œil sur son téléphone. Les dangers sont nombreux, à vélo, dans Paris, malgré les récents aménagements. Moins il regarde son smartphone, mieux il se sent. Et plus rapide il est. Abel s'efforce alors de mémoriser les rues qu'il emprunte, ajoutant capillarités et connexions à ces deux anneaux déjà gravés dans sa carte mentale. Plus tard, il y intégrera les trottoirs larges et les rues à sens unique strict. Il est impatient d'enfin connaître Paris.

Devant le restaurant, il reconnaît le visage de la jeune femme rencontrée à l'extérieur du préfabriqué de l'Appli, à la fin du mois de décembre. C'est la seule livreuse qu'il a croisée depuis qu'il a commencé à travailler avec l'Appli – on dit « avec » l'Appli, et pas « pour » l'Appli, comme le lui rappellent les e-mails qu'il reçoit récapitulant ses gains de la journée. Elle est presque une anomalie dans ce monde extrêmement masculin. Une curiosité. Son uniforme est frappé du premier logo de la plateforme, changé il y a dix-huit mois. Une relique. Elle doit livrer depuis longtemps.

En vitesse basse, Abel roule à sa hauteur. Elle le toise, assise sur son cadre, les bras croisés sur son guidon. Comme lui, elle garde son casque sur la tête, même à l'arrêt. Elle lui envoie un coup de menton.

– Ça va ?

– Tu livres où, là ?

– Heu… Rue du Prévôt, répond Abel, après un coup d'œil sur son LG.

– Ah ouais, t'es tombé sur une feignasse…

Abel sourit, faute de mieux, et entre dans la brasserie. Standardisé, le lieu, qui fait partie d'une chaîne, est bondé. Les serveurs cavalent entre les tables. L'un d'eux bouscule l'intrus.

– Livreurs, dehors ! Merci !

Décontenancé, Abel reste immobile quelques instants, puis ressort. Devant la porte d'entrée du resto, il retrouve la livreuse. Elle lève le menton en direction de la vitrine, pour indiquer à son interlocuteur la présence d'une info cruciale. Ce dernier se déplace et lit :

« À nos chers livreurs, merci d'attendre
à l'extérieur du restaurant. »

Un homme surgit avec un sac en papier dans la main.

– La 7893 ?

– Ouais !

La cycliste récupère la livraison et s'efface.

Le suivant est pour Abel. Plus lourd. Chaud. Il finit dans le sac d'Abel et ajoute au fumet existant une forte odeur de viande cuite.

Abel pédale tranquillement jusqu'à destination. Lorsqu'il regarde l'Appli pour vérifier le digicode de l'immeuble de la rue Prévôt, il apprend que son client précédent ne lui a pas laissé de pourboire.

Cette soirée lui aura rapporté 35,30 euros brut. Il aura travaillé cinq heures et quarante-trois minutes.

Ce n'est pas assez.

2

Ces deux-là, Lena ne sait plus quoi en penser. Si elle s'écoutait, elle les exclurait du Camion. Carl les défend. C'est à lui seul qu'elles doivent leur salut.

Depuis son établi où elle s'affaire à la lueur des flammes qui meurent dans le bidon vide, Lena les observe.

Assises sur un accoudoir du canapé, les sœurs Loursac, des jumelles belles comme le jour derrière la crasse qui leur noircit le visage, partagent un Kinder Bueno. Leur job : récupérer des capsules de café recyclables. Chaque jour, elles arpentent les cent soixante hectares du quartier d'affaires de la Défense et y récoltent les sacs dorés dans lesquels leurs clients stockent leurs doses de Lungo Forte. Puis direction un entrepôt, au nord de Paris, où elles abandonnent leur butin à leur devenir écolo, avant de repartir vers les tours de verre.

Ce sont des « légitimes ». Dans le langage du Camion, ça veut dire qu'elles travaillent sous leur vrai nom, avec leurs propres comptes. En tout cas, c'est ce qu'elles affirment.

Prostrées dans leur coin, les deux sœurs font bande à part. Elles ne parlent pas beaucoup. Il y a quelques semaines de cela, ce sont leurs bavardages incessants qui les ont mises au ban du groupe.

C'est l'Angolais, une vieille connaissance, qui leur a appris l'existence de ce lieu. Elles sont venues pour des câbles de freins endommagés. Elles ne sont jamais reparties. C'était il y a un peu plus de trois mois.

Très vite, elles s'étaient senties à l'aise dans le Camion. Elles prenaient de la place et riaient fort, vannaient pas mal et tapaient dans le dos. Elles étaient un peu rustres, limite vulgaires. Caractérielles, aussi. Mais avant tout, elles adoraient tchatcher. Leur logorrhée semblait interminable, comme si, avant de rejoindre le Camion, elles n'avaient jamais eu voix au chapitre.

Entre deux débriefs de leurs journées – lever à 7 heures, sur le vélo à 8, première tournée des entreprises jusqu'à midi, pause d'une demi-heure, puis retour au turbin jusqu'à 18 heures –, elles ne rechignaient pas à revenir sur leurs années de galère : les Loursac se sont retrouvées dans la rue il y a six ans, à l'orée de l'hiver. Quatre années durant, elles ont vécu de petits larcins et de mendicité. Une bagarre plus violente que les autres – « une branlée mo-nu-men-ta-le ! » – les a définitivement calmées. Elles se sont rabattues vers la livraison. Rien ne fut plus simple : elles avaient déjà volé leurs vélos.

Même si elles déblatéraient sans fin, elles racontaient des trucs qui touchaient les escargots. Ils se reconnaissaient dans ces journées passées à tendre la main dans le métro, à voler à l'étalage, à resquiller le bus. Alors ça leur parlait, forcément. Ça rendait les sœurs sympathiques.

Malgré sa méfiance, Lena les trouvait parfois chouettes, ces deux filles.

Un soir, à court d'anecdotes sur leur vie parisienne, elles avaient évoqué leur dernier séjour en foyer, en plein cœur de la Meuse.

Depuis plusieurs années, le département était en proie à un grave problème d'héroïne. Il n'avait pas fallu longtemps à la brune pour franchir les grilles des lycées et des centres d'éducation fermés. Les camarades des Loursac se jetèrent à corps perdu dans les shoots, quand elles se refusaient à ne serait-ce qu'en renifler la fumée âcre – elles détestent la drogue et, plus largement, tout ce qui peut leur faire perdre le contrôle ; une vieille habitude héritée de la rue, qu'elles connurent trop jeunes, une rue où les deux jeunes femmes devaient sans cesse être sur leurs gardes. Un soir, elles durent dégager *manu militari* un consommateur venu squatter leur lit double pour préparer son fix. Le matériel du gamin se brisa en mille morceaux sur le sol carrelé. Il entra dans une colère noire et s'en prit aux jumelles. Elles l'abandonnèrent gisant dans son propre sang. Le lendemain, elles eurent dix-huit ans. Les sœurs Loursac avaient déjà fugué. Elles quittèrent ainsi le circuit d'aide pour mineurs.

Quelques semaines plus tard, elles arrivèrent au nord de Paris et continuèrent à jouer des coudes pour se faire respecter. Peu impressionnés par ce déchaînement de violence, deux bonshommes, plus stupides que les autres, voulurent se mesurer à elles. Elles les avaient, eux aussi, laissés pour morts sur le parking de l'ancien bowling de la porte de la Chapelle, encore ouvert à l'époque. Ils ne durent leur survie qu'à un joueur frustré d'une défaite trop sèche, parti prématurément de sa partie en cours.

Lorsqu'elles terminèrent leur histoire dans un grand éclat de rire, un ange passa au milieu du Camion.

Elles en avaient trop dit. Leurs exploits confirmèrent les craintes des uns et alimentèrent les préjugés des autres. Lena, encore hésitante quant à l'attitude à adopter face aux jumelles, sentait déjà poindre sous leur air débonnaire une propension à la violence ; elle fut définitivement convaincue que les Loursac étaient dangereuses. Seul Carl parvint à la dissuader de les bannir du Camion.

Depuis, chacun connaît leur goût pour la brutalité et l'insulte. Même si elles n'ont jamais fait preuve d'agressivité ni de malveillance, désormais les escargots les craignent, et elles se coltinent une réputation ternie. Un cocktail détonnant qui les isole du reste de la communauté.

Elles sont tout juste tolérées.

Lena termine de rustiner une chambre à air. Elle tend sa bécane à un gamin qui ne doit pas avoir plus de seize ans.

Carl s'approche d'elle. Il est éreinté après une longue soirée à livrer des pizzas – c'est soir de match.

– Alors, pour les comptes… Tu as pu te renseigner, finalement ?

– Oui. Ça ne m'a pas l'air très compliqué.

– Je t'écoute.

– Pour créer un compte, il faut être microentrepreneur. Et pour cela, il faut réunir un certain nombre de documents. Passeport, attestation de domicile… Avoir un numéro de téléphone et une adresse e-mail aussi.

– OK… Pour le numéro de téléphone, ça devrait aller. Le reste…

Les dernières braises crépitent au fond du bidon d'huile. Il est minuit passé. La riante atmosphère dans laquelle baignait le Camion a laissé place à un mince filet de conversation entre quelques livreurs. Les Loursac somnolent dans leur coin.

Carl est parvenu à convaincre Lena de passer à la vitesse supérieure. Consciente de la précarité dans laquelle vivotent les escargots, elle s'est laissé séduire par les arguments de l'Angolais : réparer ne suffit plus, il faut leur donner des comptes, maintenant. Leur donner les moyens de sortir un peu plus la tête de l'eau. Avec tous les risques que cela comporte.

– Il faut voler, quoi, lâche Lena. Des passeports, surtout, des cartes Vitale... Après, pour les attestations de domicile, c'est pas sorcier, je peux les falsifier sous Word. Transférer le courrier à Vaclav-Havel, quand il s'agira de recevoir de la paperasse...

– À combien ça reviendrait ?

– C'est pas donné. Disons que pour ouvrir ton compte Appli, faut au moins avoir un RIB, et pour avoir un RIB, faut ouvrir un compte en banque. Y a des moyens de le faire, mais ça tourne autour de 50-80 euros. Sans compter le transfert de courrier.

– Quatre jours de boulot, à fond. C'est faisable...

Silence. Puis :

– C'est un risque que tu es prête à prendre ?

– Et toi ?

– Moi ?

Carl pouffe. Des risques. Il ne sait même plus la différence entre présence et absence de risques. C'est parce que les fringues de l'Appli – empruntées au mec qui lui loue son compte – l'assimilent à la masse des livreurs qu'il se sent relativement en sécurité. Et surtout, les flics qui auraient envie de le titiller, Carl peut les semer. Ils ne sont pas près de lui faire quitter le territoire, le dernier qu'il lui reste. Et puis, il est rapide. Même à 40 % du tarif.

– Moi, je dis OK.

– Bien.

Lena entre dans son camion-benne et en ressort avec un Moleskine rafistolé de toute part. Elle l'ouvre sur une page noircie de notes et pose son doigt sur un mot cerclé de rouge.

– Un passeport, une carte Vitale. Et un smartphone. T'as raison, le tien tiendra pas longtemps.

Carl, sourire aux lèvres, relit les inscriptions de Lena. Son écriture est précise et serrée.

– Commençons par ouvrir un compte.

– Tu vas voler ?

Carl expire un bon coup. Au moins, sa situation l'a sorti de l'engrenage dans lequel il s'était jeté. Arrivé en France sans repère et sans idée, il a agressé, un peu, volé, beaucoup. C'est comme ça qu'il est tombé sur la route des Loursac. Elles bossaient dans le même coin que lui. Il a du mal à ne voir en elles que des écervelées ultra-violentes, comme nombre de ses potes du Camion. Il a été comme elles, lui aussi. Frustré, agacé, impuissant, dans une situation inextricable, où rien ne lui profite. Isolé. Seul. Violent.

Ses coups d'œil vers les jumelles ont trahi sa pensée. Lena ignore ce qu'il leur trouve.

– Tu es sûr de toi ?

– Elles ne demandent que ça. Réintégrer le groupe.

– Elles sont présentes.

– Personne ne leur parle.

– Elles ne parlent à personne. Elles font peur à tout le monde, aussi…

– Lena…

– Des types laissés pour morts, Carl ! Tout le monde craint qu'elles pètent à nouveau un câble.

– Et toi ?

Un temps.

– J'sais pas… C'est compliqué… Elles iraient où, si…

– Donne-leur cette chance.

– Tu parles d'une chance. C'est jouer avec le feu, Carl.

– Tu verras… Elles seront à la hauteur.

Lena abdique. Ce ne sont pas les premières jeunes récalcitrantes qu'elle sera capable de dompter. Mais l'Angolais est prévenu, au moindre écart, elles sortent.

Reconnaissant, Carl abandonne la prof et va rejoindre les Loursac.

3

L'avocat a continué de converser avec @rider75666. S'il a toujours refusé de lui donner le contact d'un de ses clients, comme il les appelle, il a fini par lui lâcher une info par DM :

> Si j'étais vous, j'irais traîner place de la République et pte de la Chapelle. Les locataires s'y retrouvent pas mal.

Il a pianoté un message de remerciement, quitté l'application Twitter et préparé son voyage. L'après-midi même, il a pris le chemin du centre de Paris.

– Casse-toi ! Casse-toi, j'te dis ! Sale communiste ! Fous-moi la paix, laisse-moi bosser, là ! Moi j'ai besoin de cette thune, OK, j'suis pas une feignasse d'assisté, d'accord ? Alors fous-moi la paix et va bien niquer ta mère !

Le choc est rude.

Igor chancelle.

Il ne s'attendait pas à être accueilli comme un sauveur, mais la volée de bois vert qu'il essuie est violente.

Il tente de calmer le jeu.

Avant d'attaquer porte de la Chapelle, Igor a voulu tester la température place de la République, plus proche de son domicile. Là, toutes les enseignes de fast-food que la terre porte possèdent une succursale. Et devant, des livreurs attendent des commandes. Igor a pris soin de débarquer avant 18 heures. Avant le coup de feu.

– Mais attends, tu…

– Putain mais casse-toi ! Moi je travaille, OK ? Si je livre pas, je gagne pas, OK ? Et tu viens me casser les couilles avec tes dossiers, tes trucs d'avocat et tes machins, là, mais dégage avec tes trucs, sérieux !

– Calme-toi ! Oh ! Calme-toi !

– Vas-y, ferme ta gueule, je vais rater ma commande, là !

Le smartphone du livreur n'a pourtant pas vibré. Son visage poupin, même durci par des journées à rallonge, ne laisse aucun doute à l'avocat : ce gamin n'a pas dix-huit ans.

– On peut pas juste discuter, deux minutes ? Deux minutes, c'est tout. Et j'te jure, si tu dois partir, tu pars. Promis.

Igor utilise le tutoiement imposé par son interlocuteur.

– Allez, vas-y… Tu me proposes quoi, sérieux ? Vas-y, tu me proposes quoi ?

– On est cool, c'est bon ?

– Ouais, ouais, vas-y, dis-moi c'est quoi ta solution, là.

– Tu loues des comptes ? Ça t'arrive ?

– Ça te regarde pas !

– OK, OK… Moi, je veux vous réunir, pour vous défendre, d'accord ? Pour faire front commun.

– Ouais, mais moi, j'veux être tout seul, hein. Merci quoi,

j'bosse quand j'veux, où j'veux, j'fais ce que j'veux. J'ai pas besoin d'ton aide, sérieux, moi, tout va très bien.

– Attends, écoute-moi ! Écoute-moi ! Si on est nombreux et organisés, on peut faire pression, pour obtenir des protections, un jugement ! Par exemple, si tu tombes, t'es foutu, tu l'sais ça ?

– Mais vas-y, j'tombe pas, moi, je suis pas fou ! Je suis en scoot, déjà, c'est les mecs en vélo qui tombent ! J'fais ça depuis un an et demi et il m'est jamais rien arrivé.

– Eh, mais si ton pote, là, renchérit Igor en désignant un autre livreur, il tombe, lui.

– Mais j'en ai rien à foutre de lui, il fait ce qu'il veut !

L'altercation attire les curieux. Les voisins du coursier sourient, certains filment. Igor les observe sans intervenir.

Il est venu avec Toma, un jeune stagiaire, qu'il paie une misère pour l'assister, de temps à autre, sur le dossier des livreurs qu'il peine tant à monter. En retrait, Toma prend quelques notes, et reluque la vitrine du McDo, où des clients scrutent l'avocat filmé par une armée de smartphones.

Rien ne se passe comme prévu. Igor doit reprendre le dessus.

– Si on fait pas pression sur les politiques, on…

– Mais mon gars, tes politiques, ça fait quarante ans qu'ils foutent rien pour moi, tes politiques ! Quand ils disent pas que je suis une racaille, ils disent que je suis un terro. Et parce qu'ils viennent jamais chez nous, ils disent qu'on habite dans les quartiers perdus de la République !

– Ouais, mais…

– L'Appli, elle, elle s'en fout d'où j'viens ni comment je m'appelle. C'est la seule ! Ça me sert à rien ce que tu me racontes, sérieux.

– Attends, écoute-moi…

Trop tard. La commande est passée. Le livreur entre dans le McDo, s'empare d'une commande et enfourche son scooter.

Toma prend le bras d'Igor et l'attire à l'extérieur du petit cercle qui s'est formé autour de lui.

– Laisse tomber.

Le gars a recraché exactement ce que l'Appli veut qu'il recrache. Ce que je veux, quand je veux, comme je veux, peu importe qui je suis. Igor enrage. Mais comment lui en vouloir ? Ils auront toujours l'argument massue face à ses idéaux et ses solutions : en attendant, si je ne bosse pas, je n'avance pas. Argent facile, en quelque sorte. Miettes à la demande.

Qu'ils protestent, l'Appli trouvera toujours des gens prêts à travailler pour moins. Au final, peu renoncent.

Il sort une clope qu'il allume en tremblotant, alors que Toma et lui prennent la direction de la porte de la Chapelle. Quarante-cinq minutes de marche par le boulevard Magenta, puis la rue du Faubourg-Saint-Denis et enfin la rue Marx-Dormoy. Histoire de se remettre les idées en place.

Toma demande s'il peut tirer deux lattes sur la fin de la cigarette. L'autre accepte.

Le stagiaire balance les stats qu'Igor lui a demandé de récupérer. Difficile de dire combien de livreurs emploient les diverses plateformes de livraison, mais ce qu'il sait, c'est que l'Appli est présente dans cent quarante villes. Si quelques syndicats et collectifs se sont organisés et des actions de blocage de restaurants ont eu lieu, ils ont encore du mal à être audibles auprès des pouvoirs publics et des médias. Les plus valeureux lancent des alternatives, des coopératives.

D'autres continuent le temps de voir s'ils pourront faire autre chose. La situation est délicate.

– Ça ne sert à rien de parler avec ces mecs-là, ils ne veulent rien savoir…

– C'est pourtant avec eux qu'on pourra faire quelque chose, Toma…

– Les baisses de tarif, les risques… Ils continuent. Malgré tout.

Comme au bon vieux temps.

Son frère, Théo, racontait à Igor ces sans-papiers qui venaient, tous les matins, sur les chantiers, sans la moindre protection, sans la moindre assurance d'être payés, parce qu'il leur fallait au moins croire en la possibilité de l'être. Il avait même assisté à ce que les patrons les plus cyniques appelaient une « rafle » : quand ils habitaient encore dans le Sud de la France, Théo avait dormi dans un camp, pas loin de la RN202, qui relie Nice aux stations de ski des Alpes-Maritimes. Un bidonville peuplé d'immigrés clandestins et de travailleurs pauvres. Vers 4 heures du matin, les chefs de chantier venaient avec des camionnettes pick-up et sélectionnaient les plus solides et les moins regardants. Tous les matins. Sept jours sur sept. Puis Théo avait monté un piquet pour protester, convoqué la presse. Ça avait fait grand bruit pendant trois jours. *Nice-Matin* avait mis le sujet en une. Finalement, ça s'était tassé. Et ça avait recommencé.

Comme cette putain de migraine qui ne part pas.

Igor a beau se masser les tempes, respirer profondément, boire de l'eau, rien n'y fait. Elle l'a saisi en sortant du métro à Répu et ne l'a pas quitté depuis. Quand le stress est monté face au livreur véhément, elle a suivi le mouvement. Elle frappe le crâne d'Igor en accord avec les battements de son cœur. Il la sent migrer derrière son œil gauche qu'elle enveloppe de ses bras de feu. Sa force fait lâcher sa paupière, mi-close sur sa pupille lasse.

Il faut tenir.

La porte de la Chapelle est en vue.

Les voitures se frayent un chemin entre les mendiants et les travaux. Igor et Toma, encore à quelques mètres des lieux, entendent les automobilistes verrouiller leurs portières à l'approche des enfers. Les crackeux s'écroulent sur les trottoirs, les dealers se diluent au milieu de la dalle et les flics s'essoufflent à filer des délinquants beaucoup plus rapides qu'eux.

Avec leurs vélos rouillés, des livreurs slaloment avec difficulté dans ce magma, ils grincent dès que leur guidon tourne ou déraillent au pied des feux rouges, ajoutant du désordre au désordre en bloquant la route à des véhicules impatients de quitter les lieux.

– @rider75666 m'a dit qu'on pouvait en trouver ici, aussi.

– Où ça ?

Igor pointe du doigt le dernier abribus encore debout. Là, une petite troupe d'hommes, plutôt jeunes et sportifs, partagent un câble d'alimentation avec lequel ils chargent leurs smartphones, attendant fébrilement qu'on leur file un code pour bosser.

Il est 18 h 42.

Il y a de l'agitation, on se dispute le dernier port libre. Finalement, c'est un homme aux cheveux poivre et sel qui s'en empare. Un gamin s'éclipse en lançant des insultes à ceux qui sont restés.

Igor est tendu. Aller leur demander de venir les rencontrer au cabinet, raconter leur histoire, participer au montage d'un dossier, l'accompagner dans son entrisme, quand les mecs se disputent pour *peanuts*, c'est mission impossible. Son mal de crâne s'intensifie.

Ils sont à quelques mètres. Pas besoin d'aller les voir, ce sont eux qui les interpellent. Très vite, le ton monte. Igor et Toma s'écartent.

Un homme part en courant.

« Bordel, en plus, ils pensent qu'on est de la police. »

Les autres réalisent que l'absence d'insigne, d'uniforme et d'arme les place dans une position nouvelle.

Igor tente de nouer le contact.

Aucune réponse.

Il se rapproche.

Les insultes, plus violentes encore que celles essuyées place de la République, partent.

Au fond, un homme filme la scène.

Igor ne se souvient plus comment la situation a dégénéré. Il ne voulait pas mal faire. Il voulait leur parler. Les convaincre. Les faire venir avec lui.

Lorsque la bouteille de verre vide s'écrase sur sa tempe droite, il ne la sent même pas. Sa migraine est si forte que seul le goût du sang lui permet de comprendre la gravité de la situation.

4

Navigateur Web ouvert sur l'écran de son smartphone, Abel regarde une nouvelle fois la vidéo de l'agression des deux mecs venus à la rencontre des livreurs. « Altercation sauvage porte de la Chapelle » ; c'est ce que dit le bandeau au pied de l'écran, en lettres noires sur fond jaune. L'Antenne rabâche cette histoire en boucle, son et lumière à l'appui. On vit une époque dangereuse.

Abel le reconnaît. Il s'apprêtait à récupérer une commande au KFC de République quand il a assisté à la discussion entre le mec en costume qui s'est pris une bouteille de bière vide sur la tempe et un livreur, juste devant le McDo. Ça parlait défense, union, communisme. Sans doute un syndicaliste. Il a écouté son laïus, deux secondes. Il avait le temps, sa commande devait être livrée rue Blondel, à quelques encablures de la place.

Son discours était fou. Unir ? Organiser ? Mais le mec a rien compris. C'est tout le monde contre tout le monde. C'est la seule règle. La jungle, la vraie. Ça, Abel l'a vite pigé. Alors, s'associer à d'autres livreurs, personne n'osera.

Lui n'osera pas.

Il a trop besoin de ce job. Faire la grève ? C'est perdre 20 euros. Le double si c'est un jour complet. Et encore, hors taxe. Tenir plus longtemps, et c'est son arrêt de mort qu'il signe. Le sien, et celui de sa mère.

Hors de question.

Et à quoi bon ? Si lui ne bosse pas, l'Appli trouvera quelqu'un d'autre.

Quand même, il faut dire que ce pauvre gars et son pote ont pris une sacrée branlée. Celui en costume est tombé le premier, du sang plein la chemise, sûrement dû à la blessure qu'Abel devine sur son arcade sourcilière. L'autre, plus gringalet déjà, plus chétif, a tenté de le protéger mais des coups de pied dans les reins ont eu raison de lui. L'attaque a duré moins d'une minute. C'est suffisant pour convoquer experts, politiques, journalistes et historiens sur les plateaux de l'Antenne. C'est la chienlit, l'hallali, il faut intervenir et vite, après la pub.

6 h 30. C'est l'heure.

Abel se lève enfin, s'habille à la hâte, enfile son casque, récupère son sac cubique et son vélo, qu'il remonte tous les soirs dans son appartement de peur de se le faire tirer. Une fois dehors, il pédale jusqu'à sa station de RER D qui le conduira jusqu'à la gare du Nord. Là, il se connectera à l'Appli et pourra commencer à bosser.

Arrivé en gare, Abel ouvre la sacoche qu'il garde en bandoulière et vérifie une nouvelle fois son kit de survie : gilet fluo soigneusement plié, batterie de portable de secours avec son câble USB, barre chocolatée pour la fringale de 14 heures. Le LG est chargé à bloc.

Il n'a pas réuni la somme espérée. En cinq mois, pas une

fois Abel n'a atteint les 500 euros. Il plafonne difficilement à 380, 400. S'il continue à renoncer aux bonus proposés par l'Appli – elle l'a encore relancé au sujet du recrutement de nouveaux coursiers-partenaires –, Abel n'atteindra jamais son objectif. Il doit se prendre en main. Pour lui, pour sa mère.

Il l'a encore ratée ce matin. Ces temps-ci, elle n'est plus qu'un discret claquement de porte, très tôt ou très tard. Elle est partie avec un Noctilien pour récurer les chiottes d'un immeuble de verre aux abords du boulevard périphérique. Elle ne parle jamais de son job. Elle ne parle plus beaucoup, d'ailleurs, elle lui écrit des SMS courts et inquiets. Elle lui demande de faire attention. D'être prudent. De ne pas sécher les cours. Le reste du temps, elle le passe à lui dire qu'elle l'aime.

Il répond par l'affirmative à tout ce qu'elle lui demande. Lui aussi, il l'aime. Mais cela ne l'a pas empêché de commencer à lui mentir.

Les cours à la fac sont déjà un vieux souvenir. S'il veut gagner plus, Abel doit se rendre davantage disponible. Le calcul a été rapide. Alors qu'il se rendait en cours trois jours par semaine, il ne va plus à la fac qu'un lundi sur deux. Il essaie de se remettre à niveau la nuit, mais l'épuisement et les courbatures ont vite raison de lui. Il est déjà conscient qu'il passera par la session de rattrapage de juin. Il lui reste un mois et demi.

Abel soulève son vélo et entre dans la rame du 7h02.

Dans son compartiment, d'autres mecs comme lui. Les pieds plantés sur le sol, ils tiennent leurs vélos levés, écouteurs dans les oreilles et regard vitreux figé sur la vitre. Ils jettent un œil au passager qui vient d'entrer. Abel les ignore.

Les trois notes.

Dans un mouvement synchrone, tous les passagers vérifient si c'est eux que l'Appli convoque. Non, celles-ci sont pour Abel.

L'APPLI – Bonjour Abel, candidatez pour devenir Ambassadeur ! Vous souhaitez augmenter vos revenus et défendre vos intérêts ? Les Ambassadeurs de l'Appli veillent à garantir votre liberté de travailler quand vous voulez, comme vous voulez. Pour en savoir plus : bit.ly/998jjh0

La notification disparaît d'un glissement de phalange.

Abel relève la tête.

Il détaille la compétition. En ce 8 mai, le beau temps a poussé tout le monde à porter des shorts. Les quadriceps et les mollets des coursiers-partenaires sont finement dessinés. Mâchoires serrées, nuques épaisses et bras secs. Abel a encore un peu de chemin à parcourir pour atteindre ce degré de perfection physique.

Un rapide coup d'œil sur son LG. L'application météorologique nativement installée sur son téléphone lui annonce de fortes températures toute la journée. Les gens ne vont pas mettre le nez dehors. Il y a du blé à se faire.

Le train arrive. Abel en sort, fourre son LG dans la poche protectrice qu'il remonte jusqu'à son biceps, enfourche son Rockrider et se connecte.

7h58. Il fait déjà une chaleur à crever.

Les trois notes.

L'APPLI – TRÈS FORTE DEMANDE – Bonjour Abel ! Il fait chaud et c'est un jour férié, la demande va être exceptionnelle aujourd'hui ! Un challenge par palier sera déclenché à 11 h. Vous pourrez débloquer 12 € pour 9 courses réalisées et 20 € pour 11 courses réalisées de 11 h à 14 h. Profitez-en pour maximiser votre CA. Bon ride et surtout soyez prudent !

Là, OK. Il va jouer.

En plus, il est au bon endroit.

D'après les recherches qu'il a pu faire en consultant la presse gratuite destinée à une population urbaine et branchée disponible sur les comptoirs, les 10e et 11e arrondissements, bien cernés par les deux ceintures qu'Abel connaît par cœur, sont ceux où se trouvent le plus de restaurants susceptibles d'avoir monté un partenariat avec l'Appli, et ceux où la circulation des vélos est la plus facilitée. De la bistronomie, du *healthy*, du 100 % végan, du *gluten-free*, des bars à eaux magiques, des bars à houmous, des bars à salades, des palais du fruit, des palaces du légume, des grottes à féculents, des châteaux de volailles, des antres à carnivores, *fast food*, *comfort food*, *street food*, *junk food*, *thai food*, *fusion food*, *slow food* ; il y a tout. Sur une surface raisonnable. C'est son meilleur pari.

L'autre avantage non négligeable : les toilettes publiques et les fontaines. Elles sont gratuites, nombreuses et accessibles. Il en aura besoin. La semaine dernière, Abel a demandé à un restaurateur s'il pouvait se soulager dans son établissement. Pour seule réponse, l'homme, le nez vissé sur sa tablette, a tapoté de son Bic bleu une pancarte collée au dos la caisse.

« L'usage des toilettes est strictement réservé à notre aimable clientèle, merci de votre compréhension. »

Les emplacements de chaque restaurant, chaque chiotte publique et chaque point d'eau gratuit que comptent les quartiers du canal Saint-Martin, de la gare du Nord, de la gare de l'Est, de la Bastille, de Voltaire et de Nation ont été enregistrés sur son profil Google. Ils apparaissent sous la forme d'étoiles ou de cœurs sur sa carte 100 % personnalisée.

Abel est prêt. Il va saigner Paris.

Pour 12 euros de plus.

Si tôt le matin – sa première commande tombe à 8 h 07 –, il livre surtout des petits déjeuners, parfois quelques menus Big Mac pour des groupes de retour de soirée, mais c'est assez calme. Les maigres euros qu'il récupère lui serviront à se payer un sandwich avant le coup de feu. Il se laisse aller jusqu'à 10 h 30, où il va rejoindre l'endroit stratégique pour bien commencer sa session bonus une demi-heure plus tard.

Place de la République.

Une masse attire l'œil d'Abel.

Sa carrure ne passe pas inaperçue. Il est toujours installé à la même place, sur un banc de pierre, face aux trois enseignes de fast-food présentes au sud de Répu. Très costaud, le bonhomme garde la main droite posée sur son genou droit. Les doigts agiles de sa main gauche font tournoyer son Huawei, dans l'attente d'une commande.

Son œil est rivé sur le McDonald's qui commence à se remplir.

Coup de frein.

Abel tourne la tête.

La revoilà.

La femme du préfabriqué.

Le livreur la dévisage.

– Quoi ?

– Lui, là…, dit Abel en pointant le colosse. C'est quoi son bail ?

– C'est Mike.

– Il fait quoi ?

– Il est persuadé que c'est en restant devant le McDo que toutes les commandes qui transitent dans un temps donné vont lui parvenir. Mais il se plante royalement.

– Pourquoi ?

– Bon…

Elle baisse la tête, la relève, puis :

– Si tu me niques sur des commandes…

– Je vois pas pourquoi.

– T'as l'air malin… Ta carte, là, dit-elle en désignant d'un coup de menton le LG d'Abel qui affiche toujours le GMaps de son interlocuteur, elle est sacrément fournie côté 10 et 11. T'apprends vite.

Sourire d'Abel.

– L'Appli te repère si tu bouges. Beaucoup ont pensé qu'en attendant devant les restos, ils choperaient les commandes instantanément. Ç'a été vrai, au début, mais l'algorithme a évolué. C'est vivant, ces trucs-là. Il y avait tellement foule devant les fast-foods que le logiciel a cherché une porte de sortie. Et a commencé à distribuer des courses à ceux qui pédalaient *autour* du resto. Des mecs et des meufs en mouvement.

– Je vois.

– Alors, si tu veux mon avis, reste pas trop là.

– J'y comptais pas.

– Et une dernière chose…

– Oui ?

– Fais gaffe aux agressions. Les mecs qui se font sauter dessus pour trois Big Mac… Ce n'est pas rare.

Elle remonte la manche de son T-shirt pour dévoiler une cicatrice sur son biceps gauche.

– Et quand on te pousse en pleine descente, ça laisse des traces.

Abel sourit – il ne sait pas vraiment quoi répondre à cette info. Il lui donne simplement son prénom.

Elle, c'est Jane.

Jane s'éloigne.

La première commande tombe. Il est 11 h 11.

C'est parti.

Burger King. Pour une livraison au 61, avenue Mathurin-Moreau, à onze minutes.

Ça marche.

Il entre dans le restaurant, patiente dans la file réservée aux livreurs, récupère son dû et repart.

Abel vérifie son itinéraire jusqu'à destination. Plutôt simple. Magenta, puis à droite sur la rue de Lancry, qui se prolonge en rue de la Grange-aux-Belles, là, toujours tout droit jusqu'à la place du Colonel-Fabien, troisième à droite, en direction des Buttes-Chaumont.

Go.

Les rues de la ville sont presque désertes. La canicule a barricadé les gens chez eux. Les clims ont été poussées à fond dans les restaurants et les appartements : leurs systèmes d'extraction rejettent sur Abel des bouffées chaudes qui saisissent ses cuisses découvertes.

La pente est raide. Des gouttes de sueur piquent ses yeux secs, l'obligeant à clore ses paupières pour mieux s'en protéger. Son crâne est inondé de transpiration. Le soleil cogne encore plus fort que prévu. Pour s'économiser, il passe en vitesse basse : 1-5, puis 1-4, au croisement avec la rue Juliette-Dodu, un carrefour saturé de scooters. Une fois sur le rond-point de la place du Colonel-Fabien, il tremble sur les pavés jusqu'à atteindre la bonne sortie. Un feu rouge lui permet de récupérer un peu d'énergie, le temps de s'engager dans l'avenue. Une nouvelle pente raide. Il passe en 1-3.

Enfin, il arrive devant l'immeuble en brique du 61, avenue Mathurin-Moreau. Dix minutes de trajet. Abel est en nage.

Digicode.

Porte.

La fraîcheur du hall en pierre est une bénédiction. La sueur du livreur se glace. Il baisse la tête pour retirer son casque et laisse un courant d'air frais lui caresser les cheveux. La mousse de protection goutte sur le sol. Abel expire un bon coup et lève les yeux.

De lourdes pierres jaunes forment une arche au-dessus de lui, gardant ce havre de sérénité à l'abri de la fournaise extérieure. Un tapis rouge guide les visiteurs jusqu'à un escalier majestueux où une élégante volute en fer forgé slalome jusqu'au dernier étage, surplombé par une verrière dont les vitres ont été occultées avec soin. Abel pose sa main sur la rampe et grimpe lentement les marches. Il atteint son objectif et sonne chez Thierry Brionne, 61, avenue Mathurin-Moreau, digicode 55490, quatrième étage, appartement 42 – double Whopper et frites, Coca zéro et un milk-shake à la vanille.

Abel s'amuse à imaginer l'intérieur, comme chaque fois qu'il livre un repas. Il voit un petit appartement où s'entassent un humain, un chat et tout un tas de meubles. Peut-être que la cuisine n'est pas rangée, sans doute que le lit est défait. Les hauteurs sous plafond doivent être intéressantes.

La porte s'ouvre sur un bras nu.

– Bonjour, votre commande.

– Merci, au revoir, bon courage.

Terminé.

Abel n'aura rien vu, si ce n'est le battant gris épais, tout de bois et d'acier. Sur la base de la poignée de porte, un autocollant de serrurier a survécu aux assauts d'un ongle féroce. On devine encore le numéro de téléphone de l'artisan à contacter en cas d'urgence.

Le livreur dégringole les escaliers et retourne dans le four. Les derniers nuages qui estompaient encore la violence du soleil ont disparu.

Les trois notes.

Il a pris 1 euro de pourboire, cette fois-ci, avec un petit mot : « Hey, l'Appli, merci de veiller à ce que les livreurs aient accès à de l'eau, ou au moins une serviette… ☀️💦😛 » Merci bien. Un « bonjour » fait tout autant plaisir.

Les trois notes retentissent à nouveau.

Une nouvelle commande. Un restaurant végétarien, à quelques encablures. Abel l'atteint sans difficulté.

11 h 39. Il est dans les temps.

Un autre livreur attend devant, les yeux sur son portable. Pour la première fois, Abel voit un de ses collègues décoller la tête de son écran. Il peut détailler les traits de son visage, le bleu intense de ses yeux, les légers défauts de sa peau, l'alignement approximatif de ses dents, qu'il aperçoit à la faveur d'une bouche entrouverte.

– Un livreur est tombé.

– Pardon ?

– Il s'est pris une voiture.

– …

– Il est dans le coma.

L'histoire ne l'a pas marqué. Le reste de sa matinée est rythmé par les éternelles trois notes de l'Appli. Il se surprend même à les fredonner, en attendant qu'on lui tende sa livraison.

À 12 h 02.

Puis à 12 h 27, 12 h 39, 12 h 57, 13 h 09, 13 h 31 et 13 h 47.

À 14 heures, au moment de mordre dans sa barre énergisante, Abel aura parcouru 42,9 kilomètres, sué sang et eau, brûlé ses bras et ses jambes et livré huit commandes.

Pas neuf.

Il ne touchera aucune prime.

Dans le RER tardif qui le ramène chez lui, Abel refait ses calculs. Google Maps ouvert, il suit du doigt les huit trajets empruntés le matin même. Il tente plusieurs combinaisons, modifie les étapes, écarte les doigts sur son écran tactile pour zoomer sur un quartier. Non, il en est sûr : il n'a fait aucune erreur. Il n'aurait pas pu aller plus vite. Même s'il était monté sur les trottoirs, avait coupé les ronds-points, adopté un comportement délirant – en plus des risques qu'il a déjà pris à griller les feux rouges et les priorités, sans cesse poussé par les trois notes à pédaler en surrégime – il aurait livré aussi rapidement. Le problème, c'est le temps d'attente entre les commandes.

Si lui n'a pas fait d'erreur, c'est que l'Appli l'a volontairement fait patienter pour éviter qu'il touche la prime mise en jeu.

En portant son vélo dans les escaliers vétustes de son immeuble, Abel ne peut se débarrasser de la désagréable impression de s'être fait baiser.

5

Ça tambourine sec au fond de son crâne. L'avocat est contraint d'agripper le dossier de sa chaise pour ne pas vaciller.

– Ils vous ont vraiment recousu comme des sagouins…

– Oui… Un jeune interne…

– Bah, ça vous laissera un beau souvenir. Vous marquez ?

Igor secoue la tête.

L'infirmière lui sourit puis l'abandonne, une compresse trempée de Betadine entre ses mains gantées.

Elle s'appelle Zoey. Elle est anglaise. C'est la première fois qu'Igor la voit. Elle doit lui changer son pansement quotidiennement, à heure fixe. L'ordonnance prévoit encore une dizaine de visites.

Son cabinet est douillet. Les murs rose pâle ne sont habillés que de quelques affichettes médicales. Un joli bureau en bois clair sur lequel repose un ordinateur portable au ventilateur bruyant fait face au hall d'entrée de l'appartement, qui sert aussi de salle d'attente. Elle loue ce petit espace avec deux collègues, au croisement de la rue de Vaugirard et de la rue de la

Convention. Les trois femmes se répartissent les horaires, du lundi au samedi, et sont de garde à tour de rôle, le dimanche, pour les urgences. C'est ce que lui a dit l'Anglaise. Même s'il s'en fout.

Zoey revient apposer un nouveau pansement sur le front de l'avocat. Une fois l'opération terminée, elle lui adresse quelques recommandations pour éviter de mouiller la zone.

Elle est aimable et doucereuse.

Igor la trouve insupportable.

Depuis l'agression, il est à cran.

L'infirmière range ses instruments.

– À demain.

– À demain, oui.

L'avocat claque la porte, quitte l'immeuble et s'enfonce dans le 15e arrondissement. Il suit la rue de la Convention vers l'ouest, en direction de la Seine. Les jours fériés bien placés dans la semaine, comme ce 8 mai, ont cette vertu de vider les trottoirs. Il marche presque à l'aveugle, guidé par l'habitude, certain de ne bousculer personne en ne déviant pas d'un pouce sa trajectoire jusqu'à destination. Au bout d'une douzaine de minutes, il prend à gauche sur la rue Auguste-Vitu qui continue sur une placette, après être passé sous l'arche d'un immeuble beige. La place est encerclée de bâtiments aux façades couvertes de carrelage blanc. Igor habite celui du milieu, au numéro 9. Il s'éponge le front avec la manche gauche de sa chemise.

La chaleur est infernale. Et l'été ne commence que dans deux mois.

Dans l'ascenseur, il croise son reflet dans un grand miroir. Sale gueule, quand même. Il faudrait qu'il prenne des nouvelles de Toma.

La vidéo de leur agression tourne en boucle depuis vingt-quatre heures, sur l'ensemble des tubes. Postée sur Twitter trois minutes après les faits, elle a ouvert le flash de 22 heures, sur l'Antenne, juste avant l'émission de Paul Parsène, qui s'est emparé du sujet. À 23 h 30, toutes les éditions de la nuit la relayaient en masse. Le lendemain matin, dans sa matinale, l'Antenne a invité des sémiologues, des policiers et des éditorialistes pour en débattre. Les synthés changeaient toutes les sept minutes : « Agression à porte de la Chapelle », « Un groupe de migrants s'en prend à un inconnu », « Quartier perdu de la République ? » À 11 heures, le ministre de l'Intérieur a lâché un tweet. À 13 heures, les JT des chaînes généralistes ont ouvert sur la vidéo. Un correspondant campe place Beauvau. En quinze heures, l'agression d'Igor est devenue une affaire nationale.

C'est inespéré.

Igor est enfin entré dans l'actu. Il a revu la vidéo. Elle est violente, sèche. On l'identifie bien. Ce n'est qu'une question d'heures avant qu'on le contacte.

Près de vingt-quatre heures ont passé, et on ne l'appelle toujours pas. Sur Twitter, sur Facebook, sur Gmail : rien. Personne ne l'a contacté.

Installé sur son fauteuil club, il shoote un SMS neutre à Toma. Il écrit un DM à @rider75666. Recharge constamment leur conversation en espérant une réponse. Passe dans la cuisine où il gobe deux aspirines pour tenter de calmer sa migraine. C'est finalement son jeune stagiaire qui lui écrit le premier. Il va bien, quelques ecchymoses mais rien de grave. Non, il ne préviendra pas l'école du barreau. Lui, on le reconnaît moins sur la vidéo.

À demain, bonsoir.

Le Samsung d'Igor sonne à nouveau.

Numéro inconnu.

Il décroche.

– Allô ?

– Allô, maître ? Je suis bien au téléphone avec maître Igor Ca…

Dans le grésillement, Igor a reconnu son nom.

– C'est bien moi, oui.

– Bonjour, Yass à l'appareil, je suis journaliste pour l'Antenne.

L'avocat frissonne.

– Je vous appelle pour obtenir confirmation que c'est bien vous l'homme qui se fait agresser sur la vidéo qui tourne en boucle sur les réseaux sociaux depuis hier.

– Qu'est-ce qui vous fait penser que cela peut être moi ?

– Des livreurs vous ont reconnu, maître. Certains de mes contacts affirment qu'il s'agit bien de vous.

Igor se contracte. Il parle peut-être, ce @rider75666.

– Si c'est moi, ou mieux, si ce n'est pas moi, qu'est-ce que cela change pour vous ?

– Si ce n'est pas vous, je vous prie de bien vouloir m'excuser et il ne me reste plus qu'à vous souhaiter une bonne journée… Si c'est vous…

– Oui ?

– Si c'est vous, je vous demanderai une confirmation officielle et vous adresserai une demande d'interview.

Enfin.

Un frisson de plaisir parcourt son corps fourbu. Il ne voit plus la vétusté de son studio et oublie quelques instants sa migraine. L'Antenne. Autant dire le Graal.

– Maître ? Vous êtes toujours là ?

L'avocat expire lentement.

– Avant de vous confirmer quoi que ce soit, j'ai besoin de garanties.

– Des garanties ?

– Oui.

– Allez-y, dites toujours…

– Je veux qu'il soit bien clair entre vous et moi que si j'accepte, ce n'est en aucun cas pour accabler mes agresseurs. Mieux, ce serait même pour les défendre.

– Maître, je dois vous avouer que ça me convient très bien.

– Si je suis coupé ou invectivé, je mettrai fin à l'interview.

– Maître, nous souhaitons connaître votre point de vue, pas vous imposer le nôtre, ou celui de quiconque.

– Bien. Je veux faire l'interview depuis mon cabinet.

– OK, on vous envoie un cadreur.

– Quel genre de questions me poserez-vous ?

– Maître, je ne conduirai pas l'interview. Elle sera faite en duplex par Paul Parsène, l'animateur de « Débats », dans la tranche horaire 22 heures-minuit – je ne sais pas si vous connaissez.

– Si, si…

– C'est l'émission la plus suivie par notre cible commerciale.

Jackpot.

Mais Igor n'est pas naïf. Il connaît les risques. Et il connaît bien l'émission.

S'il met un doigt dans l'engrenage, il sait qu'il ne va pas pouvoir dire ce qu'il veut, qu'il sera coupé, relancé, critiqué, attaqué sur des bases infondées, juste pour que ça buzze.

Mais là, maintenant, il va falloir que ça buzze.

Il faut rattraper le retard.

Entrer dans son jeu et faire dérailler la machine de

l'intérieur. Tout en montant les échelons aussi rapidement qu'il le voulait.

– Bien.

– Alors, les conditions vous semblent-elles réunies ?

Igor se jette.

– Je vous confirme que c'est bien moi.

– Très bien. Acceptez-vous de répondre aux questions de Paul Parsène ?

– Oui, oui.

– Je vous remercie, maître. Un JRI viendra à votre cabinet autour de 21 heures pour installer le duplex.

– Un JRI ?

– Un journaliste reporter d'images. Un journaliste avec une caméra, si vous préférez.

– D'accord.

– Cela vous convient-il ?

– Oui. Je vous préviens, j'ai un pansement au-dessus de l'arcade droite.

– C'est parfait, maître.

– Soit.

– En revanche, je n'ai pas trouvé l'adresse de votre cabinet sur Internet.

– Oui, c'est au… 9, place de la Montagne-du-Goulet. C'est dans le 15e.

– Parfait, je transmets l'adresse de votre cabinet à mon collègue qui sera sur place à 21 heures, soit dans une grosse demi-heure, pour un passage à l'antenne aux alentours de 22 h 08 – c'est ce que dit mon conducteur, mais ça peut encore changer. Vous ouvrirez la tranche horaire, maître. C'est une belle exposition.

– Si vous le dites.

– Merci, maître, et à bientôt j'espère.

– Merci à vous.

Igor reste fixé devant son smartphone encore quelques instants.

Il pense à Théo. Sa méthode va fonctionner, Igor en est sûr. C'est en direct qu'il faut battre le fer. Face à ses contradicteurs. Son frère le verra. Il sera bien obligé d'admettre que c'est Igor qui avait raison.

Enfin, on sonne. Il est 20 h 57, c'est le JRI de l'Antenne.

Igor se dirige vers l'interphone et fait entrer son visiteur après avoir vérifié son identité. La porte grande ouverte de son studio laisse entendre une démarche lourde.

Un jeune homme musclé pénètre chez l'avocat. Un sac à dos et deux trépieds sur l'épaule : Igor le trouve peu chargé.

– C'est par où ?

– J'ai pensé qu'on pouvait faire ça devant la fenêtre.

– OK, si vous voulez… Faut que je fasse des tests, au moins pour le son, mais pourquoi pas.

Le gars fait un tour rapide des lieux. S'il ne dit rien, Igor croit deviner une profonde déception dans ses attitudes. Si c'est ça, les cabinets d'avocat, maintenant…

– Ouais, ça devrait le faire.

Il sort un iPhone XR de son sac et le clipse sur le haut de son premier trépied. Un petit projecteur monte au sommet du second. Igor s'empare d'un micro, relié à un mélangeur sur lequel le cadreur s'affaire déjà. Il lui tend des oreillettes Bluetooth, pour le retour.

– Code wifi, s'il vous plaît ? lance-t-il à l'avocat.

– Heu, sur le frigo…

Le gars repart, revient.

– Vous faites des duplex avec ça, uniquement ?

– Un bon wifi pour transmettre le flux vidéo HD en direct, c'est largement suffisant, maître.

– Mais du coup, y a quoi dans votre gros sac, si vous avez besoin que de ça ?

Le gars sourit. Il pose un genou à terre, ouvre son barda. Au fond, soigneusement plié, un sac carré frappé du logo de l'Appli.

– Vraiment ?

– Ça arrondit les fins de mois, maître.

– Mais je pensais que...

– Attention, test.

Tout fonctionne.

En attendant 22 h 08, les deux hommes ne se parlent pas.

À 21 h 55, Igor entend la voix de Paul Parsène dans ses AirPods. Quelques amabilités. Oui, le son fonctionne. « Merci à vous, maître, de nous accorder cet entretien exclusif. »

Le gars reprend la main.

Quelques minutes encore, puis sans crier gare :

– OK, antenne dans dix, neuf, huit...

Le projecteur s'allume.

– Cinq, quatre, trois...

Igor inspire un grand coup.

– Deux, un...

Il ne sent même plus sa migraine.

6

Jane est éreintée.

Elle n'a plus l'âge.

Sur son Rockrider 520 – la gamme du dessus, celle conseillée par les vendeurs Decathlon – toujours vaillant malgré ses quatre ans, elle a toutes les peines du monde à grimper la rue de Ménilmontant. Elle savait qu'accepter cette livraison au numéro 162, le niveau le plus élevé, serait un défi, encore plus par cette chaleur.

Elle abandonne au niveau du 94. Tant pis, elle poussera sa bécane jusqu'à destination. Et tant pis si ça lui fait perdre de précieuses minutes. Ça ira.

Le job a changé. Quand elle a commencé, c'était presque un taf sympa.

Quatre ans séparent ces deux expériences de coursier-partenaire et un monde s'est formé entre les deux. Au début, on pouvait se faire un peu de fric. Facilement. C'était nouveau, c'était fun, on faisait du sport en même temps qu'on bossait. Elle avait même sympathisé avec une ou deux filles, plus jeunes qu'elle. Elles se refilaient des tuyaux, devisaient sur les raisons qui les avaient poussées à s'inscrire sur l'Appli, échangeaient sur le futur. Toutes voyaient cela comme un job temporaire.

Elles étaient sympas, ces meufs. Elle ne sait pas ce qu'elles sont devenues.

Jane a arrêté de pédaler au bout de huit mois, après l'attaque dont elle fut la cible. Deux gamins l'ont fait chuter pour récupérer sa commande ; elle en a gardé deux broches et ce sillon de peau fine qui lui strie le bras droit. Dieu merci, quelques jours plus tard, l'annonce de l'obtention de son prêt bancaire mit un premier terme à sa carrière de livreuse. Elle allait pouvoir voler de ses propres ailes.

Son café branché, vaguement bio, a tenu un an et demi. Son associé lui a rapidement revendu ses parts, échaudé par le nombre ridicule de clients ayant daigné passer leur porte en un an d'existence. Jane a continué l'aventure six mois de plus, jusqu'à ce qu'elle craque et lâche l'affaire. Endettée, elle a dû faire face et a ressorti son vélo. Ses parents, retranchés en banlieue depuis leur départ à la retraite, n'ont appris la réalité de sa situation que plus tard, lorsque son père, désireux de faire une surprise à sa fille, avait trouvé un magasin de vapoteuses en lieu et place de l'établissement de Jane. Ils ne lui ont pas proposé de l'aider, vexés, sans doute, par le manque de confiance dont avait fait preuve leur enfant pour ne pas oser leur dire la vérité. Qu'elle avait planté son affaire, vivait en coloc' et s'apprêtait à livrer les mêmes tartes qu'elle cuisinait à des clients qui n'avaient pas voulu faire trois cents mètres pour pousser la porte de son commerce.

La décision de retourner vers l'Appli n'a pas été simple

à prendre. Lorsqu'on a passé la trentaine et qu'on est une femme, revenir à des petits boulots après avoir flingué un business, ce n'est guère flatteur. Bien que Jane soit convaincue que le genre n'a rien à voir là-dedans. Jusqu'à ce qu'elle réalise qu'elle était la seule meuf présente sur les lieux pour récupérer son nouveau sac carré frappé d'un tout nouveau logo, et déposer les 120 euros de caution, en décembre dernier. Elle n'a pas croisé d'autres meufs depuis son retour aux affaires. La livraison de repas à domicile est devenue une affaire de bonhomme.

Et un métier rude. Stressant. Les trois notes la rendent folle. Pédaler la rend folle.

Arrivée au 162, elle livre la pizza prévue et retourne à son vélo, dont le cliquetis des rayons, assourdissant maintenant qu'elle n'entend plus que ça, la rend folle.

Elle n'a pas voulu y aller plus tôt parce que cela signifiait expliquer son échec, affronter la vérité.

Mais au moins, si elle rend visite à ses parents, elle pourra choper le scooter de son frère.

Jane plie le bras droit, ouvre l'Appli et l'informe qu'elle se déconnecte pour la journée.

7

Les sœurs Loursac ont rempli leur mission : elles ont entre les mains deux passeports, deux cartes Vitale et un smartphone, un iPhone X. Une fois leur butin remis à Lena et Carl, elles ont renoué avec leurs vieilles habitudes, et ont conté leurs exploits dans les moindres détails à quelques escargots parmi les moins méfiants.

Elles ont ciblé la Défense, cette zone qu'elles parcourent tous les jours. C'est pratique. Mais aussi pensé. Les jumelles les entendent parler, ces gens-là. Ils s'abandonnent parfois dans les trajets en ascenseur qu'ils empruntent avec elles, se confiant à leurs collègues comme si les Loursac n'existaient pas. Elles ont appris à suffisamment les connaître pour vouloir leur faire du mal.

Travaillent ainsi dans ce quartier des hommes et des femmes sans ambition autre que de gagner un salaire suffisamment élevé pour maintenir le niveau de confort acquis par les deux générations qui les précèdent. Ils s'habillent de la même façon, marchent au même rythme et se ressemblent tous. Les modes et les tendances glissent sur eux comme l'eau sur les plumes d'un palmipède. Le sort des classes sociales qu'ils considèrent comme étrangères – même s'ils les côtoient quotidiennement dans les restaurants, les boutiques, les bureaux et les lieux culturels qu'ils fréquentent – ne les intéresse guère, mais ils ont un avis sonore lorsque leur rébellion rythme les flashes spéciaux de l'Antenne, dont ils raffolent. Ils ne se sentent en sécurité qu'entre eux. Ils travaillent dans un cocon stérile qu'ils ne quittent jamais. Ils y sont bien. Si bien qu'ils baissent la garde.

D'abord, les sœurs Loursac ont repéré leurs victimes sur l'esplanade, au pied de la Grande Arche. Elles les ont suivies jusqu'à leur lieu de travail et ont attendu leur pause déjeuner. Une fois ressorties de leur immeuble de verre et d'acier, leurs proies ont profité du beau temps pour s'installer en terrasse, commander la formule déjeuner à 13,50 euros (salade, boisson non alcoolisée, dessert, fruit) et papoter avec un ou une collègue. Munie d'un plateau-repas récupéré au sommet d'une poubelle en plastique, l'une des jumelles, que les clients ont dû prendre pour une technicienne de surface vu son grain de peau et la qualité de ses vêtements, s'est suffisamment rapprochée de sa cible pour bloquer son champ visuel. Il ne restait à sa sœur qu'à subtiliser le sac négligemment posé sur le dossier d'une chaise.

Elles ont répété l'opération une seconde fois avant que les vols soient reportés au propriétaire du restaurant.

Pour le smartphone, elles ont agi dans la foule. En pleine heure de pointe dans les transports bondés, elles ont cerné un homme le nez figé sur son iPhone. Une fois rassasié, il a fini par le glisser dans la poche intérieure de sa veste. Un coup de frein de la rame a fait le reste. L'annonce du conducteur sur la possible présence de pickpockets dans les trains, en station Franklin-D.-Roosevelt, est venue trop tard.

Lena et Carl sont presque impressionnés.

Les jumelles ont vraiment bien bossé.

Comme la prof leur avait demandé, la photo de la propriétaire d'un des deux passeports – une certaine Ruth Emelian – lui ressemble grandement. Ce sera parfait pour ouvrir un compte Nickel – un service bancaire accessible aux précaires sur simple présentation d'une pièce d'identité avec photographie récente et d'un numéro de téléphone, en ligne ou dans un bureau de tabac.

Entre-temps, Carl s'est procuré une carte rechargeable avec un 07 provisoire et a ressuscité le vieux Nokia de Lena. Son téléphone actif en poche, elle s'est rendu à Colonel-Fabien, chez un buraliste partenaire, pour y ouvrir son compte contre 20 euros et un scan du passeport volé. Elle est repartie avec un RIB et une Mastercard dont elle a reçu le code PIN par SMS, tandis que l'Angolais créait une adresse e-mail et imprimait une fausse attestation de domicile dans un CopyTop non loin de Stalingrad. Le tout leur a permis d'obtenir une carte SIM Free 4G et un numéro de téléphone pour l'iPhone X, rebooté par les Loursac. Les courriers de l'opérateur, envoyés à l'ancienne adresse de Lena à l'attention de « R. Emelian », seraient tous transmis à Vaclav-Havel – un transfert organisé par leurs soins et facilité par une bibliothécaire complice.

Enfin, Lena s'est inscrite sur une banque en ligne, prenant soin de choisir la moins regardante en termes de conditions de revenus. En plus des documents obligatoires dont elle possédait déjà une copie, elle a vidé son Nickel afin d'abonder son nouveau compte, homologué, celui-ci, pour recevoir des revenus de microentrepreneuse. Une dizaine de jours plus tard, elle faisait partie de la grande famille du système bancaire français *online*.

Passeport, carte Vitale, IBAN, attestation, téléphone et abonnement 4G : Lena s'apprêtait à ouvrir et gérer une microentreprise au nom de Ruth Emelian.

Elle a transmis les papiers idoines à la chambre de commerce et d'industrie d'Évry. Le 9 mai, alors que Carl visionne sur le site de l'Antenne la vidéo de l'agression de l'avocat porte de la Chapelle, Lena débarque au Camion une enveloppe à la main.

– Ça a fonctionné. Je suis inscrite.

L'Angolais s'empare du courrier, en extrait le contenu et s'affaire quelques minutes sur l'iPhone X, qu'il garde branché à une multiprise cabossée. Enfin, il agite son smartphone, ouvert sur l'Appli, devant le nez la prof. Son compte est activé.

Il est beau, là, devant elle. Le soleil, au zénith, illumine Carl d'une lumière blanche. Il se tient droit face à la canicule, le front perlé de sueur.

Elle ne sait pas quoi penser de cette opération.

Elle s'est jetée dans cette mission parce qu'elle y a retrouvé le frisson de ses années d'enseignement. Elle est utile à nouveau, elle sert, oui. Mais elle aurait voulu autre chose pour ses escargots. Autre chose que ce système qu'elle abhorre. Hier, celui des rencontres en ligne et du bonheur filtré. Aujourd'hui, celui des livraisons rapides et de l'ultraconnexion. Ce nouveau commun qui sans cesse isole.

Au moins, cette fois-ci, elle n'est plus seule.

Victoire.

Lena jette un œil autour d'elle. Le Camion est désert, en cette fin de matinée. L'établi est propre, le canapé laissé au repos, le bidon fume encore du brasier de la veille. Elle a construit quelque chose ici.

Un foyer.

– Il faut penser à la suite.

Carl la tire de ses pensées.

– La suite ?

– On va en créer d'autres.

ÉTÉ

L'APPLI – Chers coursiers-partenaires ! Dans deux jours, nous mettons en place une nouvelle tarification. Le tarif minimum est supprimé mais votre rémunération augmentera pour les courses au-delà de 10 minutes – nous supprimons ainsi la règle des 30 minutes. Les strikes sanctionneront des commandes non livrées dans un délai **raisonnable** (à la discrétion des clients et/ou de l'Appli). Il est temps de dépasser vos limites ! Bon ride et surtout soyez prudent !

1

Irène Flavian.

117, boulevard du Montparnasse.

Un menu M4 avec plateau de makis saumon, une salade de chou, une soupe miso, une bière Asahi.

Digicode 67B19 puis 2253. Quatrième étage, porte face.

3,80 euros.

Philippe Ponte.

8, rue Lourmel.

Un cheeseburger supplément bacon, frites de patate douce, six nuggets de poulet, un Coca-Cola.

Digicode 1789, sonnerie appartement 24. Cinquième étage, porte droite.

5,08 euros.

Isidore Hersen.

387, rue des Fossés-Saint-Bernard.

Deux Happy Meal Nuggets/jus d'orange/tranches de pomme, un Big Mac, un Big Tasty, frites et *potatoes*, deux Sprite, une boîte de douze et trois sundaes chocolat.

Digicode 87B34 puis 0076. Ascenseur F. Huitième étage, porte gauche – « tapez à la porte, la sonnette ne fonctionne plus ».

4,20 euros.

Archibald Ezequiel.

2, avenue de la Porte-de-Ménilmontant.

Un Kinder Bueno white.

Digicode 7890. Escalier B, code 586A. Premier étage, appartement Ezequiel.

0,65 euros.

Stéphanie Therand.

13, rue d'Alembert.

Deux hot-dogs au sanglier, frites/ketchup, une soupe de champignons et deux Orangina Light.

Digicode 1184. Cour n° 9, cinquième étage droite – « l'ascenseur est en panne🙄 ».

2,02 euros.

Anne-Sophie Kurzen.

28, avenue Mozart.

Une quiche aux poireaux, deux farcis niçois, un jus détox ananas/kale/kiwi.

Digicode 90544, puis 11B77. Ascenseur impair, troisième étage, appartement 1310.

7,95 euros.

Jacinthe Cohen.

34, rue des États-Unis.

Quatre Whoppers, quatre Cocas, quatre milk-shakes vanille.

Digicode 4552. Sonnerie Cohen. Deuxième étage gauche.

2,35 euros.

Olivier Charlier.

61, rue de Lancry.

Une marguerite, une hawaïenne, une bouteille de rosé, deux beignets fourrés au chocolat.

Digicode 0983. Sonnerie Charlier. « Premier étage, puis prendre le couloir à droite jusqu'au deuxième escalier, dernier étage porte du milieu. »

5 euros.

Duong Tran.

39, rue Charles-Fourier.

Un plateau Liban (houmous, kefta, taboulé), deux pains pita, deux thés à la menthe, trois loukoums.

« Sonner au bureau JADGARIN TV, puis merci d'appeler le numéro. »

3,40 euros.

Gaëtan Goban.

6, rue Myrha.

Un poulet tikka masala, un riz blanc, un *palak paneer*, une Kingfisher et deux lassis mangue.

Digicode 5674 puis 123B5. Deuxième étage droite.

4,20 euros.

*

Après sept mois passés à livrer, Abel a beaucoup changé.

Décalant déjeuners et dîners, toujours frugaux, pour maximiser ses *rides*, il s'est considérablement affûté et a remplacé son gabarit malingre par une carrure de gymnaste. Ses cuisses et ses mollets se sont musclés et son torse, raidi par trois séries de trente pompes quotidiennes, s'est asséché. Ses épaules ont gonflé. Il porte désormais du L. Il ne craint plus les mecs tankés qu'il croise dans le RER. Mieux, il aime à penser qu'il est devenu celui qui impressionne quand on entre dans la rame.

Cette nouvelle carrure n'est pas seulement le résultat d'un emploi du temps chargé. Certes, Abel passe des heures entières sur sa selle et conjugue activité physique et activité professionnelle, ce qui l'a d'abord poussé à penser que son corps d'athlète était avant tout la récompense de son sérieux et de son assiduité.

Mais il y a autre chose.

L'évidence l'a saisi un matin, devant son miroir. En suivant du regard le dessin parfait de ses pectoraux, de sa ceinture abdominale et de ses quadriceps, il a également pris conscience des conséquences du mouvement profond dont il avait senti les prémices dès le milieu du printemps, quand les premières chaleurs ont assommé les coursiers-partenaires, et dont la nouvelle tarification, en vigueur, elle, depuis le solstice, a achevé la mue.

La majorité de ses concurrents ont abandonné le vélo pour le scooter ; sous ce soleil éternel, pédaler est devenu un supplice et, désormais, les courses longues paient davantage. Les coursiers-partenaires se sont organisés pour aller plus loin, avec le moins d'effort : ils ont mis la main sur des deux-roues motorisés, des 2RM, comme les appelle l'Appli dans ses SMS et ses e-mails. Maintenant, Abel partage la route non plus avec des cyclistes élancés mais avec des conducteurs neutres, sans passion et sans panache, comateux sur leur siège, la sacoche posée sur le plancher de leurs engins. Ils patientent devant les restaurants et les fast-foods avant de vrombir aux quatre coins de la ville, laissant Abel à son Rockrider.

Lorsqu'il s'agit d'attribuer les commandes, l'Appli ne fait pas la différence entre les cyclistes et les scootéristes. Ainsi, s'il veut survivre, Abel doit se mettre à leur niveau et rouler plus vite, plus loin et plus longtemps, avec ses muscles pour seul moteur. Un soir, poussé par les trois notes, il a tant pédalé que son corps n'était plus qu'un sac d'acide lactique. Les courbatures qui avaient suivi l'ont voûté pendant une semaine. Puis la mutation a commencé. Abel s'est solidifié. Et un matin, il a vu ce nouveau corps, ces nouveaux muscles, perclus de douleurs, oui, mais taillés pour ses nouvelles missions.

C'est certain qu'à scooter il souffrirait moins.

La disgrâce du vélo fut rapide. D'abord roi, il est devenu un outil obsolète avant de se changer en marqueur négatif.

Il suffit à Abel de regarder qui pédale encore.

Ils ne parlent pas, esquivent les regards et galèrent sur des bécanes pourries. Certains roulent même sur des Vélib' électriques. Ils apparaissent par enchantement, comme sortis des limbes, squattent les abribus pour recharger leurs smartphones ou choper des codes, livrent en silence et disparaissent à nouveau.

Ces migrants, ces mineurs ou ces mecs déconnectés après deux *strikes* – bref, ces locataires – ramassent ce que les 2RM veulent bien leur laisser.

Comme lui.

Abel peste.

Il s'en foutait, avant. Quand les commandes rentraient et que les sommes récoltées étaient décentes, jamais suffisantes mais décentes, les locataires ne le gênaient pas. Le produit de la canicule et de la tarification, couplé à l'inévitable baisse du nombre de livraisons, conséquence d'un nombre de touristes insuffisant pour compenser la chute du volume de commandes faites par les résidents parisiens partis en vacances, l'a poussé à reconsidérer son point de vue.

Lutte des classes au sein du lumpen…

Ces mecs ne sont pas à son niveau. Lui est une bête. Il les écrase avec sa force brute. Mais il ne peut s'empêcher de les considérer avec dédain et mépris, comme des concurrents déloyaux et sans scrupule qui cassent le marché avec leurs comptes loués et leurs tarifs négociés sur des groupes Facebook bondés. La période estivale fait monter la tension : tout le monde se rue sur le peu de commandes qu'il reste. Les miettes que laissent les 2RM sont partagées entre des mecs honnêtes, comme lui, qui suivent les règles, et des trimards corvéables, peu regardants et interchangeables.

Ils lui piquent son taf.

C'est ça. Ces mecs piquent le taf des honnêtes gens.

Et certains le font mal.

Lorsqu'un client lui a ouvert la porte, un soir, Abel s'est pris un tombereau d'insultes. Le tonsuré à embonpoint expliqua avoir spécifiquement demandé un scooter. Les cyclistes, affirmait-il, ne parlaient pas français et connaissaient mal Paris. Résultat, sa bouffe arrivait froide. Il espérait pour Abel que ce ne serait pas le cas, cette fois-ci. De toute façon, il allait réclamer à être livré en scooter, et uniquement en scooter. C'est fiable, rapide et sûr.

Qu'est-ce que tu veux faire contre ça ? Abel a calculé : il lui est impossible de s'offrir un 2RM. Il y a bien la tentation d'en prendre un à ceux qui volent aussi les vélos, non loin des Maréchaux. Mais il s'en tient à son code d'honneur. Aux règles. Alors, oui, en fait, il sait quoi faire : rien. À part rivaliser. Essayer, au moins.

Pour cela, Abel a customisé son Rockrider.

Il a acquis une paire de phares rechargeables à port mini-USB – le premier rejoint la base de sa selle et le second s'accroche milieu de son guidon. Une gourde toujours remplie occupe le tube inférieur de son cadre qu'embrasse un porte-bidon en plastique noir. Une coque en aggloméré sur laquelle il peut arrimer son LG trône près du levier de vitesses droit. Il porte des gants à bouts siliconés qui lui permettent de manipuler son smartphone sans les quitter, et s'est offert une bombe nettoyante pour dégripper sa chaîne de vélo. Il a monté un porte-bagages sur le garde-boue de sa roue arrière. Il y harnache parfois son sac carré avec un tendeur bleu pour moins transpirer lorsqu'il arpente les hauteurs des 16e, 18e, 19e et 20e arrondissements.

Vain.

En plein mois de juillet, à plein ou à vide, il sue comme une bête.

Pour maintenir ses revenus au niveau souhaité, Abel martyrise son corps, qui ne cesse de muter. Il souffre. Mais il continue.

Il a plus que jamais besoin de fric.

Sa mère a été licenciée. Elle arrête de travailler dans une semaine. Une compression de personnel au sein de l'entreprise de sous-traitants où elle bosse depuis douze ans. Une société qui l'envoie nettoyer les chiottes merdeuses. De 5 heures à 9 heures et de 18 heures à 22 heures. Les yeux baissés sur son chariot, customisé aussi – seaux, balais, poubelle, le tout concentré sur moins d'un mètre cube, léger, monté sur roues et aisément manipulable –, elle ne croise jamais les regards des cols blancs qui salopent le sol qu'elle vient de nettoyer, inondent les éviers qu'elle vient d'essuyer, dégueulassent la porcelaine qu'elle vient de décrasser.

Ceux-là mêmes à qui elle propose ses services au black. Qui ne répondent rien.

Quand elle l'a annoncé à Abel, à la fin du mois de mai,

ce dernier a pris la seule décision qui s'imposait : il a mis ses études entre parenthèses – il ne s'est même pas présenté aux rattrapages de juin – pour pouvoir multiplier les plages horaires pendant lesquelles il peut livrer. Il a aussi renoncé aux révisions estivales qu'il s'était juré de poursuivre pour ne pas planter une deuxième fois son année de L1.

Tout son temps est désormais consacré à l'Appli. Même si c'est l'été. Même si des concurrents ne jouent pas dans la même cour. Même si les tarifs ont baissé.

Certains en ont ras le bol.

Le changement des règles imposé par l'Appli a mobilisé une poignée de livreurs, plus ou moins organisés, qui expriment leur colère place de la République ou devant des restaurants partenaires, parfois bien vides en ce mois de juillet caniculaire. Ils lui rappellent ce jeune avocat qui s'était fait casser la gueule – ce qui lui avait valu un passage chez Parsène, d'ailleurs. D'après ce qu'Abel a pu entendre en sortant d'un SushiShop en pleine manifestation, ils ont peu ou prou les mêmes motivations que maître Capelli – il se souvient bien de son nom, il l'a googlé une ou deux fois. Courses moins longues, tarifs plus élevés, reconnaissance des risques. Ce sont surtout des coursiers à vélo, des vrais, des pros qui ne veulent pas – ou ne peuvent pas – passer au 2RM. Leurs slogans se noient dans les scooters pétaradants qui partent des fast-foods à toute berzingue pour rejoindre les quatre coins de la ville.

Parce qu'il ne peut pas se passer de ces revenus potentiels, Abel n'a pas rejoint le mouvement. Il pédale, tout seul, ignorant la ferveur collective.

Il pédale, c'est tout ce qu'il lui reste.

Dans un Paris *bis*, que lui seul connaît.

Un Paris augmenté.

Sa carte Google Maps est constellée d'étoiles et de cœurs, qui ont colonisé jusqu'à la petite couronne. Elle n'est plus qu'un maillage ultra-serré où Abel a ses habitudes, ses spots et ses check-points. Il sait où boire, faire une pause, pisser, chier, par où couper pour aller plus vite, où acheter une banane ou une barre énergétique pour maintenir ses apports en sucre et son rythme.

Trottoirs, contresens, arrière-salles de restaurant, sorties poubelle des immeubles, parkings ouverts aux quatre vents : le livreur va de plus en plus vite, pénètre de plus en plus profond.

S'il survit encore, dans cette mare de deux-roues motorisés et de clandestins esclavagisés, c'est parce qu'il possède un avantage : il sait où gravir quelques marches, vélo sur l'épaule, plutôt que de contourner trois pâtés de maisons en pente ; quels trams prendre pour accélérer sa course les jours de pics de trafic quand même son Rockrider ne peut pas se faufiler entre les véhicules ; par quel parc couper pour récupérer la chaussée encore plus vite. Sa science est son dernier atout.

Le voilà de retour sur la place de la République, devant l'enfilade d'enseignes de restauration rapide. 19 h 02. C'est un bon spot pour commencer sa tournée.

Si les restaurants observent la trêve estivale, ajoutant au phénomène de baisse du nombre de livraisons confiées par l'Appli, les enseignes de fast-food ne désemplissent pas. Les touristes américains, surtout, s'accrochent à leurs vieilles habitudes. Abel en a livré quelques-uns, pendant l'Euro – qui a duré jusqu'au 11 juillet, clôturant une belle période de travail. Réfugiés dans des appartements climatisés pour éviter la chaleur – « *too hot! too hot!* » a ri un client à qui Abel a apporté son poulet frit, la semaine dernière –, ils continuent de commander. Eux, au moins, offrent de généreux pourboires. Il y en a un qui lui a lâché 10 balles, une fois.

Abel se dit qu'il reste au moins ça.

Il se dit aussi que ça ira, que les choses vont changer, que la roue va tourner. Mais au fond de lui, Abel sait qu'il est battu. Il n'a plus la foi qu'il avait à ses débuts. La frustration du premier challenge perdu s'est accentuée lorsqu'il en a raté huit autres, toujours pour les mêmes raisons – il en est sûr ; lui est irréprochable, ses trajets sont optimaux, c'est l'Appli qui se fout de sa gueule. Cette nouvelle tarification est un autre coup fourré. À cela s'ajoutent la chaleur intenable et les 2RM. Il ne peut rien faire. Il est dos au mur.

Ils le sont tous les deux.

Il le voit dans les factures que sa mère épluche, dans son œil triste et fatigué, dans le frigo qui se vide. Il lui a fait la promesse de lever le pied, de faire attention, d'être prudent. La naïveté de sa maman l'émouvrait presque. Si elle savait. Si elle savait que pour tenir sa promesse de rester dans le droit chemin, d'être le « bon garçon » dont elle rêve, il accepte l'inacceptable. Il accepte la structure qui s'impose sans violence et sans arme, sans trafic et sans racket, sans cliché. L'insidieuse, la perverse, qui se pare d'habits respectables et de connexion à haut débit, l'utile, la pratique. La nourricière, même. Il ment par omission. Mais il reste droit dans ses bottes sur un point : il respecte les règles. Même si ces règles le baisent profond.

Un temps.

Abel décroche. Son cerveau s'extirpe de la routine et du tumulte et s'autorise un pas de côté. Il se réactive.

Abel se laisse aller à réfléchir.

C'est fréquent, ces temps-ci.

Il n'avait pas le temps, avant, de réfléchir, de rêvasser, même. Il fallait comprendre l'Appli, maîtriser son fonctionnement, poncer chaque arrondissement, chaque quartier, chaque rue, chaque trottoir, chaque allée, chaque cité, chaque impasse, chaque villa, chaque passage pour aller plus vite, pour rattraper le temps gagné par les scooters. Maintenant qu'il maintient une allure dont il est satisfait, il se permet une chose qu'il pensait être un luxe.

Il pense.

Et quand il pense, c'est tout son être qui remue, qui s'ébroue à la lumière des perspectives qui s'ouvrent à lui, quand son esprit se déconnecte de l'Appli, quand il quitte le réseau.

Quand Abel est *offline*.

Les trois notes le sonnent sans ménagement.

L'APPLI – Bonjour, nous sommes à Évry dès demain de 13 h à 14 h 30 si vous souhaitez poser des questions à notre équipe d'Ambassadeurs (questions sur votre compte, retour de caution pour le sac, autre). Inscriptions sur : http://calendly.com/lapplifbs/permanences-evry
Bonne journée et surtout soyez prudent !

Des questions, ouais. Des questions.

Les trois notes retentissent derechef et le reconnectent brutalement à l'Appli.

Une commande est arrivée. D'un glissement de doigt automatique Abel accepte sa nouvelle mission. Il pénètre à l'intérieur du McDonald's, où une étudiante coiffée d'une charlotte noire lui tend un sac en papier après qu'Abel lui confirme le numéro de sa course.

Il fourre la commande 876 dans son sac, enfourche son vélo et prend le boulevard Voltaire en direction de la place de la Nation.

Il les avait pourtant repérés. Deux mecs, chacun sur un deux-roues, le suivent depuis la place. Ce n'est pas la première fois qu'on le course comme ça. Il en a déjà semé quelques-uns. Des braqueurs de commande, sans doute.

Ceux-là sont plus fourbes. Ils restent derrière lui au pied des feux rouges, prennent soin de ne pas le dépasser. Abel prend à droite sur la rue de Montreuil, en direction de Faidherbe-Chaligny, non loin de sa destination finale.

Ils le dépassent.

Il se tient prêt.

Les scooters pilent et bloquent la route. Ils foncent vers le livreur. Putain, ils sont agressifs, ceux-là… Leur conduite dangereuse pousse Abel à emprunter une impasse, sur sa droite. Il a le temps de voir la plaque : cour de l'Industrie. OK, il voit laquelle c'est. Il saura s'en tirer.

Arrivé au bout de la voie, face à une grille, Abel sent la menace lui coller au cul. Il fouille son cortex et visualise sa carte. S'il parvient à foncer vers eux avec suffisamment de vitesse pour les obliger à faire un pas de côté, il pourra reprendre la rue de Montreuil et foncer rue Titon, à sens unique, pour semer ses agresseurs.

Go.

Abel passe en vitesse 3-2. Quelques puissants coups de pédale le lancent sur l'asphalte. Il prend suffisamment de vitesse pour obliger les gars à casser leur trajectoire pour éviter le choc. Le cycliste est rapide et puissant; le temps qu'ils se retournent, les 2RM perdent déjà du terrain.

Droite au seuil de l'impasse. Le revoilà rue de Montreuil.

Abel passe en 3-7 pour bien allonger ses foulées, tourne son guidon et prend de nouveau à droite sur Titon.

Il ne voit pas le Nissan Qashqai qui déboîte sur la gauche.

La voiture percute sa roue avant et le projette vers le ciel.

*

Le bobun est froid. Yass est saoulée.

Elle s'empare de son iPhone 11 Pro, ouvre Twitter et lâche:

> @lAppli encore une livraison qui laisse à désirer. Bouffe froide, plat totalement désordonné, canette qui m'explose entre les mains et coursier muet quand je lui demande des explications… #service #remboursement #cétaitmieuxavant

L'oiseau sifflote.

En quelques secondes, une partie de ses 7 980 *followers* se chargent de répandre la nouvelle. Quelques réponses salaces s'agglutinent à son fil, comme des mouches sur une bande collante. Yass choisit de les ignorer. Si elle devait répondre à tous les porcs qui lui disent qu'ils lui livreraient bien autre chose qu'un plat, elle n'a pas fini.

Elle scrolle parmi ses mentions, sans but. Une fenêtre de notification lui indique qu'elle a reçu un DM.

> Nous sommes désolés que votre expérience ne vous donne pas entière satisfaction. Nos services

sont en train de procéder au remboursement de la commande #120988433. À très bientôt sur l'Appli !

Sourire.

Elle enfourne un nem trempé au fond de sa bouche, se rince le gosier au Coca zéro et balance le reste de son plat à la poubelle.

Le nez toujours vissé sur son téléphone, Yass sort de la salle de repos et retrouve la rédaction de l'Antenne.

L'open space est quadrillé de bureaux partagés où de jeunes journalistes, casque sur les oreilles et souris dans la main droite, scrutent les réseaux sociaux à la recherche de la prochaine vidéo qui fera le buzz. Plus loin, les seniors, une fesse négligemment posée sur le rebord d'une table, lisent des conducteurs qu'ils annotent à coups de stylo enragés, renvoyant leur copie à des assistants apeurés.

Yass ne lève pas la tête. Son parcours est inscrit dans son inconscient. Elle arpente ces allées plusieurs fois par jour, apportant dépêches et pistes de réflexion à Jean, son boss, un œil sur son écran Retina, toujours en quête de l'info que d'autres n'auraient pas. Dès son arrivée dans les murs de l'Antenne, elle s'est taillé une réputation de fouineuse hors pair, de dénicheuse de bons plans et de punchlineuse maligne.

De journaliste, pas encore.

Son plus gros coup reste la vidéo de l'agression de l'avocat, porte de la Chapelle. Là, elle a vraiment réussi quelque chose. Lorsqu'elle est tombée sur la bande de quarante-sept secondes, elle a senti qu'elle avait de l'or entre les mains. Elle a su l'imposer à son rédacteur en chef, qui lui-même l'a soumise en conférence de rédaction, où, après un court débat, Parsène a tranché que la vidéo ouvrirait l'édition du 22 heures-minuit, moins d'une heure après sa mise en ligne.

Ce coup d'éclat lui a attiré les faveurs de sa hiérarchie et la jalousie de ses pairs. Cinq ans d'études, dont deux dans des écoles de journalisme rudes et exigeantes pour finir *community manager*, mendier des piges et proposer des sujets jugés en une seconde comme « chiants » ou « inintéressants », ça crée des animosités. Alors quand quelqu'un touche le gros lot, forcément, ça se crispe.

Yass s'en cogne.

Elle a suffisamment trimé dans des rédacs pourries où personne ne l'a jamais aidée pour bouder son plaisir. Elle a grandi à la dure dans le monde de la *hard news*. Les remplacements de nuit, les duplex seule au milieu des échangeurs d'autoroute en plein mois d'août, les humiliations publiques et les moqueries susurrées dans les couloirs. Mais désormais, elle sait écrire, monter, tourner, éclairer et personnaliser un sujet. Persuadée d'être bonne, Yass a insisté, oublié de compter ses heures, tissé les bons réseaux et, enfin, s'est vu confier quelques reportages, étoffant ainsi un CV pourtant déjà bien rempli. Elle en a réalisé plusieurs avant de rejoindre l'Antenne comme pigiste, grâce au coup de main d'une camarade de promo retournée vers la presse écrite. Rebelote. Elle a accepté ce que tout le monde refusait. Elle a fait le pilier au Palais de Justice, la tête parlante devant des manifs et a même couvert une victoire en Coupe du Monde. Elle aime l'antenne, le frisson du direct, le sans-filet, le stress insoutenable avant que la parole lui soit passée et l'assurance insolente dont elle sait faire preuve quand c'est à son tour de poser la voix. Elle a tapé dans l'œil de Jean, son rédacteur en chef. La vidéo et le duplex avec l'avocat – qu'elle n'a pu assurer elle-même, à son grand regret, empêtrée dans une dispute interminable avec son désormais ex-copain – l'ont installée comme valeur sûre.

Depuis, elle a l'oreille des seniors. Ses sujets sont considérés avec sérieux, elle est respectée. Mieux, on la prend pour une vraie professionnelle.

Au moins pour une durée déterminée. Pour l'instant.

Yass veut un CDI. Elle le dit et le répète à Jean qui, lui, lui dit et lui répète qu'il est pieds et poings liés. Politique maison, manque de budget, ordre des actionnaires : la durée indéterminée n'est pas en odeur de sainteté, en ce moment.

Elle, elle y croit. Elle a la foi. Elle insistera.

De retour sur son desk, elle scanne ses divers fils Twitter et jette un œil sur les dépêches Agence France-Presse du jour. C'est calme. Elle termine sa canette qui, vide, rejoint un cimetière d'aluminium qui jonche le coin droit de son cubicule en tissu gris. En quelques clics, elle retourne sur Adobe Premiere, où elle monte son dernier sujet, shooté avec son iPhone – un reportage sur le train de vie des députés. Elle s'est mise en scène dans un exercice périlleux – elle a poursuivi un représentant de la Nation jusqu'à sa voiture de fonction – et ça a marché. Son réd' chef l'a félicitée du bout des lèvres. Non, c'est sûr, Yass a le vent en poupe.

Le voilà. Le réd' chef.

Jean, une valeur sûre dans le monde de l'info, une légende, presque. Elle était heureuse de rejoindre son équipe. Elle a rapidement déchanté. Les valises sous les yeux, l'allure débraillée et l'odeur de clope, le pas traînant et la nonchalance forcée ; cet homme n'en peut plus. Elle pensait l'avoir vu se décrépir, notant, un beau jour, l'état déplorable de son supérieur, mais elle s'est rendu compte qu'il était déjà hors jeu quand elle a commencé à bosser pour lui. Il pointe, il ne bosse plus. S'il ne veut plus de sa place, elle la prendra avec plaisir.

Fesse sur le desk.

C'est une manie.

– Ton avocat, là.

Jamais ni bonjour ni merde.

– Parsène a eu une idée… Bon, c'est son idée… Moi, je suis pas pour, mais…

– Dis toujours.

– Il veut en faire un intervenant régulier dans son émission. Ou l'inviter en tant que témoin, pour le tester, déjà… Il veut rougir un peu le plateau – il en a marre des réacs, il veut du sang neuf.

Elle l'a vu venir au moment où son regard a croisé le sien, alors que Jean était encore en train de discuter avec un jeune pigiste.

– Tu peux me filer son contact ?

– Non.

– Quoi ?

– Jean, c'est non. Je ne te donnerai pas son contact. C'est moi qui l'ai trouvé, je le garde.

– Enfin, Yass…

– Tu sais comme moi à quel point, si Paul veut l'avoir dans son émission, le contact de ce mec a de la valeur. Si Parsène le veut, il vient me voir lui. Et je saurai marchander.

– Yass, c'est ridicule, il a un site Internet avec ses coordonnées dessus, je peux très bien…

– Il ne te répondra pas.

– Ah ouais ? Et pourquoi ?

– On a un deal, lui et moi…

Jean a un mouvement de recul. Dans les cordes, il rassemble ses esprits, encore groggy par la repartie de la jeune femme. Elle vient l'emmerder, lui, le vieux briscard ? Quelle petite merdeuse ! Un deal ? Mais pour qui elle se prend, en plus ?

– Si c'est pour remettre ton CDI sur la table, je…

– Jean, n'insiste pas. C'est non.

Oui, un deal.

Depuis leurs premiers échanges, Yass et maître Capelli continuent de discuter par SMS. D'abord à propos de la situation des locataires de comptes, puis au sujet de leurs vies, à eux. Elle lui a exposé sa situation précaire, son envie de stabilité, de normalité, d'horizon, dans une profession qu'elle adore mais qui lui en demande tant. Il a détaillé la sienne, faite de galères et de désillusions. Ils se sont trouvé des points communs, des combats similaires, une même volonté de faire leur trou dans des mondes qu'ils jugent compassés et terriblement exigeants.

Lorsqu'elle a expliqué son idée à Igor, celui-ci a accepté : elle deviendrait son unique interlocutrice à l'Antenne. Toutes les demandes d'interviews passeraient par elle, et seulement par elle. Il ne répondrait pas aux sollicitations de l'Antenne si elles ne venaient pas de la jeune journaliste. Par mail, SMS ou téléphone. En échange, elle s'assurait que lui passe dans l'émission de Paul Parsène. Le deal avait été signé en trois textos.

Elle a été honnête avec lui : il a le potentiel pour devenir un « bon client ». Le duplex qu'elle a organisé s'était parfaitement déroulé. Jean était content. Paul était content. Le nom d'Igor est ressorti dans quelques réunions, comme une incarnation possible du renouvellement de chroniqueurs souhaité par l'*anchorman* – Yass évoquait souvent le nom de maître Capelli dans ces meetings. Lorsque Parsène a annoncé à Jean et ses pigistes que « Débats » ne s'arrêterait pas pour l'été – « l'info ne prend pas de vacances, elle, pourquoi devrais-je en prendre, moi » – et a demandé un nouveau *brainstorm* pour trouver des nouvelles têtes, Igor s'est rapidement imposé. Que Parsène pense que c'est son idée, si ça l'amuse. Ça ne la dérange absolument pas.

– À quoi tu joues ?

– Jean, Paul veut de l'avocat sur son plateau. Je suis la seule à pouvoir le satisfaire. Donc s'il veut faire venir maître Capelli dans son *talk*, qu'il vienne me parler directement. Je me ferai une joie de l'aider.

Elle retourne à son ordinateur.

Jean, hors de lui, se barre.

Elle garde l'œil sur l'écran.

Une goutte de transpiration dégringole le long de la nuque de Yass.

Celle du stress avant le direct.

C'est son heure.

2

Les sœurs Loursac sont allongées au milieu du jardin Villemin, à deux pas du canal Saint-Martin, dans le 10e arrondissement. Dans le parc à jeux, une armée d'enfants hurlent sous l'œil las de leurs parents. Leurs casquettes fluo font clignoter le revêtement caoutchouteux qui leur assure une chute sans douleur. Quelques clochards, encore tolérés par les flics, somnolent la tête basse en ne parlant qu'à eux-mêmes, sous le regard hostile des riverains agacés.

Tête-bêche au milieu des vacanciers occupés à parfaire leur bronzage, les jumelles s'ennuient en observant le ciel. Leurs mains droites dérangent l'herbe sèche, éreintée par les températures caniculaires. De leurs mains gauches, elles partagent une cigarette qui finira écrasée dans la terre craquelée.

Pour elles aussi, l'été est synonyme de baisse d'activité. La société qui les missionne tourne au ralenti et elles en adoptent le rythme haché, qui troue leur quotidien de plages d'inactivité plus ou moins longues. Elles en profitent pour flâner en ville, loin de ce quartier d'affaires qu'elles détestent tant. Leur dégaine dégingandée jure sur les avenues chics aux abords des Champs-Élysées mais se fond parfaitement dans la masse bigarrée du nord de Barbès. Là, elles passent partout, indifférentes, le nez en l'air et l'esprit ailleurs.

Il n'existe rien qu'elles n'aient vécu ensemble.

Enfants de la DDASS, parmi les dernières, elles ont tout connu : les familles d'accueil et les foyers, les galères et les juges pour enfants, la petite délinquance et les grosses conneries. Espiègles puis effrontées, chamailleuses puis violentes, leur chemin est jonché d'accidents dont elles furent parfois les responsables, le plus souvent les victimes. Trimballées d'une adresse à une autre par une collectivité embarrassée par ce lourd fardeau, elles ont bétonné leur relation pour contrer la froideur de l'institution et ne lui opposer qu'une seule voix. Sara et Anna sont ainsi devenues les sœurs Loursac.

À l'adolescence, leur complicité, presque inquiétante, laissa perplexes les associatifs, les parents de substitution, les instituteurs, les professionnels de santé et les fonctionnaires de police. Que l'une déconne, et l'autre imite. Que l'une fugue, et l'autre part. Que l'une tabasse, et l'autre cogne. Le suivisme dont elles faisaient preuve se transforma rapidement en une synchronicité hors normes. Désormais, elles déconnaient, fuguaient, frappaient ensemble, dans une entente parfaite, l'une terrifiant miroir de l'autre. Sous les préaux ou dans les salles d'étude, elles firent pleuvoir les coups et devinrent des terreurs, voire, comme les surnommèrent certains, des furies. Elles saccagèrent les chambres que les familles d'accueil leur réservaient, insultaient les flics et les assos, crachaient sur les pions et les « grands frères ».

Elles n'étaient que colère et violence, résistantes face à un tout qui ne pensait qu'à les dompter. Impassibles, insensibles et fusionnelles, elles ne laissèrent personne percer leur secret et jamais ne répondirent à la question que tous leur ont posée : qui êtes-vous ?

La chaleur forme des gouttes rondes sur leurs fronts dégagés. Leur cigarette est déjà finie. Dans un mouvement simultané, elles étirent leurs corps longilignes et expirent un grand coup.

Après une première expérience concluante, Carl et Lena leur ont demandé de continuer à voler. Rassurés par l'attitude bienveillante de la prof envers les deux femmes, quelques escargots ont recommencé à leur parler. Peu à peu, les sœurs Loursac ont réintégré le cœur du Camion, achetant leur validation finale à coups de clopes. Elles font de nouveau partie de la communauté.

Trop heureuses d'être de retour, elles ont fait preuve de beaucoup de zèle pour mener à bien leur mission.

Dans le calme mousseux des rues abandonnées aux promeneurs de chiens et aux aides ménagères du 16e arrondissement, les sœurs Loursac ont trouvé une mine d'or. Les vieilles dames – pas trop vieilles ; les jumelles sont dures, mais pas cruelles – trimballent leur vie dans leur sac à main, et donc leur carte d'identité et leur carte Vitale. Les arracher est un véritable jeu d'enfant.

Elles se sont ensuite déportées vers l'université Paris-Dauphine, nichée au nord-ouest de l'arrondissement, à deux pas du bois de Boulogne. Les sacs à dos des jeunes insouciants vomissent leur contenu dans les travées des amphithéâtres. Il a suffi aux Loursac de se baisser. Les photocopieuses mises à disposition des étudiants leur ont même permis de rendre à leurs propriétaires les documents égarés, passant ainsi pour de bonnes samaritaines.

Dans le quartier de Montparnasse, à quelques encablures de la tour du même nom, elles ont renoué avec leurs premières amours. Le soir, les SUV des propriétaires de restaurants ronronnent sur le boulevard Port-Royal, au pied des feux rouges. Un coup de poing américain dans la vitre, quelques directs dans la mâchoire pour sonner le poussah au volant et les voilà en possession des précieux sésames réclamés par Lena.

Elles ne crachent pas non plus sur le cash qu'elles récupèrent. Au cours de leur opération, elles ont récolté des centaines d'euros en petites coupures. Pour faire preuve de leur bonne foi, elles ont remis l'intégralité des sommes à Lena.

Elles ont volé les smartphones à l'arraché, dans la rue ou dans le métro, une fois repéré le code de sécurité utilisé par les propriétaires desdits téléphones – il fallait parfois patienter longtemps avant de trouver une proie qui ne déverrouillait pas son terminal avec son empreinte ou son visage. L'expertise acquise au cours de leurs nombreux séjours en foyer leur a permis d'effacer sans difficulté le contenu des Samsung, des Huawei, des iPhone et des Sony Xperia qu'elles ont rapportés au Camion. Chacun avec, inscrit sur un post-it jaune collé sur son écran, le code PIN permettant de le déverrouiller et le type de carte SIM nécessaire : normale, micro ou nano.

Les sœurs Loursac ont rempli leur objectif en moins d'un mois et demi.

Grâce à leur travail, Carl et Lena ont ouvert une trentaine de comptes sur l'Appli, qu'ils ont immédiatement confiés à autant d'escargots. La rumeur de ces bons samaritains qui fournissent aux locataires des comptes officiels a commencé à se répandre. Carl veille toutefois à ce que le groupe ne grossisse pas trop. Il ne faut pas attirer l'attention.

L'ancienne prof ne veut pas savoir comment les jumelles se sont débrouillées, mais elle se doute qu'elles ont retrouvé leurs vieux réflexes. Malgré tous ses efforts, elle ne peut s'empêcher de voir en elles une menace sur la cohésion du groupe, une première graine de discorde, capable de détruire la communauté qui s'est naturellement formée autour du camion-benne.

Et autour d'elle.

Lena chasse ces vilaines pensées et serre une dernière fois la pédale d'un gamin qui lui a confié son Rockrider. Il la remercie en hochant la tête.

Le ministère. C'était amusant de penser à cela, jadis, et d'y repenser, maintenant. La prof s'est vue si grande et si belle que les ors de la République étaient devenus une cible atteignable. L'État viendrait à elle, l'honorerait, la remercierait, lui demanderait de le guider. De le sauver.

Aujourd'hui, il lui arrive de penser que les escargots viennent au Camion pour elle, pour ses talents de mécanicienne, certes, mais aussi pour *elle*, pour Lena, la professeure d'histoire qui a révolutionné l'enseignement avant d'être réduite au silence par l'administration.

Ils viennent, ces chers cerveaux, parce qu'ils voient en elle une passeuse, une formatrice, une mère de substitution, peut-être, et maintenant une femme qui leur donne un compte, qui les émancipe et qui les sauve.

Ils viennent pour elle, oui.

Pour Lena.

Même si certains râlent. Même si certains se demandent

combien de temps ils tiendront ces cadences infernales à livrer, compte légitimé ou pas. Même si certains se plaignent de ne pas savoir à qui reviendra un de ces comptes légitimés. Parfois, lorsque les escargots se réunissent, un frisson parcourt l'assemblée. Un frisson qui fait dire à Lena que l'opération qu'elle mène avec Carl ne leur suffit pas, que le Camion ne leur suffit pas, qu'*elle* ne leur suffit pas. Ils ne formulent pas encore l'horizon qu'ils souhaitent atteindre, mais elle craint plus que tout de ne pas en faire partie. Et que les Loursac les poussent vers cet inconnu.

L'opération est coûteuse – les transferts de courrier, les ouvertures de comptes bancaires en ligne, tout cela revient cher. Ils ne peuvent pas tout faire d'un coup. Ils devront le comprendre.

– Excusez-moi.

Une nouvelle tête se présente à elle.

Belle carrure, beau jeune homme.

– On m'a dit que vous répariez les vélos.

– Oui, oui, c'est exact. Heu… (Elle tend la main.) Lena.

– Abel.

– Qu'est-ce qui t'est arrivé ?

Il a l'impression d'avoir volé très haut mais il ne garde aucune trace de l'accident, hormis un hématome conséquent sur le bras droit. Le Qashqai a percuté sa roue avant, déviant la trajectoire du Rockrider et projetant Abel sur le capot de la voiture. Il a roulé sur la carrosserie avant de tomber sur l'asphalte, bras devant pour éviter de briser son téléphone. Il s'est vite remis de sa chute. Une rapide vérification : pas de sang, pas de fracture. Il a eu de la chance.

Le conducteur est sorti furieux. Il a reproché à Abel sa conduite irresponsable. Une fois assuré que le livreur n'avait rien de grave, il a dégagé le Rockrider de son chemin, redémarré son SUV et poursuivi sa route.

Le bras endolori, Abel a d'abord constaté les dégâts. Roue avant foutue, ça veut dire une somme à sortir pour pouvoir continuer de bosser. Une galère en plus. Puis il a vérifié l'état de sa commande. Une fois la fermeture Éclair ouverte, un parfum de mort lui a envahi les narines. Au-delà de la chaleur carnivore et fromagère du Big Mac démantibulé aux quatre coins de son sac, il régnait dans son carré une odeur encore plus infâme que d'habitude. Abel a failli rendre, mais les klaxons des voitures l'ont poussé à se décaler sur le côté, l'éloignant ainsi des effluves impossibles qui lui polluaient le nez.

Il était à huit bornes de sa destination. Impossible de livrer la commande. Il allait obtenir son premier *strike*.

– Je vois... Effectivement, il faut changer la roue. Je dois avoir du matériel dans ma benne, bouge pas.

Lena abandonne le livreur.

Abel observe les lieux : une soixantaine de gars et deux jumelles parfaitement identiques déambulent dans une zone deux fois plus grande que l'appartement qu'il partage avec sa mère, le tout au pied de ce qu'il reste d'un camion-benne. Le gros rectangle rouillé a une allure de squelette d'animal, comme ceux que des personnages de bande dessinée trouvent en plein désert, sans trop savoir à quelle espèce il appartient. Trop grand pour être un chameau, trop petit pour être un dinosaure ; une espèce hybride, inconnue. Celle-ci a la mâchoire rompue, le mécanisme chargé de soulever les poubelles gisant au pied de son ouverture béante. Elle ne porte pas de logo. Seule sa couleur lui indique que ce n'est pas un camion-poubelle comme il en croise tous les jours dans Paris. Ce doit être un engin de chantier. Laissé là par qui et comment ? Abel se le demande bien.

Il scrute les habitants de ce drôle d'endroit, délimité par des parapets qui les protègent de la chaussée où des centaines de véhicules filent vers le nord du pays. Il pensait se trouver au milieu de locataires. Ils en ont le look, l'allure et les vélos. Mais tous ne parlent pas de groupes Facebook ou de commissions. Quelques-uns possèdent des portables flambant neufs et arborent un sourire franc. Abel est perdu.

– Et comment tu m'as trouvée ?

Lena est sortie de son camion-benne avec une nouvelle roue – elle lui fait une fleur : elle a monté une galette avec un Marathon increvable qu'elle a récupéré sur le seuil du Decathlon Rosa-Parks, sans doute oublié par des employés distraits au cours d'une livraison matinale. Du super matos.

Abel explique qu'il a croisé un mec qui lui a donné le tuyau.

Il regarde la SDF s'affairer sur son vélo avec des gestes rapides et précis. Derrière elle, un homme fait du feu dans un bidon vide. La nuit s'est installée. Coup d'œil sur son LG : il est 23 h 45.

Lena met un dernier coup de propre sur la bécane. Elle en a vu, des modèles comme celui-ci, mais rarement en aussi bon état. La chaîne ne montre aucune trace de rouille et les plateaux sont comme neufs. Les câbles de freinage sont parfaitement tendus, les rayons brillants et la selle a été changée.

Ce type n'a pas le profil des livreurs qui vivent dans le Camion. Celui-ci n'a pas besoin d'elle : il a déjà son propre compte, sa petite microentreprise, il bosse H24. C'est un homme organisé, soigneux et précis. Autonome.

Son smartphone n'est pas de première jeunesse mais il a l'air de fonctionner et d'avoir résisté au choc de l'accident.

– Tu en prends soin, non ? dit-elle en faisant rouler le Rockrider vers Abel une fois sa tâche accomplie. Ça se voit…

– J'essaie, ouais… C'est mon outil de travail.

– Ça ne te revient pas trop cher ?

– Non, ça va. Je me débrouille.

Il ne cause pas beaucoup. Ou n'en a pas très envie.

– C'est quoi ici, exactement ? demande-t-il enfin.

– C'est… C'est une communauté.

Lena a lâché le mot en souriant. Si elle se l'est déjà répété plusieurs fois, jamais elle ne l'avait dit à voix haute. Cela lui procure une sensation de légère ivresse. Les sales pensées qui lui obstruaient l'esprit il y a quelques minutes encore s'évaporent définitivement. Oui, malgré les turbulences, le Camion est une communauté.

– T'as un peu de Javel, ou du savon ? Mon sac est dégueulasse…

– Bouge pas, je dois avoir quelque chose.

À nouveau, la SDF disparaît puis revient avec un berlingot de Javel et une bouteille d'Évian remplie de flotte. Il prend son sac et s'éloigne de la réparatrice. Un peu d'eau et de produit suffisent à neutraliser les odeurs du carré gris. Il a rassemblé la commande 876 dans son sac en papier qu'il a déposé sur le sol, non loin du bidon enflammé. Un Big Mac, une grande frite, un grand Sprite, un McFlurry M&M's sans nappage et une boîte de neuf Chicken McNuggets.

Zéro euro.

Abel revient près de la benne et rend son matériel à Lena.

– Merci.

– Pas de problème. Tu reviens quand tu veux, mais vraiment, si tu continues à en prendre soin comme ça, je suis pas sûre qu'on se revoie.

– Merci, c'est… C'est très cool.

– Je t'en prie, c'est rien du tout. C'est normal.

– Ouais…

Abel ausculte rapidement sa bécane. Effectivement, elle fait du bon boulot, la clodale. Ça, il ne peut pas lui enlever.

Les trois notes.

Le livreur fait pivoter son bras endolori et lit la notification de l'Appli.

L'APPLI – Bonjour Abel. La commande #K34499 qui vous a été confiée le 24/07/2020 à 19 h 02 n'a pas été livrée dans un délai raisonnable. Vous avez reçu votre premier strike. Au second strike, notre collaboration se terminera. Bon ride et surtout soyez prudent !

Il s'y attendait. Malgré tout, il ne peut s'empêcher de lâcher un « putain » sonore.

Lena se penche vers son client.

– Que se passe-t-il ?

– Rien, j'ai…

– Un problème ?

– … J'ai reçu un *strike*. Au prochain, je suis…

– Déconnecté, oui… Je sais.

Abel fulmine. Ce n'est absolument pas le moment de perdre son unique source de revenus.

– Comment tu sais ?

– Ça fait un moment que je répare des vélos.

Décidément, ce n'est pas une SDF comme les autres. Il ne veut pas faire de généralités, mais elle n'a rien à voir avec celles et ceux qu'il voit mendier dans les transports ou errer sur les boulevards. Un peu partout en ville, il y a des campements, vaguement tolérés par la police, où semble régner une osmose, même précaire. Ou peut-être Abel n'entrevoit-il que les moments de calme qui précèdent une tempête immense.

Qu'importe.

Abel spécule.

Il n'en sait rien. Il ne les connaît pas. Il ignore tout du passé et du présent de ces goules funestes. Il ne rêve que d'une chose, effacer leur présence pour se concentrer sur ses courses. Pour ne pas devenir invisible à son tour. Juché sur son Rockrider, il passe devant à toute vitesse, plus vite chaque jour, de peur qu'ils ne le rattrapent et ne l'emportent avec eux.

Et pourtant.

Pourtant, il a fini sa soirée au milieu d'un camp de locataires, chapeauté par une clocharde.

– Tu aurais besoin d'un nouveau téléphone ? On a un petit stock. On peut aussi t'offrir un compte. C'est… ce qu'on fait, ici. On régularise les exploités.

Abel sourit.

– Une communauté, hein ?

– Oui.

– Merci, mais mon téléphone a l'air de fonctionner…

Un blanc, puis :

– Écoute, si un jour tu es en galère, sache qu'ici tu seras toujours le bienvenu.

– OK, ça marche… Merci encore.

Le LG d'Abel le convoque derechef.

Il est 0 h 07.

Deux O'Tenders, une bouteille de Coca.

Un O'Tacos, pas loin de la place Clichy. Une livraison rue de Penthièvre, dans le 8e.

Son doigt glisse sur l'écran.

Course acceptée.

Le livreur sort sa batterie de secours de sa sacoche, la branche à son smartphone et repart.

Lena le regarde s'éloigner avant de retourner au centre du Camion. Carl l'interroge vaguement sur le jeune mec qui vient de partir. Elle ne lui répond que des banalités.

Dans un coin, des souris ont mis la main sur la commande 876. Il n'en reste rien.

3

Le deux-roues du frère de Jane prenait la poussière dans le garage du minuscule pavillon que ses parents occupent en zone 5, destination la plus lointaine que les transports franciliens desservent. Le fruit d'une vie de travail et de sacrifice, que Jane n'avait pas visité depuis près d'un an. Sa mère l'a aidée à retaper le scooter.

– Ça va, sinon ?

– Ça va, ouais…

Guère plus. Ils ne parleront pas du café, de la faillite et du père meurtri par le mensonge de leur enfant, et qui a à peine daigné lui dire bonjour.

Le Piaggio Zip 2T a quelques bugnes et la peinture mériterait un coup de neuf, mais la mécanique est impeccable.

Au début, Jane a eu du mal à le dompter. Elle qui ne jurait que par la puissance de ses cuisses doit maintenant concentrer toute son énergie dans son poignet droit. Les coups de gaz intempestifs l'ont d'abord déséquilibrée, puis Jane a su doser l'accélération et adopter une conduite souple et précise. Le *top-case* en plastique dur est idéal pour accueillir le sac carré isotherme frappé du logo de l'Appli. À peine regrette-t-elle que les cinquante centimètres cubes du Piaggio l'empêchent de pousser le scooter au-delà des soixante kilomètres-heure.

Cela fait quatre semaines qu'elle roule en 2RM et son rapport à la ville a déjà beaucoup changé. Là, elle part du fin fond du 15e pour livrer deux quiches dans le nord du 19e arrondissement, à près de dix kilomètres de distance. Cela devrait lui prendre un quart d'heure. Ça roule bien.

Le scooter a rétréci la cité. De la Villette au Parc des Princes, de Montmartre à Montparnasse, par le boulevard périphérique ou en restant *intra-muros*, Jane sillonne les vingt arrondissements sans transpirer en deux fois moins de temps. Les efforts fournis pour monter son vélo en haut de la rue Ménilmontant ne sont qu'un vieux souvenir. Plus besoin de suer sang et eau pour obtenir un revenu convenable. Certes, les frais d'essence restent des coûts avec lesquels il lui faut composer. Mais Jane a fait le calcul : elle livre 30 % de repas en plus. Et ainsi, gagne plus d'argent.

Il a fallu qu'elle passe au moteur thermique pour comprendre à quel point le mouvement vers la livraison en 2RM est profond. En volume d'abord. Entre 12 heures et 15 heures puis entre 18 heures et 23 heures, elle s'insère dans l'essaim de livreurs motorisés qui occupent la pole position au pied des feux tricolores. Ils sont une masse immense, capable de congestionner à eux seuls un carrefour stratégique. Leurs sacs carrés gris ternissent un peu plus la chaussée noire et brûlante, s'accordant aux tons tristes des carrosseries ternes. Au vert, ils démarrent dans un vacarme assourdissant avant de s'éparpiller dans toute la ville.

Jane est fataliste. Ce mouvement est normal. L'ancienne entrepreneuse ne peut qu'applaudir. Pour le consommateur, le bénéfice est énorme : il reçoit sa commande plus vite, en provenance de restaurants installés plus loin – « pas de Libanais en bas de chez soi ? ce n'est pas un problème, l'Appli livre dans tout Paris ! », ç'aurait été un bon slogan, pense-t-elle. Enthousiaste, le client booste la note de satisfaction de l'Appli sur Apple Store et Google Play. Une campagne publicitaire agressive dont Jane voit les affiches sur tous les abribus a achevé la mue. Et le tour est joué.

Sur le terrain, le scooter a poussé l'Appli à muter, et Jane avec. Alors qu'à vélo il fallait être en mouvement constant pour attirer l'attention de l'algorithme, chose aisément réalisable en circulant autour d'un bloc de restaurants-partenaires, aujourd'hui, c'est l'immobilisme qui prévaut. Jane n'a pas les moyens de gaspiller du carburant à tourner dans un quartier en attendant une commande. Désormais, l'essence seule dicte ses parcours et son quotidien. Il faut l'économiser au maximum. Conduire à vide est une hérésie. Elle n'en a pas les moyens.

Peu à peu, elle a commencé à s'enraciner devant les enseignes les plus populaires, au début de sa journée ou au sortir d'une autre livraison. Rapidement, elle a été rejointe par d'autres coursiers-partenaires qui ont probablement fait le même calcul qu'elle. D'abord agacée par leur présence, elle a su s'en accommoder, en jouer, anticipant leurs mouvements vers les restaurants les plus bondés pour se positionner sur d'autres, pariant sur les commandes à venir. Elle gagne, elle perd.

Elle bosse.

Jane descend de son scooter. Elle ouvre son *top-case*,

récupère les infos – digicode, nom, étage, sonnerie – pour livrer son duo de quiches printanières Cojean et pénètre dans un immeuble Art déco non loin de la porte des Lilas. Une porte entrouverte pour seul interlocuteur, merci, bonsoir.

Elle dévale les escaliers à toute vitesse.

Dehors, personne.

Elle ne sait pas pourquoi, mais elle pense à lui.

Cela fait bien deux mois que Jane n'a pas vu Abel. Une victime de l'opération anti-vélos, sans doute.

Un très grand succès, ça aussi.

Une fois les conducteurs de scooter réunis en grappes compactes aux abords des enseignes américaines, il a fallu convaincre l'Appli de ne plus choisir les cyclistes. Mobiles et agiles, même rares, ils demeuraient une alternative séduisante face au bloc des deux-roues motorisés – en bref, ils leur piquaient des commandes. C'est Jane qui s'en est rendu compte la première. Elle qui avait cracké l'outil quand elle pédalait, elle souhaitait faire la même chose maintenant qu'elle roulait en 2RM. Il fallait juste prendre le problème à l'envers et revenir à la case départ : se planter devant les restos.

Elle a exposé sa théorie à quelques scootéristes :

– On capterait toutes les commandes si on se débarrassait des vélos. Tu sais, l'algo les repère et leur file des courses, parce que l'algo cherche le mouvement. Donc à rester fixe, on perd des commandes, et donc de l'argent et, clairement, personne ici ne veut dépenser de l'essence pour jouer le jeu de l'Appli…

Quelques phrases bien choisies ont suffi à exciter les plus morts de faim. En quelques coups d'accélérateur bien placés, ses compagnons ont fait fuir les derniers cyclistes

 Lutte, suite…

susceptibles de brouiller le calcul du logiciel. Ils ont nettoyé Alésia – station de métro du 14e aux alentours fournis en fast-foods – en quelques jours. La main invisible de l'Appli a renoncé au mouvement pour revenir à ses premières amours ; elle sélectionne l'heureux gagnant parmi ceux qui se trouvent le plus près du restaurant ayant reçu une commande. L'opération s'est parfaitement déroulée.

Elle a fait des petits.

Des commandos similaires se sont formés autour de la gare Saint-Lazare, près des Champs-Élysées et sur la place de la République. Là, c'est Mike, la carcasse qui occupe le banc planté au sud de ladite place, qui a lancé le mouvement. Sa stratégie du point fixe de nouveau légitimée, il a veillé à nettoyer les lieux des derniers Rockrider susceptibles de déranger son règne renouvelé. Il a d'abord agi seul puis, voyant l'efficacité de ses actions, un groupe de livreurs lui est venu en aide. Solidaires, ils ont agi de concert dans le but d'obtenir un résultat commun.

Mais une fois les vélos dégagés, les rapports entre coursiers-partenaires se sont de nouveau tendus et ce semblant d'entraide s'est dissipé. Désormais, sur la place de la République et ailleurs, on s'espionne, on se surveille, on tente de se rapprocher du bon établissement en croisant les infos – si le lendemain est férié, s'il y a match ou s'il y a un nouveau burger lancé par le resto, le choix s'affine plus vite. Celui qui chope la commande est regardé avec envie et jalousie par les autres.

Et Mike est souvent celui-là.

Jadis terreur, le golgoth est devenu cible. Son banc, farouchement défendu, le positionne à équidistance de toutes les enseignes ; quand il est sur place, il gagne à tous les coups.

De retour à République, accoudée sur le guidon de son scooter, Jane observe les livreurs se concerter, discuter dans des coins de rue, les yeux toujours rivés sur lui. Mike est devenu l'homme à abattre et les motorisés sont prêts à tout pour le faire chuter du sommet de la chaîne alimentaire.

Le manège dure depuis au moins une semaine. Jane a remarqué un cercle de 2RM se resserrer autour du colosse. Lorsqu'il ne livre pas, il occupe toujours son rectangle de pierre comme un pays conquis, son Huawei P10 dans la main droite dans l'attente d'une convocation. Il fait dos à la foule, premier rempart entre les fast-foods et la place. Premier choix de l'algo.

Il ne voit pas qu'il est cerné.

L'attaque a lieu à 21 h 14, un jeudi.

Mike a garé son Hanway Roma tout à côté de son trône. Il est installé à sa place habituelle – bien au milieu du banc – et garde ses yeux fixés sur l'enfilade d'enseignes qui lui fait face. Les néons brillent dans la nuit froide et projettent sur son visage un patchwork de couleurs criardes. Il mâche un chewing-gum la bouche ouverte. Son smartphone tourbillonne entre ses doigts gantés, prêts à glisser pour accepter une nouvelle mission.

Les agresseurs, casqués, adoptent la même technique que lorsqu'il a fallu faire fuir les cyclistes. Droits sur leurs scoots, ils s'approchent de leur victime tous moteurs hurlants. Mike a seulement le temps de se retourner qu'il encaisse un premier coup de poing de la part d'une main invisible, au niveau de l'arcade gauche. Ça pisse le sang très vite. Sur le sol humide arrosé d'une lumière rouge, l'hémoglobine se confond avec l'eau saumâtre.

Mike se retourne et tombe nez à nez avec une forêt de

visières noires. Il déploie ses bras pour en choper un, mais les gars sont trop loin. Il quitte enfin son banc. Un coup d'accélérateur projette un pare-chocs contre son tibia gauche. Mike chancelle mais ne tombe pas. Un autre le percute au niveau du genou droit. Enfin déséquilibré, le golgoth vacille et tente de se rattraper avant de chuter lourdement. C'est le Huawei qui prend tout. L'écran s'irise. Il est foutu.

Ne s'avouant pas vaincu, Mike chope son casque resté sur le banc et l'enfile comme un gant de boxe. Il envoie quelques crochets à droite et à gauche, tapant l'épaule d'un de ses assaillants. Elle craque sous la brutalité du coup. Mais le cercle se referme sur lui et une pluie de droites s'abat sur le gaillard qui s'extirpe *in extremis* de la cohue pour s'enfuir en courant, coursé par trois Peugeot hurleurs, filmé par mille smartphones. Les autres disparaissent dans la nature, ensemble et anonymes.

Jane a tout vu. Elle n'a pas bougé.

Alors que d'autres coursiers débarquent sur la place de la République comme si rien ne s'était passé, elle répond à une sommation de l'Appli.

Quatre Buckets de Tenders, trois Cocas, un sundae vanille et deux Kream Ball Nutella.

Ce doit être la mi-temps quelque part.

Elle aperçoit les lumières bleues d'une voiture de flic lorsqu'elle envoie son premier coup de gaz vers le 167, rue Vaugirard. Sur le chemin, Jane réalise le potentiel de son pouvoir de persuasion. Sa théorie a permis de nettoyer Alésia, puis Répu, puis Saint-Laz', puis les Champs, des derniers vélos. Il reste des résistants, oui. Ce n'est qu'une question de semaines.

Elle a conquis le marché, en patronne. Elle pourrait convaincre des livreurs de faire n'importe quoi. Et s'économiser encore un peu plus.

*

Yass claque la porte de son VTC et déboule au milieu d'un chaos de gyrophares et de flashes. Les flics ont déjà sanctuarisé le lieu de l'agression. Des étudiants charlotte sur la tête et des managers polo gras sur les épaules campent devant les fast-foods, questionnés par la police sur l'enchaînement des événements. L'ambulance est déjà partie.

C'est un voisin qui a donné l'alerte. Un de ces riverains ulcérés par le ballet incessant des 2RM qui vrombissent sous ses fenêtres. Il a tout vu. Une véritable opération coup-de-poing.

Yass a pu s'en rendre compte. Les vidéos montrent une vingtaine de personnes casquées qui fondent sur un type assis sur un banc. Acculé, il fuit dans une ruelle, poursuivi par trois engins. Puis tout le monde s'éparpille. Une fois de plus, la vidéo est très courte, très violente et très parlante. Du pain bénit pour la tranche 22 heures-minuit.

C'est encore elle qui a dégoté cette séquence. Forte de sa trouvaille, elle est allée voir Paul, court-circuitant son réd' chef, et a demandé à filer sur place. Le présentateur a immédiatement accepté.

Yass fend la foule en direction du camion-régie que l'Antenne a fait venir de la porte de Versailles, où un salon commercial vient de prendre fin. Le grand bloc blanc frappé du logo de la chaîne a pointé une antenne satellite vers le ciel. La porte coulissante latérale est ouverte sur un bonhomme d'un quintal. Un sandwich triangle vient de disparaître dans sa bouche.

Yass se pointe à sa hauteur, se présente rapidement et demande son matériel au gars. Elle ne connaîtra jamais son prénom. Elle remarque juste qu'il a une caméra. Yass est heureuse de ne pas bosser en MOJO[1], pour une fois.

Tripode. Mandarine. Branchements.

Yass reçoit les dernières infos par SMS.

Antenne dans cinq, quatre, trois...

– Yass, vous êtes en duplex et en direct de la place de la République que nos téléspectateurs de la France entière connaissent bien – Charlie, Nuit Debout et j'en passe... Que voyez-vous, que pouvez-vous nous dire ?

– Oui, Paul, je me trouve à quelques mètres des lieux de l'agression et il règne encore ici une atmosphère électrique ; tout le monde se demande ce qui a bien pu se passer, à 21 h 14, lorsqu'un jeune livreur a été victime de la furie de ses confrères.

– Yass, ce n'est pas la première fois que ce genre d'événement se produit...

– En effet, depuis quelques mois maintenant on sent un regain de tension dans le monde des « coursiers-partenaires », comme les désignent les plateformes, qui protestent contre les nouvelles tarifications et les conditions de travail qu'ils jugent, je cite, « infernales ». Nous avions vu, il y a déjà plusieurs semaines, cette autre vidéo montrant l'attaque d'un avocat à la porte de la Chapelle. Alors, ces séquences brutales sont-elles la conséquence d'un ras-le-bol, les livreurs se

1. Le MOJO, pour « journalisme mobile », désigne un journalisme audiovisuel effectué quasi exclusivement au smartphone.

montent-ils les uns contre les autres ? Il est encore trop tôt pour le dire, mais la pression monte…

– Oui, la pression monte. Merci, Yass.

Le duplex est terminé. On revient sur le plateau de « Débats ». Parsène s'adresse à Léon Swierczeski, expert en communication.

– Léon… De la violence, des actes imprévisibles… Faut-il s'inquiéter de cette brutalité ?

– Écoutez, on ne peut pas nier les conditions particulières, parfois difficiles, dans lesquelles travaillent ces microentrepreneurs du commerce 3.0, si je puis dire. Il est vrai que l'économie a connu un bond en avant, pardon de faire ce raccourci, mais l'image est forte et je veux qu'elle soit forte parce que notre société connaît une mutation profonde, irréversible, je le crois, qui est l'implantation de l'économie de services au quotidien.

– C'est une tendance profonde.

– Rémi, vous voulez réagir ?

La parole passe à Rémi Lemoine, un député de la majorité, costume sans cravate.

– Oui, il est illusoire de revenir en arrière. Vous avez des jeunes qui, aujourd'hui, se voient offrir la possibilité de sortir de leur quartier et de rentrer dans le marché du travail. Mieux vaut être VTC que vendre du shit, pardon de le dire ! Alors certes, ce sont parfois des jobs d'appoint. Mais qui, aujourd'hui, a pu leur offrir autre chose ? Il ne faut pas jeter le bébé avec l'eau du bain, si vous voulez !

– Une réaction, Ella ?

À Ella Jurian, membre du MEDEF, de s'exprimer.

– Je suis d'accord avec mes camarades. Oui, il faut protéger ces travailleurs, notamment pour éviter ce genre de débordements et d'animosité, mais il faut aussi éviter de légiférer, de pénaliser, de retourner dans des carcans qui, nous sommes bien placés pour le savoir, ont sclérosé l'économie et fait fuir les investisseurs !

– Vous parlez des syndicats autonomes qui naissent un peu partout pour défendre ces livreurs ?

– Pas seulement, mais c'est vrai que si on veut faire fuir ces créateurs d'emploi du territoire, on ne pourrait pas faire mieux…

– La violence, vous la condamnez, bien entendu.

– Sans réserve, c'est inadmissible, et j'irai même plus loin : elle effraie les…

*

Elle est vraiment forte, cette Yass.

Jean rattrape la première partie de l'émission sur son iPad. Il est 22 h 54 et il fume la dernière clope de son paquet de Camel au pied de l'immeuble de l'Antenne. Les rues grouillent de fêtards avinés – ils bossent pas, ces gens ?

Elle pose la voix, relance intelligemment, synthétise, clarifie. Il se revoit, jeune journaliste, sous les bombes ou dans les rues, comme elle, le regard droit sur l'objectif, à tenter de donner du sens aux images qui défilent sur des millions d'écrans de télévision. Elle a le feu en elle, plus que tous les autres. Cette jeune journaliste possède tous les atouts pour devenir une signature. Si elle était née trente ans plus tôt. Et n'avait pas dépassé les bornes. Ce que lui a fait Yass, aller voir Paul directement pour lui demander de partir sur le terrain, sans même lui demander son avis, c'est trop.

Mais il ne peut que l'admettre : elle a bien joué. Pendant une coupure pub, en sortie de duplex, Paul est venu le voir et lui a demandé de céder au chantage de la pigiste : il veut maître Igor Capelli sur son plateau. Parsène s'ennuie, donc son public aussi. Il a besoin d'action. Ses chroniqueurs sont tous d'accord. S'il n'apporte pas la contradiction, les audiences vont s'en ressentir.

– Tu veux vraiment céder ? a tout de même voulu savoir Jean, alors que les maquilleuses retouchaient la couche de fond de teint sur le front de Parsène.

– Je ne cède pas.

– Là…

– C'est provisoire, alors. Ramène-moi l'avocat, passe par elle s'il le faut.

– Il n'y a vraiment personne d'autre ? Franchement, c'est…

– Tu as vu sa notoriété sur les réseaux, depuis son passage ? Putain, Jean, c'est lui que je veux, c'est clair ?

Le ton sec de Paul avait surpris Jean. Le silence qui a suivi ses mots était lourd de non-dits.

– Entendu… mais pour la suite, tu…

– J'aviserai, le moment venu…

« J'aviserai. » Pas « on avisera ».

Jean s'en rallume une deuxième avec la fin de sa première.

« J'aviserai. » Dur. Le rédacteur en chef pensait qu'au moins Paul continuerait de faire semblant d'avoir un allié. Mais sa mégalomanie l'entraîne à penser qu'il peut tout faire seul. Jean est peut-être fini, trop vieux, trop usé, trop en retard, pas assez connecté, tout ce qu'ils veulent, ces pigistes drogués aux écrans qui le prennent pour un *has been* – oh, il le voit bien dans leurs yeux, qu'ils ne le respectent pas… –, ces actionnaires qui se laissent berner par un mec à la gouaille vulgaire, ce même mec à la gouaille vulgaire qui se délecte à l'humilier, mais il a sa fierté.

Pour l'instant, il concède la défaite. Pour la suite, il avisera.

Jean soupire en écrasant sa cigarette puis dégaine son smartphone et pianote sur son écran tactile.

*

L'émission terminée, Igor coupe le son.

Il vide sa bouteille d'eau et la pose sur l'évier de sa cuisine.

Sur l'écran de son MacBook, la pub a repris ses droits.

Depuis son duplex sur l'Antenne, Igor a reçu des locataires de comptes dans son studio. Ils se sont manifestés sur les réseaux sociaux, exigeant à chaque fois discrétion et anonymat. Igor a accepté de les rencontrer selon leurs termes, dans des cafés et des parcs publics, chez lui, moins souvent. Il a écouté des histoires, tissé des liens et pris des numéros de téléphone. C'est bien. Mais pour passer à la vitesse supérieure, il a besoin d'exploser. Sans un nouveau passage sur l'Antenne, il est inaudible. Et Yass qui ne lui donne pas de nouvelles.

Il en a reçu, des sollicitations de l'Antenne, mais il a préféré s'en tenir à leur deal. Il a hésité, pourtant, alors que la notoriété, la vraie, lui tend les bras.

À la suite de ses premiers rendez-vous, il a tenté un coup en faisant sponsoriser quelques-uns de ses tweets, toujours autour des pratiques de l'Appli. En plein été, avec les mobilisations en cours, Igor a fait mouche. Son nombre de *followers* avait crevé le seuil du millier en quarante-huit heures. Ils sont aujourd'hui cinq mille à suivre @MaîtreICapelli. Une cinquantaine de locataires se sont ajoutés aux quinze premiers. Jolie performance.

Il aurait bien eu besoin de Toma pour l'aider à bosser à fond ces nouveaux dossiers. Il ne reviendra pas. Son stage est terminé et l'agression lui a laissé un souvenir très amer. Il ne répond plus aux SMS de son ancien boss qui lui a pourtant proposé de le prolonger pour l'été. C'est dommage. Surtout pour lui.

Yass est parvenue à le convaincre de se retenir, malgré ses envies, féroces, de céder aux sirènes de Parsène. C'est difficile. Il ne sait pas ce qu'il peut retirer de cette association. Il ne la désire même pas. Il s'est posé la question, à force de se réjouir de recevoir des SMS de sa part, de sourire à leur lecture, de rire, parfois, à ses associations d'idées. Ce n'est pas ça. Yass l'apaise. Elle calme sa migraine. Son Samsung n'est plus son seul compagnon, maintenant. Grâce à elle, il sait qu'il n'est pas seul. Il pourrait la sacrifier pour se jeter dans les bras de Paul, mais il se méfie de ce mec-là. Encore un peu. Encore suffisamment avant de s'abandonner. Il espère que Yass honorera sa part du deal. Mais il va falloir qu'elle s'active.

Son téléphone carillonne et tire l'avocat de ses pensées. Il se saisit de son smartphone, le déverrouille et ouvre la conversation en cours avec la journaliste de l'Antenne.

Bonjour Igor.

WhatsApp lui indique que Yass écrit…

Le réd' chef vient de m'écrire : Paul souhaite vous avoir sur son plateau.

Magnifique

Il trouve que vos opinions seraient un bon contrepoids à celles de ses chroniqueurs habituels.
Je le cite 🙄

C’est assez monochrome en effet.

C’est vous qui l’avez dit 😛
Ça a marché. Vous êtes content ?

Ils ne sont jamais passés au tutoiement. Sans doute parce qu’ils ne se sont jamais rencontrés.

Je suis ravi. Merci Yass.

Quel enthousiasme !...

Le SMS suivant se fait attendre. Igor souhaite lui faire comprendre qu’il est sincère. Soulagé, aussi.

C’est top 🙂 👏 ✌️

Yes 🙂 Quand pensez-vous pouvoir venir ?

Au plus vite.

Nickel, j’en parle ASAP.

Parfait. Et bravo pour votre duplex !

Merci !

Bonne soirée, Yass.

Bonne soirée à vous.

4

Le LG suffoque. Une des séquelles de l'accident.

À travers les rayures, l'écran grésille. Les applications rament. Abel a désinstallé Google Maps, espérant alléger son smartphone, mais rien n'y fait. Ce n'est qu'une question de temps avant qu'il ne le lâche définitivement. La durée de vie de la batterie est devenue ridicule, le bouton central ne fonctionne plus, le passage d'une application à l'autre prend d'interminables secondes. À peine Abel se réserve-t-il encore le droit de contacter sa mère par SMS.

Un réparateur du boulevard Barbès lui a fait un devis : 75 euros pour l'écran, sans compter le remplacement des éléments à l'intérieur du LG. Abel en a vu un autre, puis un autre, et un dernier : tous lui ont proposé le même prix. Tous lui ont dit : « Vaut mieux acheter un autre téléphone. » Il ne peut pas se l'offrir. Il ne peut plus rien s'offrir. Même les 50 euros que coûte un Samsung A3 ne sont pas une option. Tout doit être consacré à la survie de son foyer.

Sa mère n'a toujours pas retrouvé de travail. Les petites

humiliations à la CAF, au Pôle Emploi, au Secours populaire sont de plus en plus difficiles à vivre. Elle propose ses services à tout-va, placarde des feuilles A4 dans les commerces de Corbeil-Essonnes. Mais qui, ici-bas, peut se payer le luxe d'avoir une femme de ménage ? Abel s'est fait son messager, laisse quelques numéros dans les établissements qu'il visite. Désormais, les clients sont absents. Personne n'appelle.

Pour pallier les insuffisances de son smartphone, il a récupéré un cahier de cours petit format, qu'il conserve enroulé dans la poche arrière de son short. Prévoyant, il y note les infos qu'il reçoit sur son terminal. Nom, prénom, digicode, adresse. Il vit dans l'angoisse que son LG le lâche en plein milieu d'une course. Un deuxième *strike* lui serait fatal. La présence de son 198-pages le rassure.

Il rebouche son stylo et pédale jusqu'à destination en pilotage automatique, maintenant qu'il connaît Paris par cœur. Cela lui laisse du temps pour divaguer ; Abel arrive place de la Concorde.

Un scooter au sac carré lui coupe la route en faisant hurler son avertisseur. Surpris par le souffle du 2RM, Abel tord son guidon et chute lourdement sur le sol. Derrière, un tonnerre gronde : un feu est passé au vert. Il a le temps de sauver sa peau en traînant son Rockrider sur un terre-plein goudronné, avant que le flot d'automobilistes ne l'emporte. Un coup d'œil dans son sac : sa commande a survécu.

Il n'en peut plus. Là, seul au milieu d'un champ de bagnoles, Abel cède et shoote dans le feu tricolore planté au centre de l'îlot sur lequel il s'est échoué. Il ferme ses poings et les envoie dans la boîte en plastique dur vissée à hauteur d'homme, et qui renferme les trois feux. Il cogne avec régularité, longtemps. Il cogne contre les challenges biaisés, les loueurs, les 2RM, le SUV qui l'a renversé, son *strike*, la météo, ceux qui ont viré sa mère, les cours qu'il a zappés, le cahier de physique avancée devenu répertoire de clients. Il cogne contre tout.

La douleur l'inonde. Il sent sa peau s'ouvrir, ses os vibrer, ses tissus se déchirer, le sang inonder ses gants. La douleur, encore. Celle-ci est différente de celle qui lui paralyse les jambes, le soir venu, la tournée finie. Elle est plus blanche, plus libératrice.

Le feu vert se déloge de son orbite. Les automobilistes le klaxonnent. Abel n'en a cure. Ce n'est pas assez. Il continue. À bout, il a envie de hurler.

Mais contre quoi ?

Personne ne l'a obligé à devenir livreur. Il aurait pu continuer ses études tranquillement. Mais devenir microentrepreneur, comme ça, en trois clics, ça lui a plu tout de suite. C'est rapide, c'est efficace. C'est ce que veut un gamin qui a le feu. C'était la route à prendre. Vers là que le pays allait. Une occasion unique de rejoindre le flux. De se faire un peu de blé.

De « libérer ses énergies ».

Belle promesse. Il y a cru. C'est temporaire, la livraison. Ça permet de joindre les deux bouts, de sortir, de voir autre chose. De découvrir une ville si proche et si inconnue. Pourquoi pas, un temps. Quelques mois, quelques semaines. Il est jeune. Il peut cumuler. Il est corvéable, oui, et alors ? Il était prêt à l'accepter. Le deal lui semblait bon. Son énergie était disponible. Libérable.

Aujourd'hui, il la gaspille dans les rues d'un Paris qu'il connaît comme sa poche, occupé à livrer des clients paresseux, dévissés du monde et scotchés sur les écrans. Comme lui, finalement. Lui aussi est scotché sur son écran. Ce petit maître qui le sonne, le guide, l'oriente, avec ses trois notes de petit kapo, arrimé à son bras.

Hurler.

Avec qui ?

À qui parler ? Abel est interloqué par les mouvements en cours, les regroupements qui s'organisent, mais s'il ne pédale pas, il crève. Alors, il ne les a toujours pas rejoints. Il suit de loin les mobilisations, mais les gars sont inaudibles. Les lois, les tendances, la mode les rendent muets. Écrasés par ceux qui n'ont plus d'autres alternatives que rouler. Comme lui.

Hurler.

Sur qui ?

Dans le vide, dans la nuit ? L'Appli n'est personne. Aérienne et panoptique. Il a pensé dompter le numérique, mais c'est l'analogique qui l'a eu. Sans crier gare. Une chute, simple. Un choc. Un téléphone qui déconne, et tout est suspendu. Il vivait dans le *cloud*, et c'est la banalité d'un smartphone qui rame, tout ce qu'il y a de plus palpable, qui l'a mis sur la sellette. Et qui le rend inquiet, chaque seconde qui passe, d'être déconnecté. Définitivement *offline*. Il aurait dû accepter la proposition de la clocharde, celle qui a réparé son vélo. Accepter son téléphone.

Il n'est peut-être pas trop tard pour y retourner.

Les feux sont hors d'usage. Les mains d'Abel sont engourdies. Il retire ses gants : ils sont inondés de sang. Il pousse son Rockrider jusqu'à la fontaine des Fleuves, au nord de la place, et y trempe ses doigts gourds. L'eau froide l'anesthésie. Un touriste inquiet lui tend un paquet de mouchoirs.

Abel le remercie, sèche ses mains violettes et les enroule dans des Kleenex propres avant de renfiler ses gants.

Serrer le guidon est un supplice. Des larmes de douleur inondent ses yeux, mais Abel pédale.

Il doit se rendre dans le 9e arrondissement, rue de Trévise.

L'immeuble se dresse devant lui. Pour ne pas trop solliciter son LG, il retrouve son cahier, l'ouvre et lit :

A. Schleisser 4, rue Trévise 8829 puis 90A21, 4e éG.

Abel mémorise les infos utiles pour livrer sa commande et passe les deux portes qui le séparent du hall.

Ascenseur.

Trois pas.

Il reconnaît le nom sur la sonnette.

Pour la première fois, la porte s'ouvre grand.

Pour la première fois, il se retrouve nez à nez avec un client.

A. Schleisser, la moustache souriante, est plus petit que lui. Une calvitie précoce lui dessine une bande rosâtre au sommet du crâne, à peine camouflée par quelques cheveux hirsutes. Il porte beau. La chemise déboutonnée laisse entrevoir quelques poils. Un jean brut, simple, des chaussettes jaunes. Une smartwatch boursoufle son poignet gauche. Dans les mains, un Google Pixel 4 XL.

Une merveille.

Abel ne peut détourner le regard du rectangle lumineux qui projette une lumière crue sur les fringues d'A. Schleisser. Les couleurs sont vives. Vu comment son client le manipule, le smartphone doit peser une plume.

Ce serait si facile.

L'adrénaline qui lui a permis de détruire les feux tricolores court encore dans son organisme.

Un coup de coude sur le nez pour déstabiliser le client. Une poussette pour le faire entrer dans son appartement. Le mec serait au sol. Son téléphone toujours activé. Pas besoin de code PIN de visage ou d'empreinte. On réinitialise le code, désactive la reconnaissance faciale, on trouve un moyen, n'importe quoi, on le personnalise. On le garde. On résout ses problèmes. C'est quoi, un coup de coude, finalement ? Il pourrait lui écraser la gueule, comme il a écrasé trois ampoules et leurs coques de protection colorées.

– Merci, au revoir !

L'homme referme la porte.

Une goutte de sang tombe de la main gantée d'Abel et s'écrase sur le paillasson gris d'A. Schleisser.

Il quitte l'immeuble.

Dehors, le ciel lourd lui confirme que la canicule va durer.

Les trois notes lui annoncent qu'une nouvelle commande est arrivée.

Le coursier-partenaire plie son bras.

Il appuie sur « Accepter ». Le téléphone se déverrouille lentement. Trop lentement. Son œil fixe le bord droit du rectangle.

Il est à 2 %. La jauge a chuté en une livraison. Il palpe sa sacoche à la recherche de sa batterie de secours. L'extirpe. Elle est éteinte.

Merde.

L'écran s'est figé. Un blanc aveuglant strié par des éclairs.

Et puis plus rien.

Le noir.

Le LG est mort.

Et Abel avec.

La commande a été acceptée. Il ne la livrera jamais. Il aura son deuxième *strike*. Il est foutu.

Son esprit virevolte.

Une solution, vite.

Il faut qu'il trouve un téléphone.

Immédiatement.

Mais il n'a plus un rond. Même cinquante balles pour un écran, c'est le bout du monde. Alors un smartphone ?

Il s'éloigne de l'immeuble d'A. Schleisser. Qui peut l'aider, maintenant ? Lena ? Jane ? La SDF lui a ouvert les bras. Mais elle est trop loin.

Et pendant ce temps, les minutes s'égrènent. Une livraison, acceptée, attend dans un resto. Un client tweete pour se plaindre, Abel prend un *strike* et perd son job.

8829, puis 90A21.

Ce serait si facile.

Un Google Pixel 4 XL flambant neuf.

Si facile.

*

– Cette attaque, je suis désolé de le dire, mais c'est la goutte d'eau !

Sur le plateau de l'émission de Paul Parsène, Igor fait face à Léon Swierczeski, Rémi Lemoine et Ella Jurian. Pour sa première participation, Yass l'a prévenu, il fait face à la *dream team*, soit l'expert, le député et la représentante du patronat. Que des libéraux sanguinaires ! a ri Parsène. Des gens prêts à tout pour faire de la France un pays compétitif et à la pointe de la technologie ! Igor a souri, un peu gêné. Mais Paul a raison. Licornes, start-up, SWOT, *stakeholder mapping*: ça parle anglais et animaux imaginaires au détour de chaque phrase. Ça disrupte.

Au début, Igor s'est senti agressé. Par la lumière, par le volume de leurs voix, par les « et vous, Igor » de Parsène, payé à remettre une pièce dans la machine. Ça fonce à toute allure. À peine les coupures pub lui permettent-elles de reprendre ses esprits.

Pendant ces pauses, Yass vient le voir, comme le coach du boxeur cathodique qu'il est devenu. Elle le motive, lui demande de rendre coup pour coup, de parler plus fort, de couper la parole, d'appuyer ses arguments, de ne pas avoir peur, putain ! Igor écoute, groggy, et repart.

Cela lui a bien pris trois, quatre rounds pour saisir le fonctionnement du plateau. Enfin, il visualise le ping-pong factice imposé par Parsène. Il éructe une aberration sur un ton outré, lance un participant qui s'outre encore plus, et ça réagit, ça bombarde. Pour se faire entendre, lui doit prendre le contre-pied. Affirmer des points de vue qu'il défend, mais les hisser avec les ficelles les plus grosses.

Ils ont d'abord débattu élections législatives, corrida et fin des cours de philosophie pour les classes de terminale. Enfin, ils viennent sur le terrain d'Igor.

C'est Paul qui a crié cette première phrase, celle de la « goutte d'eau ». Le coup d'envoi des hostilités. On a d'abord eu droit à un sujet sur une manifestation qui a dégénéré sur la place Denfert-Rochereau, au pied du Lion de Belfort. Un contestataire est entre la vie et la mort.

Ça n'a pas pris longtemps aux participants du débat pour s'insurger. On a même entendu un « il faut réfléchir à deux fois, désormais, pour se rendre dans ces manifestations ». Igor a saisi la balle au bond.

– Je ne pense pas qu'on puisse résumer le débat de ce soir de la sorte… Il me semble, et je le vois quotidiennement parce que je suis de très près le dossier des livreurs à vélo, que tout un système – je n'aime pas le mot mais il me semble qu'il est juste – pressurise une partie de nos concitoyens qui se retrouvent acculés et n'ont d'autre choix, pour se faire entendre, que de manifester, parce que l'urne n'est plus fiable…

– Vous remettez en cause la représentation nationale, maître, voilà qui ne va pas faire plaisir à notre député ici présent !

– Oui, j'attends de voir où vous allez avec cela parce que…

– … et il me semble tout aussi dangereux de dire « bien fait » à un citoyen qui a juste exercé son droit de manifester et…

– Et son droit de casser aussi !

– Laissez-le finir, s'il vous plaît, sinon on ne va pas s'en sortir…

– Merci… Donc je disais : cette souffrance que nos concitoyens ressentent, parfois elle explose parce qu'il existe un sentiment d'abandon et de rejet, et cela donne des drames comme celui-ci.

– Mais pensez-vous vraiment, pensez-vous *vraiment*, maître, que l'on puisse se réjouir de ces destructions de biens publics et de mobiliers urbains ?

Le débat durera quarante-cinq minutes.

À la fin de l'émission, Paul vient voir Igor.

– Vous n'êtes pas mauvais, maître. Mais bon, je suis un peu déçu.

Parsène extrait une cigarette électronique fine comme une clé USB de la poche intérieure de sa veste. Il vapote une fumée épaisse qui s'enroule autour de son cou comme une maîtresse alanguie.

– Je vous ai invité pour porter des convictions, pas pour faire le socialo effarouché.

– Pardon, mais…

– « Nos concitoyens acculés », « les vies brisées »… Franchement, maître, vous pouvez faire mieux que ça.

– Pourtant, je…

– Écoutez… J'ai besoin de quelqu'un qui frappe les téléspectateurs, d'un esprit libre. Êtes-vous un esprit libre, maître ?

– Je le crois.

– Alors, allez-y, bon sang ! En face, vous n'avez que des arrogants sûrs d'eux… Un élu, un expert, une patronne… C'est du menu fretin pour vous, maître, foncez-leur dans le lard, ils n'hésiteront pas à foncer dans le vôtre !

Un silence, puis :

– Tenez. Voici ma carte. Appelez-moi si vous souhaitez en discuter.

– OK. À bientôt, alors ?

– J'aviserai, maître. J'aviserai…

Paul abandonne son interlocuteur, suivi par un brouillard goût vanille. Il croise Yass qui, à son tour, se dirige vers l'avocat.

Elle a tout entendu. Il faut ménager son contact. Le calmer. Le rassurer.

– Ça s'est plutôt bien passé, non ?

– Votre boss estime que je dois être plus véhément.

– Ce n'est pas mon boss… (Yass remarque le rectangle cartonné dans les mains d'Igor.) Qu'est-ce que c'est ?

– Sa carte.

La journaliste tique.

L'avocat range les coordonnées de Paul Parsène dans la poche intérieure de sa veste.

Autour d'eux, le plateau de l'émission s'éteint. L'Antenne a basculé en programmation de nuit, c'est-à-dire qu'elle rediffuse *ad nauseam* une bande de quinze minutes enregistrée à 23 heures. Au menu : quelques lancements par un journaliste de permanence et des reportages déjà en boîte. La bande se répétera vingt fois jusqu'à 5 heures du matin, heure où le direct reprend ses droits.

Yass regarde l'avocat tapoter quelques mots sur son vieux Samsung. Elle doit faire attention à lui. Si elle le perd au profit de Parsène, elle est morte. Aujourd'hui, elle est le seul lien entre l'Antenne et Igor. Et elle doit le rester.

Certes, il n'a pas fait grande impression, a trembloté, bégayé, mais pour une première, ce n'est pas catastrophique. Elle peut le coacher, en faire une bête cathodique, un aspirateur à cible commerciale. C'est sa dernière carte à jouer pour, enfin, devenir permanente. Montrer qu'elle a compris l'ADN de l'Antenne, qu'elle veut tout donner pour l'émission.

C'est ça. Elle va le coacher. En faire le contradicteur dont rêve Parsène.

– Il y a quelques astuces à connaître pour être plus… efficace. Si vous le souhaitez, on peut prendre un verre pour en discuter.

– Pourquoi pas…

Le téléphone de Yass stridule. Elle le déverrouille avec son visage. Rien de notable.

Un temps, puis Igor se lance :

– Ça t'irait qu'on se tutoie ?

5

Quelques heures passées en ligne pour comprendre comment faire. Deux articles, qu'elle a lus sans émotion. Un visionnage de l'émission « Débats » consacrée à cet enjeu lui a donné les dernières clés.

Jane est maintenant une loueuse de compte.

Elle a créé son propre groupe Facebook. Quelques *posts* avec les bons *hashtags* sur divers réseaux sociaux (#locationdecomptes #compteàlouer #compteAppliàlouer – elle a de beaux restes de sa période Insta, quand elle promouvait son café bio, le seul aspect de cette folle entreprise qu'elle a parfaitement maîtrisé), tous ramenant vers sa communauté bleue, et les premières demandes d'ami ont éclairé de rouge le globe posé en haut à droite de l'écran de son smartphone. Elle a appris sur le tas, mais a très vite compris le fonctionnement de ce nouveau business : les prises de contact, les négociations, très rapides, le versement des revenus. Elle sauvegarde les RIB – elle refuse de donner du cash, elle préfère que tout ceci reste invisible – et fait ses premiers virements ce soir, une semaine après avoir lancé son groupe. En parallèle, elle regarde « Débats ».

Plus tôt, un jeune avocat véhément s'est de nouveau exprimé sur les livreurs contraints de louer des comptes pour survivre. Il a fustigé leur « exploitation ». Elle refuse ce terme. Profiteuse ? De quoi ? Qui est empêché de le faire ? Pas elle. Ni personne.

En une semaine, elle a gagné 40 % de moins que si elle avait livré. Mais elle n'a pas dépensé un seul euro en essence. Elle est gagnante.

Ses clients ne se plaignent pas. Les consommateurs non plus. Elle ne reçoit aucun *strike*, aucune réclamation de la part de l'Appli. Elle ne travaille plus. Elle délègue. Et elle réfléchit à un prochain projet.

Elle est comme tout le monde, Jane.

La livraison, c'est provisoire.

*

Il n'a rien fait.

Devant l'immeuble, les codes en main, les mains enflées et encore tremblantes, il n'a rien fait.

Trop lâche, sans doute.

Trop sage, sûrement.

Le désordre l'effraie. L'inconnu, tout autant. Qu'aurait-il fait, une fois devant la porte de son client ? Une fois sa gueule sous sa semelle sale ? À appuyer, encore plus fort, jusqu'à ce que sa bouche se torde et que ses dents explosent, qu'il le supplie de le laisser partir ? Quelque part, Abel est toujours ce bon garçon que chérit sa mère. Quelque part, il s'en enorgueillit.

Pourtant.

Pourtant, ces envies de brutalité comme celle qu'il a vécue ce soir, loin des désirs lambda d'un petit garçon modèle, sont de plus en plus nombreuses. Le stress et l'angoisse de ne pas atteindre ses objectifs font monter en lui une bile mauvaise qui ne demande qu'à bouillir. Il se surprend à rêver d'une violence sèche, sans pathos. Une violence réduite à des coups puissants, des bruits mats dans la nuit silencieuse. Sans effusion et sans fluide. Un choc pour un choc. Un rappel à la réalité, dur et implacable.

Puis ça le rattrape. Son éducation, peut-être. Sa frousse d'assumer les conséquences, plutôt. Quoi faire avec un propriétaire de Google Pixel 4 XL à ses pieds, la gueule en vrac, il se le demande bien. Une fois défoulé, lui seul aurait eu à affronter l'après – il est plus facile de détruire un feu rouge. Rien ne l'effraie plus qu'agir seul. Non pas qu'il rechigne à faire les choses – ce n'était pas le dernier pour faire des conneries d'ado, au lycée ou au pied de sa barre d'immeuble. Le groupe anesthésie ses angoisses, le transfigure. La solitude l'enferme. Là, isolé sur son Rockrider, Abel se sent faible.

Ce qu'il est depuis qu'il s'est inscrit sur l'Appli.

Définitivement *offline*, aéré, Abel réalise la stase dans laquelle il se débat depuis de nombreux mois. Automatisé, corvéable et, surtout, seul, il est annihilé.

Son identité a été effacée des données de l'Appli, son mot de passe dissous dans le *cloud*. Il n'est plus qu'un mec à vélo, perdu dans le cœur de Paris. Son sac carré béant indique bien que ce jeune garçon n'a rien à faire ici. Il est inutile au monde.

Le LG mort arrimé au bras, resté dans sa poche protectrice devenue cercueil, Abel imagine la réaction de sa mère lorsqu'il lui annoncera qu'il ne peut plus travailler. C'est déjà une douleur. Lui, un bon garçon ? Ce fantasme-là est terminé.

Le fils entraîne la mère dans sa chute, dans son atomisation. Quel enfant fait ça ? Le fils doit protéger. Trimer, souffrir, c'était son affaire, après tout. Pas celle de sa mère. Le déclassement, il pouvait s'en contenter. Lorsqu'il a encaissé son premier *strike*, il a fait front. Lorsque les scooters ont pris d'assaut l'Appli, il a fait front. Il est tombé au plus bas. Mais a fait front. Là, six pieds sous terre – être déconnecté, c'est être mort –, difficile de retrouver la lumière.

La honte le ronge. Il repense à toutes ces phrases prononcées pour rassurer sa maman, pour lui garantir un revenu plus stable, un retour aux études certes tardif mais toujours très clair dans son esprit. Un mensonge, pur et simple.

Il a passé la nuit à divaguer en ville, tachant de son sang l'eau des fontaines perdues sur son chemin. Il a fait le tour de la seconde ceinture, de Nation à Nation, à vide, comme ça, pour tuer le temps. Puis il a fait le tour de la première ceinture, de République à République. À pied, plutôt qu'à vélo. Il n'est remonté dessus qu'une fois le soleil haut dans le ciel, en bas du boulevard du Temple.

En vitesse haute sur son Rockrider, les mains toujours en sang, Abel glisse jusqu'à la place de la République. Il ne peut plus retourner chez lui. Pas avant d'avoir mis la main sur un nouveau téléphone. D'avoir retrouvé un emploi.

Les options sont maigres. S'inscrire sur une autre plateforme ? Trouver un autre job de livreur ?

Impossible, pour l'instant. Sans smartphone, sa valeur approche le zéro.

Il est 11 h 52.

À Répu, des dizaines de deux-roues occupent déjà le parvis.

Les livreurs se bousculent près des caisses du KFC, du BK et du McDo, dans l'attente qu'on hurle leur numéro de commande. Quand le gros lot tombe, on se faufile entre les odeurs de sueur et les casques, on tend un bras, on récupère un sac, on ressort et on s'enfonce dans les boulevards.

S'il y a une solution, c'est ici qu'il la trouvera.

Abel aperçoit Jane. Elle trône sur le banc de pierre, l'ancienne propriété de Mike, qui a disparu de la circulation. Elle est assise dans la même position que son prédécesseur : le smartphone dans la main droite, le regard vers l'avant. Il approche sur son Rockrider. Les scootéristes le scrutent avec méfiance. L'absence de smartphone à son bras ne les rassure qu'à moitié.

– Tiens… Tu es encore à vélo, toi…

– Ouais…

– T'as une sale mine.

– J'ai pris deux *strikes*…

– Ah…

– Et j'ai besoin d'un téléphone. Tu saurais pas qui pourrait…

– T'as fait le tour des boutiques de réparation, ils ont de bonnes occases, tente Jane, l'œil sur l'écran brisé du LG.

– J'ai vu les prix, quand j'ai voulu faire réparer celui-là… Même sur Back Market, j'ai rien trouvé. J'ai plus les moyens là…

– J'ai que dalle en rab, je suis désolée…

Jane baisse les yeux.

– Et quand bien même, ajoute-t-elle, avec deux *strikes*, tu peux plus taffer.

– Je sais, ouais.

Un temps.

Il ne sait plus pourquoi il est venu la voir. Elle lui sort des banalités. Abel se retient. Mais ses poings le démangent.

– T'as une idée, une piste pour un job ? N'imp', j'te jure, je veux juste taffer.

– Je sais pas… Tu pourrais…

Il préfère trancher lui-même. Ouvrir les portes de l'enfer en personne.

– Louer…

– Par exemple… Je peux te louer mon compte Appli, si tu veux. Mais demain, là il est pris déjà.

– Putain…

– Quoi ?

Devenir locataire. La perspective le rend dingue.

Cela signifie rejoindre la horde de migrants qui squatte les abribus pour recharger leurs vieux smartphones. Cela signifie rejoindre le fond, en apnée, pour une fraction du salaire. Cela signifie vivre en sous-marin, pour toujours, pour que dalle. Se faire rattraper par les clodos qu'il tentait de fuir jusqu'à maintenant.

C'est nier tous ses efforts, admettre qu'il a perdu. Que Jane, depuis le début, a raison. Personne ne l'aidera.

– Si ça t'intéresse, va sur Facebook. Y a mon groupe. Tu trouveras facilement, une fois que tu m'auras demandé en amie. Jane Cadieux. Y en a qu'une, c'est moi.

– Meuf, j'ai plus de téléphone, je te dis.

– Ça, désolée, mais comme je te l'ai dit, je peux rien faire pour toi.

Une colère sourde monte en lui. Une nouvelle envie de violence.

Abel n'a d'autre idée que d'enfourcher son vélo et disparaître dans la ville.

*

Lena a *benchmarké* en ligne pour déterminer quelle application de messagerie lui assurerait une sécurité optimale quant au pillage potentiel de ses données personnelles et de celles des escargots. Son choix s'est porté sur Signal. Infaillible et incrackable, Signal assure une communication totalement sécurisée – c'est, en tout cas, ce qu'elle a lu. Conquise, Lena a demandé à tous les membres de sa communauté de bien vouloir télécharger l'application. Dans le *chat* qui les rassemble, elle a lancé le premier « Soyez prudents ». Elle a reçu cinquante-quatre réponses.

Les attaques contre les cyclistes ont poussé la boss du Camion à trouver une solution pour aller au-devant des dangers courus par les escargots aux quatre coins de la ville. Nombre d'entre eux avaient été victimes des opérations punitives, de République à Alésia. Rien de grave, plus de peur que de mal, mais les zones où ils peuvent bosser sont réduites à peau de chagrin. Signal leur permettra de continuer à travailler et de prévenir au maximum les risques courus par les derniers cyclistes encore présents sur les routes. Déjà, une première alerte. Place de la Nation, des scooters emmerdent des mecs à vélo. Un message conseille d'éviter le secteur pour la soirée.

Lena verrouille son téléphone et le range dans sa poche arrière. Seule, elle déambule dans le Camion, son Éden, le nez au vent. Le ronron du boulevard périphérique la berce. Elle ne fait plus attention aux bruits intempestifs que charrie l'araignée de béton qui la surplombe. Les klaxons, le bruit des tôles qui se cognent, les sirènes de police ou de pompiers, les hurlements des automobilistes impatients, les accélérations des motards kamikazes qui trouent les files de voitures : tout s'agrège en un fond sonore uni que Lena garde en arrière-plan.

Les livreurs lui ont prêté main-forte pour polir et agrandir son établi, rafistoler le canapé et nettoyer les lieux. Un emploi du temps désigne celui ou celle en charge de la maintenance des divers téléphones volés par les Loursac – si elle sait réparer les vélos, Lena ne comprend rien à l'électronique –, d'autres récoltent les sommes à transférer *via* Western Union – un voyage est fait tous les jeudis matin – et les derniers assurent l'entretien quotidien de la zone. Seul le camion-benne de Lena est hors limite.

Signal permet aussi aux escargots d'organiser au mieux leur temps dans le Camion. On y communique souvent en anglais, et ceux qui parlent la langue des uns traduisent pour que les autres comprennent. Lena suit tout cela avec bienveillance.

La chaleur de l'été l'écrase. Le souffle chaud du bitume brûlant la balaie à chaque appel d'air provoqué par une voiture qui frôle le terre-plein qui sanctuarise le Camion.

Elle se bat contre la déshydratation et, pour cela, elle a définitivement banni l'alcool de sa communauté. Parmi les nouvelles tâches, celle de récupérer des bouteilles d'eau est devenue la plus importante. Elle a déjà eu deux escargots qui ont fait un malaise pendant une livraison. Un *strike* chacun. Hors de question que cela se reproduise. Ils ne partent plus du Camion sans leurs deux litres d'eau, à chaque tournée. Elle les voit aussi sur Signal s'échanger les spots où trouver des points fraîcheur – fontaines, robinets en libre-service, toilettes publiques.

Ils s'organisent.

Lena est fière de sa réalisation. Elle a créé un espace sécurisé et commun, où personne n'a peur et tout le monde participe. Elle a tissé un lien entre tous.

Elle a réussi.

Mais aujourd'hui, sous quarante degrés et des rafales ardentes, elle est inquiète. Malgré Signal, malgré le Camion, malgré son Éden, cette brusque tension entre cyclistes et scootéristes en fait bouillir plus d'un. Le frémissement que Lena ressent depuis quelques semaines est devenu sonore. Certains semblent sur le point de craquer, d'autres éructent, hurlent à l'injustice.

Elle n'aime pas cela. Ces invectives craquellent les fondations du Camion, et ses certitudes avec. Tout ce qu'elle a construit, en accord avec Carl, avec qui elle s'est lancée dans ce trafic de papiers pour ouvrir des comptes sur l'Appli, ne peut pas se terminer maintenant. Cette conversation Signal représente, elle l'espère, un moyen d'apaiser la tension. Cette organisation qu'elle constate à longueur de messages éloigne partiellement ses craintes.

Pourtant, elle ne peut s'empêcher de voir les nuages s'amonceler au-dessus d'elle. Elle s'interroge sur l'origine de leur grogne – serait-ce elle, finalement, au-delà des problèmes que les escargots rencontrent à travailler pour l'Appli ? –, anticipe la forme qu'elle pourrait prendre. Dans ce questionnement, Carl ne lui est d'aucune aide. Il est fuyant, se rapproche des Loursac, définitivement à l'aise dans le Camion. Voilà un enjeu qu'elle devra résoudre seule.

Elle sait qu'il manque des comptes, encore. Que l'opération ne va pas assez vite, assez loin. Il y en a, encore, parmi les habitants du Camion, qui restent sans autre choix que de continuer à louer. Elle fait comme elle peut, avec les ressources qu'elle a. Elle pourrait ponctionner une part des revenus de ceux déjà dotés. Mais cela voudrait dire devenir loueuse. C'est impossible.

Elle doit trouver une solution, et vite.

Lena s'assoit sur le bord de son camion. Les yeux sur l'établi, elle se calme. Devant elle, quelques livreurs cherchent un coin d'ombre. Ils adressent des coups de tête neutres à l'ancienne prof.

Si le Camion résiste à ces turbulences, elle survivra. Elle est devenue trop importante. Vitale.

Un bruit.

Il est revenu.

Le jeune qui s'est fait renverser par un SUV.

Il pousse son vélo jusqu'à elle.

– Est-ce que ta proposition tient toujours ? demande Abel.

Lena sourit. Ne pas perdre la face.

– Bien sûr. Bienvenue.

Elle remarque.

– Ça va, tes mains ?

Rien de cassé, lui assure-t-elle. Comment elle sait ?... Elle sait, c'est tout : dix ans dans un collège, on finit par faire la différence entre une fracture sévère et des gros bleus. Lui peut bouger ses doigts ; un peu de Betadine et de bons bandages feront l'affaire.

Très vite, Abel se retrouve avec un compte et un smartphone en excellent état. Elle lui donne une feuille A4 avec les informations nécessaires à l'utilisation du terminal : code PIN, code IMEI, numéro de téléphone, numéro de déblocage de la carte SIM, numéro pour appeler le répondeur, login et mot de passe pour utiliser l'Appli. En cinq minutes, Abel est de nouveau *online*.

Il sort son cahier de brouillon et son stylo bleu et recopie consciencieusement les séries de chiffres transmises par Lena. Tenir son Bic noir le fait souffrir. Ça passera. Comme les courbatures. Elles ont donné naissance à des muscles puissants. Qui sait ce que pondront ses doigts endoloris ?

La SDF l'abandonne, non sans lui dire qu'elle reste à sa disposition.

Le nouveau venu marche au milieu du Camion, son Super Conquérant enroulé dans la main gauche. Quelques livreurs le saluent, il lâche deux ou trois sourires. Une jeune femme lui tend une clope, Abel la refuse. Elle n'abandonne pas et s'approche de lui en mettant le feu à sa Marlboro Light. Rapidement, son double la rejoint et l'imite.

Derrière la fumée de leurs tiges, les sœurs Loursac lui font face.

– Salut.

– Salut.

– Qu'est-ce que tu as écrit là-dedans ?

– Les infos de Lena pour utiliser mon tél, répond Abel en feuilletant son cahier.

– Et ça ? demande une Loursac en désignant les lignes noircies qui défilent devant elles.

– Quoi, ça ? C'est rien… C'est les digicodes et les adresses des clients qui me commandaient des trucs. J'avais peur que mon téléphone me lâche alors…

Les feuilles continuent de défiler entre les doigts agiles d'Abel.

– Et vous ?

– Nous ? On est les Loursac. Tu veux qu'on te raconte la fois où on a fugué d'un foyer dans la Meuse ?

6

Ils ont choisi un rade quelconque, pas loin du siège de l'Antenne. Les bars du 11e arrondissement ne se dépeuplent pas, passé minuit. Avant, quand l'Antenne était sise en proche banlieue, un demi rapide après le boulot et tout le monde rentrait chez soi. Les cafés restaient ouverts pour la forme, histoire de, espérant que la promesse d'un plat chaud attire deux ou trois journalistes égarés.

Ici, c'est l'inverse. On cherche de la place. Le lieu qu'ont choisi Igor et Yass pour leur premier pot IRL est bondé, bruyant et rieur. Ils ont trouvé une table, au fond, par miracle.

Igor fixe les bulles fines qui grimpent le long de la paroi de son verre frappé des armoiries de la maison Kronenbourg. Les glaçons du gin-tonic de Yass ont déjà fondu. Peu de mots sont échangés. Le tutoiement met quelques phrases à s'installer définitivement. Ce n'est que lorsque l'avocat entre dans le vif du sujet que les langues se délient.

Leur deal est simple, mais il souhaite l'expliciter une fois de plus : Igor ne passe que par Yass. Il lui assure. Elle a rempli sa part du contrat, il continuera à honorer la sienne. Pour prouver sa bonne foi, il lui rend la carte de visite de Paul Parsène.

Après un nouveau silence, plus pour satisfaire sa curiosité que pour étoffer une quelconque stratégie, Igor interroge la journaliste sur le fonctionnement de l'Antenne. Yass s'exécute volontiers.

La toute-puissance de Paul Parsène, protégé par des audiences explosives, ne cesse d'augmenter, jusqu'à prendre des proportions hors normes. Il fustige les commentaires, déchire les éditoriaux, a l'oreille du big boss, dont il ignore les injonctions à calmer le jeu. Il fonce tête baissée dans les bas-fonds de la polémique – « *there's no such thing as bad press !* » lance souvent l'indéboulonnable *anchorman*. Lui, le journaliste anonyme arrivé au sommet par la seule force de son poignet, a raison. Ses résultats le prouvent.

Pourfendeur du « politiquement correct », défenseur des « esprits libres et anticonformistes », il convoque les tribuns les plus obscurs dans le seul et unique but de grimper au sommet de la TT et d'alimenter une sphère vocale et active, en ligne et en dehors. Il leur jette des sujets chauds et les regarde s'écharper.

– C'est ça, la politique, aujourd'hui. De l'ultra-court terme. Tout le monde le dit. La vision n'existe plus. C'est le coup d'œil qui compte. Et le grand talent de Paul, c'est de l'avoir compris en premier. Ce mec se prend pour un visionnaire. Il n'a pas complètement tort.

Or, il reste une partie du public à laquelle Parsène n'a pas encore accès. Un public tout aussi bruyant que le sien. Ceux qui, justement, goûtent peu sa tambouille réactionnaire. Il veut les appâter avec une figure radicale, tout aussi pétaradante que celles qui occupent déjà son *talk-show*.

Grâce à Yass, Igor lui est apparu comme le candidat idéal.

– Il ne m'a pas trouvé excellent.

– C'est du bluff…

– Tu crois ?

– Il t'a filé sa carte non ?

– Oui…

– Crois-moi, tu dénotes. Je te suis sur Twitter, tu fais ton trou. Parsène te sollicitera de nouveau.

L'avocat sirote quelques gorgées de roteuse et plante son regard sur le coin de la table. Parsène. Il abhorre tout ce que ce présentateur représente, depuis toujours. Mais sa voix porte. Télé, Internet, réseaux sociaux : il est partout, tout le temps. Il donne le tempo. À lui de danser avec le diable. De faire de l'entrisme. Et d'imposer son rythme.

Il le doit à ses clients. Maintenant qu'il est parvenu à réunir tant de locataires de comptes, il veut frapper un grand coup. Amener le sujet au cœur du débat. Les récentes mobilisations apportent de l'eau à son moulin. Il y est presque, il le sent. Il faut qu'il s'impose sur le plateau de « Débats ».

Pour prouver à son frère qu'il avait raison.

Ses maux de tête disparaissent en présence de la journaliste. Comme si son corps s'équilibrait de nouveau, débarrassé de tout ce qui l'empèse. Il l'écoute religieusement dispenser sa leçon de choses. C'est parce qu'elle confirme ses théories les plus ancrées – sur l'Antenne, sur la précarité, sur la vie – qu'Igor ne peut se détacher d'elle, qu'il a accepté de maintenir le deal. Avec elle, il se retrouve. Elle confirme qu'il a raison. Loin de ceux qui ne croient pas en lui, du stagiaire qui se barre, des clients impatients. Ils sont dans le même camp.

À sa demande, Yass lui offre quelques conseils : l'émotion prime sur les faits, le martèlement fonctionne mieux que la démonstration, il faut hausser le ton et baisser ses exigences. Des trucs racoleurs de vétéran de la *hard news*, ceux qu'on dégaine ASAP pour ne pas être pris de court. La vitesse au cœur de la machine.

Igor acquiesce. Conteste, un peu, pour la forme. Mais il sait qu'elle a raison. Que Parsène, aussi, a raison.

– Une dernière chose, avant qu'on y aille, lance Igor alors que les chaises se retournent sur les tables.

– Oui ?

– OK, une fois de plus, je passe que par toi. Mais Parsène… Moi, je ne lui dois rien, mais toi… Tu te sens de lui tenir tête ?

Le lendemain matin, à 7 heures – Yass aime embaucher tôt –, elle ressasse cette question dans la pénombre de l'open space du septième étage de l'Antenne.

Elle tiendra tête à Paul si Igor est bon. Igor doit être bon. Il le sera. Elle y veillera. Plus l'avocat prendra de la place dans le *talk*, plus elle pourra négocier. Lorsqu'il sera devenu indispensable, elle pourra imposer ses conditions. Le contrat contre l'accès au baveux.

Cela paraît simple, mais elle s'est quand même foutue dans un *corner*. C'est quitte ou double. Ce n'est peut-être pas la meilleure stratégie de contrarier Dieu le Père, mais elle sait qu'il aime les fortes têtes. À elle de lui prouver qu'elle ira jusqu'au bout.

Elle sursaute à la vue de Jean. Le rédacteur en chef, rasé de frais et impeccablement sapé, pose un coude au sommet de son cubicule.

– Matinale…

– Toi aussi.
– Je suis le réd' chef.
– Justement, je pensais que ça venait avec un privilège.
– Tu penses trop, Yass…
Il retire son coude et se poste devant la journaliste.
– T'es dispo cinq minutes ? Paul veut te voir.
– Heu, ouais, ouais…
En quelques pas, Yass rejoint le bureau du gourou. Immergé dans un épais brouillard goût chocolat, Parsène est avachi sur son fauteuil en cuir. Au mur, des photos de Paul en compagnie d'un président de la République, Paul en compagnie d'un ministre, Paul en compagnie des championnes du monde de hand-ball et Paul, seul. Il est partout. Même dans son bureau.
– Comment tu vas, Yass ?
Il impose le tutoiement le plus naturellement du monde.
– Il a été moyen, hier soir, l'avocat. J'ai vu que tu lui parlais… C'est bien… ça le met à l'aise…
Il fuit son regard. Nullement impressionnée par les lieux ou par l'attitude de son interlocuteur, Yass reste droite. Du bluff. Elle en est certaine.
– Bon, je vais pas tourner autour du pot. Pourquoi tu te le gardes pour toi ?
– Comment ça ?
– Ne sois pas conne, Yass, lâche Paul.
La vulgarité soudaine de l'*anchorman* surprend la pigiste et son rédacteur en chef. Elle alourdit l'ambiance.
– J'aimerais faire d'Igor une nouvelle figure du *show* mais je ne peux pas parce que tu me l'interdis.
– C'est faux.
– Non, c'est vrai. J'aime installer une relation de confiance

avec mes chroniqueurs. On est dans l'arène, deux heures par jour, parfois cinq jours sur sept pour les plus assidus. Il faut qu'on tisse des liens plus forts que simplement « bonjour, bonsoir, à vous de parler ». Il faut qu'on devienne des amis, en un sens. Et pour je ne sais quelle raison, cet incapable de rédacteur en chef n'est pas foutu d'en faire un ami. Il m'a expliqué pourquoi. Vous avez un deal... Et par là même, tu me refuses un ami.

– J'ignore si Igor souhaite tisser ce genre de relation avec vous.

– Mais moi, je veux tisser ce genre de relation avec lui.

Paul se lève, fait le tour de son bureau et s'assied face à la pigiste. Il croise les bras. Son mouvement de poignet réveille l'écran de sa smartwatch. 7 h 07. Il ne l'a toujours pas regardée dans les yeux.

Son objectif est de transformer l'avocat bien-pensant, prêt à pardonner ses ratonneurs de la porte de la Chapelle, en une pièce maîtresse de son arsenal. Malgré sa performance en demi-teinte, Paul est convaincu qu'il est sur la bonne voie. Maître Capelli parviendra à s'imposer. Il lui faut juste un peu de temps. Et un accès complet.

– Montons un déjeuner, ensemble, tous les trois.

– Non, Paul. Si vous voulez l'inviter, vous passez par moi.

– C'est ridicule, Yass. Ridicule...

– Pourquoi tu ne veux pas lui donner accès à..., intervient Jean.

– Pourquoi tu veux pas me régulariser ?

– Ah... C'est donc cela..., souffle Paul. Une bête histoire de contrat...

– Bête pour vous.

– J'ai besoin de cet accès permanent à Igor. Je peux le faire monter en compétence, lui donner la tribune qu'il mérite, Yass. Tabassé par ceux qu'il défend ! Imagine ! C'est un héros, ce type ! Tu te rends compte *qui* il pourrait devenir pour tous les livreurs qu'il représente ?

– Paul, je vous en prie, pas de ça. Vous vous en foutez.

– Je peux en faire une machine de guerre.

– Moi aussi. Je le coache déjà.

– Toi ?

– Oui, moi.

– Je t'en prie, Yass... Tu as quoi... vingt-deux ans ?

– Vingt-quatre.

– Et tu penses pouvoir le coacher ? Mieux que moi ?

Enfin, il la fixe. Les yeux vairons du leader sur la cible masculine CSP– 25-49 glacent Yass.

– Ne joue pas avec moi.

– Donnez-moi un CDI.

– Non, ni maintenant ni jamais.

– Pas d'accès alors.

– Je peux juste terminer de te filer des piges et lui demander directement.

– Il m'a promis de ne pas se rendre disponible pour vous, si je sautais.

– Ah oui ?

– Il défend les précaires.

– Ne me fais pas rire, Yass. Pas ce matin.

Un temps.

– Vous avez trop besoin de lui, vous l'avez dit vous-même. Et sans moi, il ne vous parlera pas.

– Il y en a d'autres comme lui.

– D'autres héros ? Prêts à se faire tabasser par les mecs qu'il défend ?

Touché. Paul expulse de l'air par ses narines poilues. Il tire sur sa vapoteuse, qui recrache une fumée épaisse.

– Qu'est-ce que tu veux ?

– Un CDI.

– C'est non. Ce sont les actionnaires qui décident, pas moi. Tu le sais bien. Et ils ont dit : plus de CDI ! Rideau ! Des pigistes, que des pigistes ! Et ceux qui râlent, *out* ! Y en a d'autres qui attendent !

Parsène se calme. Il suçote son jouet.

– L'Antenne est déficitaire, tu le sais, c'est dans tous les journaux, partout. Ça coûte de l'argent d'être leader d'opinion. Donc, je te le dis, c'est non...

– Soit.

– Laisse-moi parler à Igor. Maintenant.

– Si je fais cela, vous me sortez de la boucle. Je le sais. Je perds ma garantie. Il est trop important pour moi. Et pour vous. Vous êtes déjà dans l'après, Paul, je le sais. Le cirque réac, ça va s'arrêter, c'est une question de temps. Il vous faut le prochain tribun. Et vous savez que ce sera pas un éditorialiste, ou un homme politique – ou une femme, pour la peine, mais ça, à la rigueur... Ce sera quelqu'un de la société civile. Un héraut, oui. C'est tout à fait ça. Et c'est lui. Vous le savez. Il est assez clean pour passer à l'antenne, assez radical pour faire frétiller vos audiences. Un mec comme ça ? C'est de l'or en barre. Et c'est moi qui tiens la clé du coffre.

Paul la dépasse et se plante devant la porte vitrée de son bureau. En face de lui, une femme de ménage, écouteurs vissés dans les oreilles, vide des corbeilles à papier dans un chariot-poubelle.

Il ne va quand même pas céder devant cette petite pute, lui, le grand fauve. Ces jeunes avec leurs CDI... De son temps, on tuait pour un poste. On bossait comme des chiens. Les contrats, les congés, on s'en foutait. On buvait l'info. On se l'injectait en intraveineuse. On en devenait fous. Complètement fous. Encore aujourd'hui. Dans un paysage aussi concurrentiel, aussi dense, exiger une titularisation ? Mais putain, il y en a des milliers qui sortent des écoles de journalisme, le couteau entre les dents, prêts à piger pour que dalle. Elle est tellement archaïque que ça en deviendrait touchant.

Il ne cédera pas.

Mais elle a raison. Elle le tient. Pour l'instant.

Il faut savoir poser un genou à terre.

– Assure-toi de la présence de l'avocat, demain, sur le plateau.

Yass acquiesce.

– Je n'ai jamais perdu, Yass. Jamais.

Un temps. Puis elle ose.

– On verra.

La dernière phrase de Yass reste suspendue dans le bureau du présentateur, tandis qu'elle rejoint son poste de travail.

Parsène fulmine. Il regarde son rédacteur en chef, penaud dans un coin de la pièce.

Elle y a été un peu fort. Ces deux mots, surtout : « on verra ». Même lui n'a jamais osé s'adresser à Paul de cette façon. Elle, si. Elle en a dans le ventre.

– Salope !

Le rédacteur en chef sursaute. Parsène inspire profondément, tente de se calmer.

– J'espère que cette situation fâcheuse va vite prendre fin, Jean. Je viens de me faire humilier par une petite connasse qui censure mon émission par sa simple arrogance !

– Je crois pas qu'on puisse parler de...

– Ça suffit !

Le hurlement de Paul interpelle jusqu'à la femme de ménage, qui a retiré un écouteur pour localiser l'origine de la tempête.

– Puisqu'elle veut jouer, on va tous jouer ensemble... C'est elle ou toi, Jean.

– Comment ça ?

– Soit tu la convaincs de nous filer Capelli, soit je la garde, et tu sors. Après tout, poursuit Paul en retournant vers sa chaise, d'une certaine manière, c'est *elle* qui tient le sommaire.

*

Lena rentre de Vaclav-Havel.

Elle aussi profite de la baisse des commandes : elle va régulièrement à la bibliothèque pour lire, regarder un film et relever son courrier. Puis, une fois rassasiée, elle flâne en ville, sous le soleil agressif de cet interminable mois d'août. Il lui arrive parfois, au gré d'une flânerie, de retourner devant son ancien immeuble. Elle ne ressent rien de particulier.

Elle fuit aussi l'ambiance lourde du Camion. La lenteur de l'« opération comptes légitimés » – elle n'a pas trouvé de meilleure formule – et le conflit avec les 2RM continuent de miner le moral des escargots. Des groupes se forment, avec Carl et les Loursac au milieu. Lena n'est plus au centre. Exclue, non, mais nettement gardée à distance. Son établi n'est plus au cœur du Camion. C'est le canapé, lieu de débats et d'invectives, qui occupe le centre, maintenant.

Elle passe l'embouteillage de la porte de la Chapelle et se dirige vers son domicile. Quelques bruits lui parviennent.

Des rires. Oui, c'est bien cela. Des rires ! Enfin ! Les angoisses et les sautes d'humeur, les Loursac et leurs histoires sordides, c'est fini. Ça a pris. Le Camion est devenu une *vraie* communauté. Avec ses rites, ses réunions, ses moments de communion. Ses rires. Enjouée, Lena presse le pas pour se joindre à la fête.

Une vision la saisit d'effroi.

Au milieu du Camion trônent deux scooters.

Les escargots les admirent comme des bêtes de foire, émerveillés par leurs possibilités et leur design. L'établi et le canapé ont été déplacés pour leur faire plus de place. Lena aperçoit aussi le bidon, qui a roulé sur quelques mètres, aussi pour permettre aux deux engins de respirer. Personne n'a pris la peine de le redresser.

Carl s'approche et caresse le carénage des 2RM avec tendresse, époustouflé par leur capacité à faire du quatre-vingts kilomètres-heure, comme l'indiquent leurs cadrans. Le premier est un Yamaha Majesty 125. Avec son design moderne, il ressemble à une guêpe noire, insecte farouche prêt à fondre sur sa cible. L'autre est un Mash City, rond et compact, au design plus neutre, plus passe-partout. Ils sont dans un excellent état. Réservoirs pleins. Seuls les stigmates du vol ternissent leurs courbes. Les fils de démarrage pendent encore.

Ce sont les Loursac qui les ont rapportés, à la demande de l'Angolais. Il veut tester leur capacité, voir si la différence de revenus est si importante. Et, peut-être, prendre la décision qui s'impose.

Des semaines qu'ils en parlent, sur Signal et ailleurs, de cette guerre scoots-vélos. L'idée de tirer deux 2RM n'a pas mis longtemps à germer. Il en a parlé aux deux sœurs la nuit, a convaincu trois autres habitants du Camion de les épauler dans cette opération. Ordre fut donné de ne pas en parler à Lena.

Elles n'ont finalement eu besoin de personne. Les rues de Paris débordent de scooters. Elles ont ciblé les moins sécurisés, tordu le cou à leur guidon et noué les fils pour lancer la machine.

À la vue de ces deux monstres, Lena vacille. Elle ne croyait pas à la rumeur qui courait depuis quelques jours parmi les escargots : on allait en avoir. Quand l'un d'entre eux a abordé le sujet, alors qu'elle changeait sa chaîne, elle a haussé les épaules. Ils n'allaient quand même pas lui faire ça. Ici, ce sont les vélos qu'on répare, pas les deux-roues motorisés. Qu'est-ce qu'elle allait devenir, si cela se produisait vraiment ?

Elle fonce vers Carl, toujours accroupi devant le Mash.

– Qu'est-ce que c'est que ça ? Tu es fou ?

– Je pense qu'il est temps de passer à la vitesse supérieure.

– Mais enfin, tu…

– Arrête, Lena. Il faut le faire.

– C'est toi qui as demandé de…

– Oui.

– Et tu les as impliquées en plus, grogne-t-elle en pointant les Loursac.

– Oui, et elles ont été très efficaces…

Carl chevauche le Mash, tripote les fils à nu et démarre l'engin. Un hurlement de joie s'élève du Camion.

La fête peut enfin commencer.

Lena, hagarde, s'adosse au seuil de son véhicule. Devant elle, Abel s'approche des scooters à son tour. Son Rockrider sur l'épaule, il observe les deux engins. Les mêmes que tous les nouveaux livreurs conduisent. Les mêmes qui l'ont parfois coursé, non loin des McDonald's et des Madame Shawn. Avec ça, il serait imbattable. Entre sa connaissance de la ville et une puissance motorisée, Abel deviendrait le meilleur livreur de Paris.

Lena est dévastée. Alors que tous se félicitent de la présence des deux engins, elle voit déjà le crépuscule de sa communauté. À quoi sert-elle, si tous passent au moteur thermique ? Elle ne comprend rien à cette mécanique-là. Le scooter, c'est sa mort, son retranchement dans la solitude et l'inutilité.

Voilà la forme qu'a prise ce frémissement. Quelques quintaux de tôle et de métal au milieu de tout ce qu'elle a construit.

Elle sait ce qu'ils annoncent.

La fin.

AUTOMNE

1

Elle s'ennuierait presque, Jane, assise sur son banc à observer ses coursiers-partenaires.

Avec la rentrée des classes et la reprise d'une activité normale, son groupe Facebook, ouvert aux locataires potentiels, a triplé son nombre de membres. Disponible et aimable, Jane souhaite incarner une alternative tolérable pour ses clients, épuisés par des loueurs qui augmentent leur marge à chaque tournée, ceux-là mêmes dont elle a lu les comportements inadmissibles dans la presse. Elle a décidé d'adopter une attitude plus humaine – c'est le mot qu'elle emploie dans le *chat* privé disponible sur la page de son groupe. Elle reste à leur écoute, leur assure un taux de rémunération fixe et indique où elle se trouve, si le besoin se fait sentir d'échanger autour d'un sujet précis, ou de régler un point de délicatesse entre deux livreurs. La formule est gagnante. Si bien que, pour faire face à la demande, elle a dû ouvrir des comptes sur d'autres plateformes.

Dans le sillage de l'Appli, une multitude de petites start-up a voulu profiter de la ruée vers l'or que représentent la livraison de biens et la fourniture de services à domicile par un personnel qui ne pèse pas sur leur masse salariale. Il y a d'abord eu la récupération de déchets compostables, puis la formation de niches très précises, toujours dans le domaine de l'alimentation. Repas pour *executives* concoctés par les étoiles montantes de la nouvelle gastronomie, formules à prix compétitif à destination des étudiants, petits déjeuners d'entreprise, *snacking*, menus garantis 100 % végan et *gluten-free*, courses personnalisées, offres adaptées aux restrictions religieuses et médicales et repas anti-gaspi : autant de micro-niches pour satisfaire l'ensemble des consommateurs. Sans parler des aides à domicile, des plombiers à la demande, des menuisiers dispo toute la semaine et des agents d'entretien. Ainsi, le marché s'est ouvert, et de nouveaux partenaires sont venus tenter leur chance, le plus souvent en 2RM. Les rues de Paris sont remplies de sacs carrés multicolores qui chevauchent à dos de scooter les boulevards, les avenues et les rues qui relient restaurants, boutiques, prestataires de services et clients.

Pour multiplier ses revenus, Jane a un compte ouvert sur chacune de ces nouvelles plateformes. Au total, elle en compte dix-sept, dans tous les domaines. Tous loués, sept jours sur sept. Aucune chance de se faire attraper. La non-publication de la photo des livreurs est une condition *sine qua non* au fonctionnement des applications – c'est la loi. Les locataires sont ainsi à l'abri. Elle aussi.

Ainsi dotée, elle a pu baisser sa commission. Elle ne prend que 35 % des revenus de ses locataires. Une part qu'elle multiplie par dix-sept. C'est très confortable.

Jane se demande si elle ne devrait pas monter une petite

structure – ça, on a la fibre entrepreneuriale ou on l'a pas. Entériner tout cela. Elle a entendu parler de ces chauffeurs VTC, parmi les tout premiers quand le phénomène a débarqué en France, qui ont acheté cinq voitures et loué leurs comptes et leurs véhicules à des conducteurs devenus, presque par défaut, leurs salariés – même si on ne prononce pas ce mot, dans le nouveau monde. Il y a peut-être quelque chose à imaginer.

Le seul truc qu'elle regrette vraiment, c'est de ne pas avoir pu recruter Abel. Un mec motivé comme lui, c'est inestimable. Depuis leur discussion, deux mois auparavant, elle ne l'a pas revu. Peut-être a-t-il lâché l'affaire. Sans téléphone, c'est difficile. Et Jane ne fait pas encore la location de terminaux. Ça viendra sans doute, au train où vont les choses. Un pack smartphone-login-bouteilles d'eau. Pourquoi pas ?

Les vibrations de son P30 la sortent de ses pensées. Numéro inconnu. Elle ne s'en émeut pas, nombre de ses clients souhaitent rester anonymes.

– Oui ?

– Bonjour, je suis bien en ligne avec Jane ?

– C'est moi.

– Je me présente, Emma, je suis mandatée par l'Appli pour vous contacter.

Une panique soudaine saisit la jeune femme.

– OK...

– Voilà, on a fait une petite enquête en interne et on trouve que votre profil est tout à fait intéressant pour une mission d'un nouveau genre dont j'aimerais vous parler. Vous avez cinq minutes ?

Ça fuse dans le cerveau de Jane. Et si c'était un piège ?

Son compte Appli est actif, quelqu'un doit livrer pour elle, impossible qu'elle ait cinq minutes. Putain, ils l'ont coincée.

– C'est-à-dire que…

– Je sais que votre temps est précieux, comme celui de tous les coursiers-partenaires, mais vraiment, je pense que vous voudrez écouter ma proposition.

– Entendu.

– Voilà. L'Appli souhaiterait faire de vous une de ses ambassadrices.

– Une de ses ambassadrices ?

– Oui… Vous êtes jeune, vous êtes une femme, vous présentez un profil idéal. Nous aimerions que vous portiez notre voix. Il va sans dire que cela viendra avec un certain nombre d'avantages. Directs et indirects… Madame ?

Jane revient sur terre. Le temps de décompresser, de se rassurer sur le fait que son système fonctionne toujours. Que ses loueurs sont protégés. Et ses revenus également.

– En quoi ça consiste, exactement ?

*

À peine besoin d'un coup d'œil sur son Sony Xperia 5 pour s'assurer qu'il est au bon endroit.

Abel descend de son Rockrider, pénètre dans un restaurant japonais du 2e arrondissement et y récupère dix-huit makis California dans une boîte en plastique, une soupe miso, une salade de chou et une Asahi en cinquante centilitres – un « menu M5 », lui indique la serveuse qui lui tend le sac en papier de la commande 1357. Une fois le tout au fond de son carré gris, il sort son vieux cahier de brouillon et, bras droit plié pour faire face à son écran, recopie nom, prénom, adresse, digicode et étage du client qui a passé commande.

Il va falloir qu'il change de support. Les pages seront bientôt toutes remplies.

Le coursier-partenaire a gardé cette vieille habitude du temps où son LG ne fonctionnait que par intermittence. Son angoisse de la déconnexion a poussé Abel à continuer. En plus de la carte de Paris figée dans son cortex, son Super Conquérant l'aide à dessiner un autre plan, caché celui-ci, des zones les plus intimes de la ville. La nuit, quand le sommeil ne vient pas, il l'ouvre et mémorise quelques adresses. Il visualise les architectures et les couloirs, les halls d'entrée et les cours d'accès. Il construit des bâtiments entiers sur sa carte mentale et offre une troisième dimension au dessin plat des rues de la ville.

Il a élu domicile dans le Camion peu de temps après avoir sollicité un compte auprès de Lena – elle l'a accueilli avec grand enthousiasme. Après quelques hésitations, il a finalement planté sa tente à côté du canapé. Quinze semaines qu'il a quitté l'appartement familial.

À sa mère, il ment en disant qu'il a trouvé une copine ou qu'il squatte chez un ami pour réviser. Il continue de lui donner la majorité de ses revenus et retourne la voir chaque week-end, les dimanches, quelques heures au milieu de l'après-midi. Ils regardent ensemble la télévision, échangent peu de mots. Elle n'a toujours pas retrouvé de boulot stable. Son corps asséché par les produits d'entretien n'est plus employable qu'à mi-temps. Elle embauche douze heures par semaine dans un hypermarché, à une heure de RER de son domicile. Malgré l'argent que lui donne Abel, elle ne parvient pas à vivre décemment. Le foyer familial n'est plus qu'un mouroir que sa mère s'escrime à astiquer, comme pour rappeler à son corps les gestes qu'elle a tant répétés du temps où elle était encore utile.

Abel ne supporte plus cet appartement qui le renvoie à ses échecs. Dans la pénombre d'un couloir vide, ses mensonges lui sautent au visage. À l'abri du regard maternel, il n'est plus le fils aimant qui rend visite et donne un coup de main. Il redevient le coursier clandestin qui usurpe une identité pour bouffer. L'étudiant en décrochage – après son absence aux rattrapages de juin, il ne s'est pas réinscrit à la fac. L'homme qu'il est dehors, le livreur invisible sur les routes connectées. Puis, aux alentours de 18 heures, lorsque son cerveau ne parvient plus à lutter contre son irrépressible envie de pleurer au creux de la poitrine chaude de maman, il se lève et sort sa rengaine : ils se reverront la semaine prochaine. Bonne soirée. Il reprend son vélo, s'installe dans son train et retourne travailler avant de rejoindre sa tente, aux alentours de minuit.

Le Camion aussi a perdu de sa superbe, en même temps que nombre de ses habitués. Au cours de l'été, les Loursac ont volé une trentaine de scooters supplémentaires. Autant de déserteurs qui ne sont jamais revenus. Une opération anti-migrants a encore plus clairsemé les rangs. De soixante-dix-sept à leur pic, les escargots ne sont plus qu'une petite quarantaine. Les jumelles ont cessé de braquer les 2RM après que deux flics leur ont couru après, stoppant ainsi l'exil. Elles ont repris leur activité de collectrices de capsules de Lungo Forte usagées dans les tours de la Défense. Elles se sont fait oublier.

Moins occupée qu'auparavant, Lena passe la majeure partie de son temps au fond de son camion-benne, quand elle ne resserre pas des freins ou regonfle des chambres à air. Elle le reconnaît : l'ambiance a changé. Avec octobre sont revenus la grisaille et les haussements d'épaules, le fatalisme coi d'une bande d'escargots livrés à eux-mêmes sur leurs bécanes souffreteuses. Avec l'automne, les cadences infernales ont repris. Les vélos souffrent. Les livreurs aussi. La trêve est finie.

Au moins, la chasse aux vélos est terminée. L'augmentation du nombre de commandes a calmé les propriétaires de 2RM les plus virulents. Il y a de nouveau du boulot pour tout le monde.

Les Loursac lui ont bien proposé un scoot, mais Abel a refusé. Sans doute chérit-il son Rockrider comme la dernière preuve de la promesse faite à sa mère, après avoir brisé toutes les autres : il fait tout dans les règles. Cette dernière bribe d'honnêteté et de dignité, il l'entretient comme si sa vie en dépendait, alors que celle-ci n'en finit pas de voler en éclats.

Depuis la fin des températures estivales, pédaler est devenu moins pénible. Mais l'effort reste intense. La nouvelle tarification continue d'allonger les trajets. Malgré son corps affûté, la douleur physique est omniprésente. Les cicatrices sur ses doigts, stigmates de sa crise contre un feu rouge, lui rappellent chaque jour le prix à payer pour bosser.

À cela s'ajoute le malaise de se savoir clandestin. Travailleur clandestin. Fils clandestin. Étudiant clandestin.

Il pensait trouver un second souffle en emménageant au cœur de la communauté des escargots, pleine de joie et de vie, comme le disait Lena.

Il est arrivé au milieu d'un conflit étrange. Entre ceux qui partaient sur des scooters pour ne jamais revenir, ceux qui n'ont pas franchi le pas et les derniers venus, condamnés à demeurer loueurs après le départ de l'Angolais, il n'a jamais connu le Camion que l'ancienne prof aimait lui décrire, convivial et joyeux. Difficile d'imaginer autre chose que ce camp pourri où l'on ne vient plus que pour faire réviser son vélo. Lui dort près du canapé, Lena dans son camion-benne, quelques livreurs s'éparpillent sur des matelas. Les Loursac ont élu domicile non loin du bidon vide.

Face à une Lena devenue mutique suite aux multiples départs des habitants du Camion, Abel s'est rapproché des jumelles pour briser le silence dans lequel il avait fini par s'emmurer, afin de ne pas devenir fou. Bien que grandement responsable de l'hémorragie d'escargots, les jumelles, candides quant aux conséquences de leurs actions, occupent toujours le cœur du Camion. Au cours de leurs conversations où se mêlent expériences et souvenirs, elles ont mis des mots sur les sensations du livreur. Sa colère intense, son envie de violence, celles qui le saisissaient à chaque nouvelle commande, à chaque opposition avec un 2RM, à chaque confrontation avec un client pénible, elles les ont connues.

Les pulsions, celles qui défoncent les feux rouges et menacent les propriétaires de Google Pixel 4 XL, sont revenues. Elles habitent Abel de manière permanente. Il se sent en sursis, à deux doigts de s'abandonner à elles. Les Loursac lui font comprendre que ce ne serait pas si grave. Dans d'autres circonstances, à une autre époque, elles ont éprouvé la même chose que lui.

L'expérience des deux jeunes femmes perdues dans une rage perpétuelle lui parle. Ils sont pareils, elles et lui. Paumés et conscients que le monde se satisfait de les laisser sur le côté. Mais non content de les ignorer, le monde les isole et les essore, dans des foyers, dans des familles étrangères, sur des pavés, en ligne, sur une selle, à livrer, à collecter, à récupérer, à faciliter, encore un peu, leur cloisonnement hors la ville, hors le monde, condamnés à vivre dans des tubes entre les restaurants et les clients, entre les bureaux et les dépôts, entre les clients et les restaurants. La rage, oui. Il veut sa part de rage, lui aussi. De brutalité.

C'est ce qui les a sauvées, disent-elles. Exulter. Être violentes. Aller contre. Elles ne se sentent libres que comme cela. Elles ne sont bonnes que là-dedans, elles ne savent faire que ça. Il n'y a qu'ainsi qu'elles s'affranchissent des carcans qu'on leur a imposés dès leur plus jeune âge, depuis leur abandon jusqu'aux foyers. Elles travaillent pour faire bonne figure, mais ce sont dans les soupapes que leur offrait le Camion qu'elles se retrouvaient vraiment. Carl leur manque. Lui les comprenait. Il savait qu'elles avaient besoin de ça, de voler, d'agresser, de *car-jacker*. Et puis, comme les autres, il les a abandonnées.

Mais maintenant, elles ont Abel. Il est comme elles. Ils vont faire de grandes choses ensemble. Les soirs de grande fatigue, leurs colères se conjuguent. Ils s'imaginent brûler, piller, hurler, briser, casser. Se libérer. Ensemble.

Abel n'est plus seul.

Lena, furieuse contre les jumelles mais impuissante à les déloger – Carl absent, elles lui font peur –, tente tant bien que mal de l'éloigner de ces harpies. Quand Abel lui décrit leurs discussions, quand il lui explique qu'elles, enfin, le comprennent, que la rage qu'elles ont en elles, Abel possède la même, Lena lui répète que c'est *elle* qui l'a émancipé. Qu'en lui donnant son propre compte, elle l'a sauvé du business des loueurs, où il aurait trimé sans fin pour une poignée d'euros. Qu'elle lui a rendu un téléphone, remis en selle.

Conneries.

L'Appli a eu raison de lui. Elle l'a dissous une deuxième fois. C'est la même merde qu'avant, il ne livre pas sous son vrai nom, c'est tout. Les clients sont les mêmes, les tarifs sont les mêmes, les putains de trois notes sont les mêmes. Elles lui percent les tympans trente, quarante, cinquante fois par jour. Pour aller plus loin, rouler plus longtemps, le motiver. Elles le réveillent la nuit, le sonnent sans cesse, « plus vite, Abel », « on s'approche, Abel, encore un effort », « accepte ce challenge, Abel, et tu gagneras plus », « une nouvelle commande, Abel », « recrute, Abel », « encore, Abel », « encore », « encore », « encore ! ». Même si ce n'est pas son prénom qui s'affiche sur les notifications, Abel en reste le destinataire. Les trois notes le dominent. Elles lui rappellent qui le tient.

La rage, oui.

Avec l'aide des jumelles, il l'a laissée prendre le contrôle. Elle le délivre un peu. Grâce à elle, il supporte le quotidien. Il sait qu'il aura sa revanche sur ces cadences infernales et ces clients ingrats, ces restaurateurs arrogants et ses pentes abruptes. Elle estompe les trois notes, même si ces sorcières se rappellent à son bon souvenir à chaque nouvelle commande.

Abel ne pourra plus supporter longtemps ce cirque sans fin. Sonner, récupérer, livrer, recommencer. Ce qui ne devait être qu'une activité temporaire a bouffé chaque aspect de son quotidien. Il faut qu'il explose, sinon il va devenir fou.

De surcroît, Abel sait qu'il n'exultera pas seul. Les Loursac sauteront avec lui.

Leurs destins se sont liés. Ils se voient dans le Camion, reléguant Lena au fond de sa benne, seule, quand eux complotent jusqu'aux heures les plus sombres de la nuit.

Un soir, il leur a montré son cahier, ce précieux sésame, qu'il continue d'alimenter. Comme ça, sans raison, pour parler. Sous les yeux des Loursac, les informations qu'Abel récolte pour ne pas se déconnecter sont devenues une mine d'or inestimable. Ce qu'elles pourraient faire avec ça… Ce qu'*ils* pourraient faire avec ça. Ils ont réfléchi, spéculé, imaginé des situations improbables. Dans un grand éclat de rire, ils se sont pris dans les bras, tout simplement.

Comme une famille.

*

Il a beau être familier de l'exercice, avant la prise d'antenne, sa migraine l'assomme.

Le direct approche, les projecteurs sont branchés, les caméras chauffent, Paul Parsène est jouasse, les autres chroniqueurs plaisantent, on ajuste maquillage et coiffure. Igor n'est pas à l'aise. Seul dans sa loge, il fait danser sa jambe droite dans l'espoir de calmer ses nerfs.

Yass le harcèle.

Depuis que Jean, son rédacteur en chef, l'a bannie du plateau, l'empêchant ainsi d'avoir un accès direct à l'avocat pendant toute la durée de l'émission, elle est insistante. Elle bombarde Igor de SMS, exige de l'attention, des preuves de confiance et d'amitié, réclame des verres à des heures indues pour revoir ensemble un script, une *punchline*, le CV des invités qu'Igor ne connaît pas. Elle n'est plus l'alliée, maintenant. Ils ne sont plus en phase. Elle est aux abois. Ça lui tape sur le système.

Il se plie à ses exigences. C'est qu'Igor est dans un étau. Le deal avec la jeune journaliste court toujours. Elle est acculée par ses supérieurs qui refusent encore de lui signer son contrat à durée indéterminée, et Igor la soutient. Il juge aberrant qu'un groupe comme celui qui préside aux destinées de l'Antenne ne puisse régulariser une partie de ses pigistes pour assurer une pérennité à sa rédaction. Mais il a besoin de montrer patte blanche à Parsène, le seul capable de lui offrir une tribune digne de ce nom pour les causes qu'il défend. Ainsi voit-il Yass en secret, tôt le matin ou tard le soir, tentant de lui imposer des horaires impossibles pour éviter des rencontres inconfortables. La jeune femme accepte tout, sans condition. Mettant l'avocat dans une position délicate vis-à-vis de l'Antenne, qui a fini par avoir vent de ses meetings clandestins.

Pour l'instant, l'*anchorman* vedette de la tranche 22 heures-minuit n'a pas été menaçant. Il n'a pas mis dans la balance la participation de l'avocat à son *talk*. Cela ne l'empêche pas de multiplier les piques perfides au sujet de ces petits rendez-vous avec la belle Yass. Igor les ignore. Il se sait en sursis. Il ne faut pas trop pousser Parsène dans ses retranchements.

Mais Igor a un atout. Il est devenu bon.

Ce n'est pas venu tout seul : Yass a été d'excellent conseil, l'avocat ne peut que l'admettre. Grâce à elle, il a musclé sa rhétorique, contré les arguments les plus fallacieux et même obtenu les félicitations de la part de Jean et de Paul, pourtant avares en compliments depuis qu'ils ont compris qu'Igor ne lâcherait pas l'emmerdeuse qui leur pourrit la vie. Il s'est même payé le luxe de voir une de ses interventions devenir virale sur les réseaux sociaux, performance qui lui a valu les félicitations de tous ceux qui occupent la table ronde mise à la disposition de l'Antenne pour le *show* de Parsène. En conséquence, les audiences, que tous pensaient au sommet, ont crevé un nouveau plafond, ce qui ravit les annonceurs, la régie, les actionnaires et le présentateur. Igor est devenu la pièce maîtresse dont ce dernier rêvait tant.

Il n'a toujours pas rappelé Théo, son frère. Il aimerait lui dire qu'il avait raison, lui, le cadet, que c'est bien l'entrisme qui va gagner, l'action. Regarde, j'y suis. Le cœur du réacteur. Pour tout changer de l'intérieur. Mais à quoi bon l'enfoncer encore.

Il l'appellera demain.

Igor gobe deux Nurofen.

Ses différentes participations aux émissions de Parsène ont renforcé la notoriété de l'avocat. Il a pu faire venir une nouvelle population dans son cabinet, celle qui, justement, n'osait pas lever la voix. Deux cents dossiers sont venus s'ajouter à ceux qui l'ont rejoint au cours de l'été. Sur le nombre de livreurs que compte l'Appli, juste l'Appli, Igor trouve que c'est insuffisant, qu'il est encore loin de la masse critique. Il les défendra, corps et âme. Mais il doit recruter plus, encore. Occuper l'espace médiatique pour les défendre. Et les calmer.

Certains sont tentés par l'action violente, frustrés par les délais de la justice et fatigués de composer avec une plateforme qui les exploite et traite avec dédain les mobilisations diverses de coursiers-partenaires exténués. Leurs discours se sont radicalisés en quelques mois. Nombreux sont ceux qui parlent de foutre le bordel, de tout casser. « Soit ça change, soit tout va brûler », lui a confié un livreur. Une action de ce type, c'est le pire qui pourrait arriver à Igor. Au moment où son discours perce enfin, une opération coup-de-poing réduirait à néant tout le travail effectué jusque-là.

On vient l'interrompre, l'informer que le direct commence

dans une heure. Igor sort de la loge et traverse la rédaction, en direction du bureau de Paul Parsène. Un petit rituel pré-prise d'antenne : le Coca-Cola dans l'antre du patron.

Sur le chemin, il aperçoit Yass, assise à son cubicule. Amaigrie dans son pull *oversize*, la jeune journaliste reste tard, tous les soirs, pour assister à chaque émission, bien qu'elle n'ait plus accès au plateau. Quand ça tourne, elle ne peut s'empêcher de faire des gestes à travers la vitre blindée qui la sépare du studio, gestes que tout le monde finit par trouver gênants. Mais Yass ne fait qu'occuper son espace de travail, en dehors du plateau construit, à dessein, au plus près de la rédaction, pour donner à tous le sentiment d'en être.

Jean est descendu fumer une cigarette. Il est sur la sellette, il le sait. Paul n'a pas réitéré sa menace, mais elle court toujours : c'est Yass ou lui. La petite a fait venir un nouveau chroniqueur dans « Débats », quand lui n'est pas foutu de le convaincre de laisser tomber la pigiste. Cette salope va foutre en l'air sa carrière. Il a vu clair dans son jeu. Elle n'est pas là pour faire du bon journalisme. Elle veut sa place, c'est tout. Elle veut sa peau. Cette génération se croit tout permis. Elle veut me pousser vers la sortie, moi ? Mais je suis une pointure, bordel ! Un ténor ! C'est Paul qui a raison. C'est elle ou moi. C'est tout à fait clair. La menace de Parsène a un avantage : elle lui a permis de mettre les bons mots sur les bonnes choses.

Yass veut son poste. Point barre.

Merci, Paul, merci de m'avoir ouvert les yeux.

Regarde-moi ça, cette garce, plantée devant la vitre du studio, dos à sa rédac, à se bouffer les phalanges, en train d'attendre que son poulain entre en scène. C'est pathétique.

C'est à ça que l'Antenne veut confier son avenir ? Il va leur prouver, lui, qu'il est encore bon.

Jean, ponte de l'info de la fin du XXe siècle, victime du jeunisme ambiant, au profit d'une arriviste plus maligne qu'intelligente ?

Lui vivant, jamais.

2

Estelle Moisson.

104, rue du Château.

Une salade de chou rouge, un demi-poulet fermier avec *potatoes*, une Gallia.

Digicode 78B55. Sonnerie Moisson. Escalier D, code 1289B. Troisième étage, appartement 37.

4,09 euros.

Il sent encore l'étreinte des deux sœurs contre sa poitrine haletante. Dans leurs bras, il était à sa place, enfin accepté, enfin autre chose. La bouffée de confiance que lui a procurée ce geste simple, si simple, ce geste qu'il n'ose plus faire à sa mère, est immense. Là, serrés comme des enfants maladroits après une victoire collective, Abel et les Loursac avaient l'impression de se connaître depuis toujours. Dans leurs rires sourdait un monde ouvert, à eux, sans carcan, sans barrière. Du haut de leur jeune âge, ils se voyaient si grands.

La rue du Château se situe dans le 14e arrondissement de Paris, entre l'avenue du Maine et la place de Catalogne, qui donne sur la gare Montparnasse. Abel l'a prise depuis l'avenue, richement illuminée en cette période de fêtes de fin d'année. Plate et anonyme, l'artère est calme, constellée de restaurants-partenaires et de magasins indépendants – en plus des habituelles supérettes, bars et laveries automatiques.

Il a cadenassé son vélo à un panneau de signalisation avant d'enjamber le trottoir jusqu'à sa destination.

L'immeuble du 104 n'a rien de particulier. Construit sur six niveaux, il offre aux passants une porte d'entrée vitrée, protégée par un digicode en chrome. Une fois dans le hall, Abel se retrouve devant un visiophone. Il fait défiler les noms sur un petit écran rectangulaire jusqu'à tomber sur MOISSON et enfonce une touche ronde décorée d'une cloche. Dans le haut-parleur, la sonnerie retentit. Une caméra minuscule s'anime et braque l'importun.

– Oui ?

– Bonsoir, c'est l'Appli.

– Oui, vous avez tous les codes, c'est bon ?

– Oui, oui, merci.

– OK, je vous fais entrer.

Un bruit électronique invite Abel dans la cour de l'immeuble. Quatre escaliers répartis aux quatre coins d'un carré parfait. Il repère le bon et s'enfonce sous une arche de pierre blanche. Une autre plaque numérotée garde une autre porte. Il inscrit le second code sur des touches usées et pénètre enfin dans le bâtiment D.

Abel prend son temps.

Appartement 37.

Il pousse la sonnette. Quelques pas. La porte s'entrouvre.

– Bonsoir !

– Voilà.

– Merci beaucoup, bonne soi…

Ça lui est venu comme ça. Presque naturellement. Comme s'il avait enfin trouvé la combinaison secrète pour quitter la pièce vétuste où son kidnappeur le séquestre depuis des lustres. Comme s'il en avait toujours eu envie. Alors il l'a fait.

La Nike noire d'Abel stoppe le mouvement de fermeture.

Dans les yeux d'Estelle Moisson, la terreur succède à la surprise. Abel pose sa main droite sur le battant et pousse la porte d'un coup sec. Elle frappe le front de la cliente. Estelle tombe à la renverse. Sa commande se répand sur le parquet clair de son appartement.

Abel est entré.

Il referme la porte derrière lui.

Il ne fait pas attention aux petits jappements apeurés de sa cliente qui recule tant bien que mal le long du minuscule couloir qui lui sert de hall.

Abel détaille les lieux. Une fois passé l'entrée, il arrive dans un salon avec cuisine ouverte. Au fond, une porte, sans doute celle de la chambre, qui doit aussi abriter la salle de bains – il n'en voit pas d'autres dans sa proximité immédiate. Sur sa droite, deux fenêtres donnent sur la cour intérieure. L'appartement est petit mais fonctionnel. Calme. Si ce n'est les questions incessantes (« qu'est-ce que vous voulez ? qui vous êtes ? pourquoi vous sortez pas ? ») que lui envoie Estelle.

La déco n'est pas au goût d'Abel. Un canapé bleu pâle fait face à une télévision branchée sur l'Antenne. Posée sur un tapis défraîchi, une table basse en bois aggloméré sur laquelle campent un cendrier, une bouteille de vin blanc, un ordinateur portable et une cartouche de Marlboro Light à peine entamée. Au mur, une bibliothèque. Des romans à tranche blanche, des BD multicolores, trois plantes dans des pots minuscules et des photos. Estelle avec des amis, Estelle sur une jolie montagne avec un beau panorama, Estelle devant un monument qu'elle fait mine de redresser.

Pour faire taire la globe-trotteuse, Abel pose son index droit sur ses lèvres closes. Il la laisse s'installer sur son canapé. Dans l'entrée, la bouffe, restée au sol, refroidit.

Il ne jette qu'un coup d'œil rapide dans la chambre. Un lit défait et deux tables de chevet ornées d'une lampe chacune. C'est bien la salle de bains qu'il entrevoit au fond.

Abel revient dans le salon et se plante devant Estelle. Elle est tétanisée. Elle a laissé ses longs cheveux bruns tomber en rideau devant son visage inondé de larmes et de morve. Sur son front, un hématome se forme déjà.

Elle ne peut pas bouger. Elle en avait, des théories sur « le jour où ». Crier, se battre, hurler, frapper, cogner, mordre, griffer. Rien de tout cela n'est vrai. Une force en elle la statufie. Elle ne peut plus que respirer.

Abel est déçu. Pour sa première incursion chez un client, il aurait voulu tomber sur un appartement plus faste. Il se souvient de ses premières livraisons, quand, d'un coup d'œil, il pouvait apercevoir des meubles opulents et un système son très haut de gamme. Des trucs qui font fantasmer. Raison de plus pour avoir envie de mettre un pied dans la porte.

Tout respire la solitude ici. L'aménagement de la chambre – lit double, deux oreillers – doit donner à cette pauvre fille la fausse impression qu'elle peut finir la nuit avec quelqu'un. Dans la cuisine, la moitié de la vaisselle est à usage unique, les placards sont ouverts sur des étagères désertes, les restes de la veille moisissent dans l'évier. La cliente semble s'enfoncer lentement dans un je-m'en-foutisme sinistre.

Estelle est terrifiée. Il s'attendait à provoquer une réaction, mais cela prend des proportions qu'il n'avait pas anticipées. Il traîne un tabouret rangé dans un coin du salon, non loin d'une plante verte mourante, et s'installe devant Estelle. Il la fixe longuement avant qu'enfin elle daigne relever la tête.

Abel lui adresse un sourire. Un sourire qui, il l'espère, lui fera comprendre qu'il n'est pas là pour lui faire du mal. Conception élastique, il en est conscient, surtout quand on vient d'entrer par effraction dans un appartement.

Il voulait voir, enfin. Ce qui se cache derrière ces portes entrouvertes, ces visages enfouis dans des smartphones. Ce qui se passe quand il se matérialise vraiment aux yeux de tous. Quand il laisse sa rage, sa colère et ses pulsions prendre définitivement le dessus.

D'un geste sec, Estelle prend son téléphone. Le déverrouille maladroitement. Il lui échappe, elle le récupère, putain, c'est quoi la police, les pompiers, n'importe quoi, il faut que…

– Je vais partir.

La voix du livreur lui semble caverneuse. Elle croise son regard.

– Je voulais voir.

Estelle ne comprend pas. Elle imagine le pire. Un jeu pervers qui la laissera pour morte au pied de son lit.

– Je voulais que tu me voies.

Abel garde ses yeux plantés dans ceux d'Estelle.

Sans réfléchir, la jeune femme déverrouille son Samsung Galaxy S7 d'un geste vers le haut, démarrant la caméra sans avoir à passer par l'écran d'accueil. Tremblante, elle cadre Abel du mieux qu'elle peut. Elle fait défiler les options offertes par l'appareil de prise de vue de son smartphone et s'arrête sur CINÉMA. Le bouton blanc qui déclenche l'appareil photo est devenu rouge. Elle pose son pouce gauche dessus. L'enregistrement commence.

Le mec est à visage découvert. Qu'est-ce qu'il va bien pouvoir dire ? Pouvoir faire ?

Abel se penche vers l'objectif du Samsung. Il voit son reflet, à l'envers, dans la petite lentille du téléphone, se couvre le bas du visage avec le haut de son écharpe et se dirige vers la porte d'entrée de l'appartement 37, 104, rue du Château. Estelle continue de filmer. Le livreur se tourne vers elle. Il n'a pas quitté son sac carré. Le logo de l'Appli apparaît plein cadre sur l'écran de la jeune femme.

Elle stoppe la prise de vue, manipule son téléphone et dépose la vidéo sur son fil Twitter.

– T'es foutu, connard !

Le bruit familier d'un *post* qui prend son envol résonne dans l'appartement.

Il est 21 h 08.

Nous sommes le jeudi 19 décembre.

*

Yass attend avec impatience le début de l'émission. Dans le bureau de Parsène, Jean, Paul, Igor et les autres chroniqueurs conversent en éclatant de rire. La pièce – un bureau de cette dimension, dans une entreprise réorganisée en open space, on appelle ça une pièce – est collée au plateau du *talk-show* ; Parsène y accède directement *via* une porte discrète au fond de ses pénates.

De quoi vont-ils bien pouvoir parler ce soir ? L'actu est

au ralenti. Ça somnole dans les rédacs, anesthésiées par les sujets sur les courses de Noël et les SDF qui crèvent dehors. Des marronniers tristes et sans intérêt, pour journalistes las et rodés.

Yass se ronge les ongles. Ce n'est plus du sursis, là.

Jean l'a passée en CDD le 1er septembre, pour garder un œil sur elle : elle ne peut plus piger ailleurs, se doit de venir au boulot, rester collée à son desk. Son contrat se termine fin janvier. Elle pourra le renouveler si elle garde la main sur Igor, mais elle sent qu'Igor lui échappe. Sa stratégie était pourtant la bonne, et elle lui a permis de devenir un participant indispensable au *talk* de Parsène. Mais l'urgence de sa situation personnelle la fout sous pression. Alors elle est devenue envahissante. Elle le sait. Et elle reconnaît qu'Igor a fait preuve d'une patience en or. Elle a peur de l'avoir poussé à bout.

Il lui assure tenir le deal. Même s'il s'éloigne de plus en plus, l'avocat jure sur tout ce qu'il a de plus cher que Paul et Jean n'ont aucun moyen de le contacter autrement qu'en passant par elle. Elle ne peut que lui faire confiance.

Ça s'agite dans la rédaction. Yass tourne une tête ennuyée vers les pigistes restés de permanence. Ils se rassemblent autour d'un écran. La jeune femme approche, parce qu'elle n'a rien de mieux à faire avant le direct.

Une vidéo montre plein cadre un jeune homme assis devant une bibliothèque à moitié vide et une télé branchée sur l'Antenne. La caméra tremble un peu. Il se penche vers le spectateur, sort une phrase difficilement audible dans le brouhaha ambiant, se relève (on voit très bien, sur son dos, le sac carré typique des livreurs de l'Appli) et part. Ça dure à peine vingt secondes. Un petit texte accompagne la vidéo.

Un livreur est rentré chez moi et j'ai eu
la peur de ma vie… j'ai réussi à le filmer.
@lAppli vous avez des explications ???

Le nombre de RT et de *likes* est affolant. Certains internautes accolent le *hashtag* #invasion lorsqu'ils postent le message sur leur propre fil.

Une main envoie la flèche blanche sur #invasion. Des milliers de tweets apparaissent à l'écran. Une recherche similaire sur Snapchat et Facebook prouve que la vidéo est devenue virale. Grâce à ces relais, #invasion est propulsé en TT en un quart d'heure.

Voilà de quoi ils vont parler.

Yass doit s'entretenir avec Igor.

Elle se retourne et se cogne à Jean, venu prendre la température de l'agitation ambiante.

– Où tu vas ?

– Laisse-moi passer.

– Attends… Qu'est-ce qu'il se passe ici ?

– Un *home invasion*, répond un gamin de vingt-trois ans. Un livreur de l'Appli s'est introduit chez une cliente et…

– Et ?

– Elle l'a filmé. La vidéo buzze à mort.

Yass tente de reprendre le dessus. Elle ne peut pas rester sur le banc. Pas ce soir. Jean l'attire à part.

– C'est le sujet du plateau de ce soir, lance-t-elle.

– Évidemment que c'est le sujet du plateau de ce soir. Mais Igor est déjà là. T'es foutue.

– Il fera rien.

– Tu plaisantes ? C'est sa came, complet. On va faire péter les scores. Si le truc gonfle, on va tenir l'antenne.

L'user jusqu'à ce qu'il craque. Lui montrer qu'il a pas besoin de toi. Ça va être dantesque. Et toi, tu n'auras plus rien.

– Laisse-moi aller lui parler !

– Non ! hurle Jean. C'est fini pour toi, Yass. Au lieu de prendre mon poste, t'es plus bonne qu'à pointer au Pôle Emploi.

Yass envoie une gifle phénoménale à Jean. Les pigistes retiennent leur respiration.

– T'es qu'une merde, Jean.

Le rédacteur en chef décroche un téléphone fixe. De son index, il compose un numéro à trois chiffres. Face à lui, Yass est immobile.

– Sécurité ? Un élément extérieur vient d'agresser physiquement un membre du personnel permanent. Je vous demande de l'expulser du bâtiment, avant son licenciement définitif. Septième étage, alvéole A7568.

Il raccroche le combiné. Yass, les larmes aux yeux, s'éloigne de l'open space, sans escorte. Jean sort son téléphone portable et compose un numéro.

Il est 21 h 34.

*

Abel n'a pas continué sa tournée après son coup d'éclat, non sans avoir pris soin de noter dans son cahier les nom, prénom, adresse et digicode de sa cliente. Il se laisse aller sur l'avenue du Maine avant de rejoindre le deuxième anneau, celui qu'il connaît bien, qui court de la Bastille à la Bastille. Le voilà d'ailleurs au pied du Génie de la Liberté. Il n'avait jamais fait attention à lui, avant ce soir. Son bras tendu semble lui indiquer la route. Laquelle ? Abel l'ignore.

Beaumarchais, Temple, Magenta, rue du Faubourg-Saint-Denis, Marx-Dormoy et le voilà porte de la Chapelle, en route vers le Camion. Ce soir, Abel n'a plus envie de travailler. Il veut parler aux Loursac de ce qu'il vient de faire. De cette euphorie qu'il ressent, celle d'avoir franchi la dernière barrière pour voir, enfin, à quoi ressemble cette ville. Elles sauront l'écouter, elles. Lena lui fera sans doute la morale. Qu'importe, ce n'est pas son nom qu'on trouvera, si enquête il y a.

Un attroupement, au pied du camion. Des dizaines d'escargots, sac carré sur le dos, collent à l'écran du smartphone d'une des sœurs Loursac. Ils regardent l'exploit d'Abel. Lorsqu'il se matérialise devant eux, le silence qui règne n'est interrompu que par le ronron des voitures qui filent sur le boulevard périphérique.

Les jumelles s'approchent de lui. Une rumeur monte.

Ils sont pareils, tous les trois. Habités par la colère. Et il les transcende, tous.

Elles ont toujours cédé devant l'obstacle final. Les flics qui les coursent quand elles tirent les scooters, les mecs qui leur ont foutu cette branlée « mo-nu-men-tale », les poussant à se ranger. Avec lui, elles se sentent invincibles. Ce soir, Abel a prouvé que les dernières barrières, les plus intimes, peuvent tomber. Avec lui, elles iront jusqu'au bout.

Elles dépasseront leurs limites.

Ce ne sont pas les seules. Il a su éveiller dans le cœur des livreurs endormis une colère qu'ils ne parvenaient pas à formuler. Celle qui frémissait déjà, chez les indigents, lorsque régnait encore Lena.

Lena.

Carl.

Des reliques du passé. Elles ont le futur devant elles. C'est lui.

Abel lévite.

À genoux, au milieu du Camion, il dépose son cahier sur le sol avec une immense délicatesse.

Il est 22 h 01.

*

Le plateau est prêt.

Igor a été mis au courant de la situation par Jean : un livreur est entré par effraction chez une de ses clientes, il y a une vidéo. Le rédacteur en chef lui a transmis un hyperlien sur l'affaire qui secoue l'Antenne depuis 21 h 45 et la diffusion d'une première bande d'une vingtaine de secondes montrant un jeune homme, calme et serein, regarder la caméra dans sa tenue de livreur.

Paul est sur le pont. Les dernières touches de maquillage que lui apportent deux femmes mises sous pression par l'imminence du direct ne l'empêchent pas de donner ses ultimes directives aux personnes autour de la table – trois hommes et une femme.

– Et Igor, je compte sur vous. C'est maintenant qu'il faut cogner.

L'avocat est sur les starting-blocks. Ses camarades du soir – il les connaît bien : Rémi Lemoine, Ella Jurian et Léon Swierczeski – lui sourient. Il est assis à côté de l'expert en communication. En face, le député Lemoine et la représentante du MEDEF.

Générique.

Il est 22 h 01.

– Mesdames, messieurs, bonsoir et bienvenue sur le

plateau de « Débats ». Ce soir une émission un peu particulière tant l'actualité, notre maîtresse à tous, est venue bousculer notre conducteur. En effet, un livreur *a priori*, je dis bien *a priori*, travaillant pour l'Appli, cette plateforme en ligne qui permet à ses utilisateurs de se faire livrer des repas à domicile, est entré par effraction chez une de ses clientes, cliente, on l'imagine, prise de panique devant cet intrus. Pour en discuter ce soir…

Paul fait les présentations. Igor est le dernier nommé.

– Alors, maître Capelli, bonsoir…

– Bonsoir, Paul…

– Quelles sont vos premières réactions face à cet événement ?

– Je prends la nouvelle avec le plus grand des sérieux car elle surgit dans l'actualité avec d'autant plus de violence qu'un vent de révolte au sein de ce corps de métier couve depuis longtemps. Si la forme est inédite – on parle de *sit-in*, j'ai entendu le mot *home invasion*, qu'on pourrait traduire par violation de domicile…

– Invasion du domicile, n'ayons pas peur des mots.

– Je n'en ai pas peur, monsieur le député, j'essaie de traduire l'expression et…

– Allez-y, maître…

– … j'aimerais utiliser une analogie qui résonne dans notre droit français.

– Le droit, le droit, s'écrie Swierczeski, c'est une invasion, pure et simple, point final ! Ce type s'est introduit dans le domicile d'une cliente qui souhaitait simplement dîner en toute tranquillité et qui s'est retrouvée *envahie* par un individu hostile !

– Alors premièrement, dans la vidéo qu'on a pu voir sur

les réseaux sociaux, je n'ai vu aucune attitude hostile. Si je ne remets pas en cause la gravité de la violation de domicile – qui, entre parenthèses, est un mot suffisamment fort pour que l'on puisse l'utiliser en toute tranquillité –, je ne me rangerai pas du côté de ceux qui hurlent, comme vous, mon cher Léon, à l'hostilité et à l'invasion, qui est une notion quelque peu différente, et, si vous le permettez, suffisamment marquée par l'histoire pour mériter d'être utilisée avec la plus grande des précautions !

– Merci, maître.

– Oooh, c'est… franchement…

– Merci, Léon, merci… enchaîne Parsène. On passe la parole, une réaction, Ella ?

– Oui, une fois de plus, notre ami se vautre dans la complaisance et la victimisation des délinquants mais, ce que je vois, c'est un individu dangereux qui force, je dis bien qui *force*, le passage, qui *force* l'entrée d'appartement d'une personne qui a simplement voulu se faire livrer un repas chaud.

– Un repas chaud…

– Oui, maître, un repas chaud, un soir d'hiver.

– On croirait entendre l'abbé Pierre, soyez sérieuse…

– Mais je suis sérieuse, Igor, je suis même très sérieuse… C'est trop facile de tout excuser, toujours et tout le temps. Quand on est face à une situation, on l'analyse froidement, et ce que je vois, moi, ce soir, c'est un individu qui rentre *chez une femme*, l'*envahit,* et pour ça je suis bien d'accord avec le terme utilisé par Léon – ne vous en déplaise, mon cher Igor –, et ce, en utilisant son compte professionnel…

– Oui, d'ailleurs en parlant de cela, rebondit Paul, on imagine que la police pourra facilement le retrouver, non ? Maître ?

– Eh bien, deux cas de figure se présentent à nous… Soit, effectivement, c'est bien son compte et, dans ce cas-là, on ne devrait pas trop tarder à connaître l'identité de cette personne, soit, et c'est bien le drame de ce modèle de capitalisme de plateforme, non jugulé et non régulé, c'est un loueur qui ne livre pas pour son bénéfice exclusif mais pour celui d'une personne tierce qui lui redistribuera ensuite une partie de son chiffre d'affaires…

– C'est-à-dire…

– Concrètement, il est possible de…

Jean le trouve bon, l'avocat. Il est même très bon. Le téléphone au bord des lèvres, le rédacteur en chef scrute sa performance comme un entraîneur de tennis.

– On se contente d'analyser les faits, mais jamais les causes de ces mêmes faits. A-t-on imaginé les raisons qui ont poussé ce jeune homme désespéré au point de…

Le jeu est parfait. Il surprend, maîtrise les échanges longs, ne craque pas sous la pression. Sait monter au front lorsque c'est nécessaire.

– Le système que vous défendez est justement celui qui a permis cela !

C'est une performance remarquable.

– Et que dit l'Appli ? A-t-on une réaction de sa part ?

Il est 22 h 37.

*

Tout lui a échappé.

Elle ignore à quel moment la bascule a eu lieu, mais Lena ne contrôle plus rien. Retranchée dans sa benne, elle regarde des inconnus envahir son Camion. Elle jette un œil sur son smartphone : les notifications Signal ont cessé. Le dernier message, anonyme, indique que son auteur est en chemin.

Les messages se sont succédé tout au long de la soirée, des nouveaux venus ont pris part à la conversation. D'après ce qu'elle peut lire, des escargots ont parlé à d'autres escargots, à des locataires, à des *juicers* qui rechargent les trottinettes, à des livreurs de colis à van blanc, à des agents d'entretien, à des dépanneurs, à leurs sœurs, à leurs frères, à leurs cousins, à tout un sous-réseau urbain qui emprunte les mêmes axes qu'eux, à livrer, nourrir, nettoyer, dépanner, choyer, réparer, fournir, lustrer, arranger, poncer, peindre, satisfaire. Le groupe Signal, administré librement par tous ses membres, a gonflé de volume en une heure. Dans toute la ville, des centaines de smartphones se sont illuminés à chaque nouvelle notification. Ce n'est plus une conversation, c'est un fil où s'agglomèrent les colères contemporaines, dans toutes les langues, dans tous les formats, pour tous.

Elle pensait pouvoir éviter cela. Contenir le frémissement.

Carl disparu sur son scooter, elle a ordonné aux Loursac de cesser de voler des papiers. Le dernier compte qu'elle a attribué à un habitant du Camion fut pour Abel. Les autres, ceux qui n'ont pas été coffrés par la police, ceux qui n'ont pas fui en scooter, ceux qui sont arrivés après, dans l'espoir d'en être, attirés par la rumeur que Carl n'a pu contenir, continuent de louer. Ils restent dans le Camion par défaut, pas vraiment par envie. Lena n'est plus une raison suffisante. Elle s'est fondue dans la tornade qui a emporté les escargots. Une tornade de colère, alimentée par les jumelles et par celui qu'elle pensait être son dernier allié.

À minuit, au pied de sa couche, ils sont légion. Il n'y a

jamais eu autant de monde. Alors que le Camion s'était transformé en un camp insalubre, la mobilisation d'Abel et des Loursac l'a changé en une agora palpitante, bavarde et solidaire. Tous ne sont pas venus à vélo. Certains ont grimpé sur des trottinettes, d'autres ont abandonné leur camion blanc, d'autres encore sont venus à pied, guidés par le GPS de leur smartphone rayé. C'est ce qu'elle entend dans les bribes de conversation qu'elle capte.

Une nouvelle communauté naît devant elle. Elle sait qu'elle devrait se réjouir, penser, avant tout, qu'elle a réussi. Elle a créé du lien, comme avant, comme dans sa classe. Mais la victoire a un goût amer. Les Loursac et Abel, leur recrue consentante, sont à l'origine de ce triomphe. Aujourd'hui, le Camion vibre de nouveau. Et pourtant, Lena a perdu.

Elle ne saisit pas tout. On parle d'action, de braquage, d'invasion, de restaurants.

Lena le savait : quelque chose ne tournait plus rond dans le Camion. Elle a suivi Carl, parce que Carl pensait qu'il leur fallait s'émanciper comme ça, avec des comptes. Mais Carl est parti, le premier, avec le Mash City rapporté par les Loursac. Et avec lui a disparu la sourdine posée sur le frémissement. Elle pensait pouvoir dompter seule cette ire qui mutait, au milieu des derniers escargots. Elle a été impuissante, débordée par les Loursac et leur nouveau meilleur pote.

Elle l'a vu changer, cet Abel. Penaud, d'abord, à chercher sa place au cœur du Camion, finalement à côté du canapé. Puis proche, si proche des deux harpies, à qui il a noué sa colère et sa rage, celle que Lena sentait poindre, déjà, chez les autres. Leur colère a contaminé tous les occupants du Camion, comme une maladie contagieuse et désinhibitrice, et maintenant ils sont là, remontés à bloc, prêts à tout, sans guide, sans maître.

Sans elle.

Définitivement sans elle.

Avant de s'enfoncer au fond de sa benne, Lena déverrouille son portable chargé et se branche sur Signal pour ne rien rater du mouvement à venir.

Il est 0 h 12.

Nous sommes le vendredi 20 décembre.

3

L'émission – matée en replay – terminée, Jane scrolle son fil Twitter passé par le tamis de l'#invasion.

Merde.

C'est bien lui.

C'est bien Abel.

Elle le reconnaît parfaitement. Son visage sec, sa carrure gonflée. Ses yeux. Durs. Les yeux d'un homme éreinté et déterminé. Ce ne sont plus les yeux qu'elle a croisés lorsqu'elle l'a rencontré pour la première fois, dans le préfabriqué de l'Appli, le jour où elle a récupéré son matos. Ni ceux du mec en détresse à la recherche d'un téléphone pour continuer à livrer. Ce sont les yeux d'un enragé.

Elle imagine son parcours, de la livraison à la violation de domicile, mais a du mal à relier les points. Sûrement, Abel est tombé sur un loueur sans pitié, à mille lieues de son comportement à elle, bienveillant et responsable. Ses locataires à elle sont satisfaits, certains la remercient. Jane est une patronne à l'écoute, sympathique, ferme et juste. Ses dix-sept subordonnés le lui disent tous les jours. Elle est à l'abri de ce genre d'électrons libres. Elle n'a rien à craindre.

Sa nomination en tant qu'ambassadrice de l'Appli, c'est la récompense de son comportement exemplaire. Bien sûr, Jane est consciente de l'ironie de la chose, mais elle a jeté un voile pudique sur cette gêne insidieuse qu'elle ressent. Elle se dit que tout est bon à prendre. Alors certes, elle ne livre plus, elle se contente de veiller à ce que tout se passe bien, mais elle sait tout de même de quoi elle parle. De son côté, l'Appli ne se montre pas ingrate. Un petit bonus lui échoit à chaque action faite en son nom. Pour cela, il faut simplement qu'elle se tienne à la disposition de la société anonyme une fois par quinzaine pour en vanter les mérites, de 13 heures à 14 h 30, dans un hôtel Ibis, rue Louis-Blanc, auprès de coursiers-partenaires dont les questions doivent trouver des réponses, ou simplement cosigner un texte, à faire circuler parmi les livreurs, si jamais les représentants de la Nation se mettaient en tête de réguler leur corps de métier.

Facile.

Son Huawei sonne. Jane décroche.

– Bonsoir, Jane, c'est Emma au téléphone.

– Bonsoir, Emma. Vous allez bien ?

– Heu… Bien, oui, je vous remercie. Écoutez, je n'ai pas beaucoup de temps, j'imagine que vous non plus. Avez-vous suivi l'actualité d'hier ?

– Oui, oui… C'est…

– C'est un individu marginal qui n'a rien à voir avec l'Appli. Vous seriez d'accord avec ce point de vue ?

– Heu… Oui, oui…

– Qu'en pensez-vous, franchement, Jane ?

– Que…

– Que c'est un individu marginal qui n'a rien à voir avec l'Appli ?

– Oui. C'est un individu marginal qui n'a rien à voir avec l'Appli.

– Bien.

Un temps. Jane presse le téléphone contre son oreille, pensant avoir perdu la connexion.

– Jane ?

– Oui ?

– Seriez-vous prête à intervenir en direct à la télévision ?

– C'est-à-dire que…

– Nous nous occuperions de tout. Les éléments de langage, votre tenue – sans doute une robe ; vous faites quoi, du S ? – vos frais de transport, votre collation si cela dure plus longtemps que prévu.

– Mais…

– Nous avons besoin de vous, Jane. Seriez-vous prête à intervenir en direct à la télévision, ce soir, sur l'Antenne, sur le plateau de Paul Parsène ?

C'est beaucoup d'un coup. Il y a à peine un mois et demi, on lui propose d'être ambassadrice et aujourd'hui elle doit passer à la télé pour défendre l'Appli.

Il y a un côté grisant, elle ne peut pas le nier, mais le risque lui semble énorme.

– Nous aurions besoin de vous pour incarner notre discours. Vous êtes jeune, vous êtes une femme, je sais que vous pouvez être percutante.

– Mais je n'ai aucune expérience de la télévision, moi.

– Justement ! C'est parfait ! C'est votre spontanéité qui nous intéresse. Nous vous donnerons simplement quelques pistes, quelques phrases à prononcer, et pour le reste, nous vous faisons confiance, Jane.

– OK...

– Vous êtes d'accord ?

Après tout. C'est la suite logique. Ça peut être drôle. Lui donner une prestance. Une carrure. Avec un peu de chance, ses parents tomberont dessus.

– C'est d'accord.

– Formidable ! Dites-moi où vous vous trouvez, et je vous envoie une voiture.

– Juste une chose.

– Oui ?

– Je fais du M.

– Comment cela ?

– En robe. C'est du M qu'il me faut.

Il est 10 h 11.

*

Ils n'ont pas dormi de la nuit. Ils ne se sont pas connectés, à l'Appli ou ailleurs. Le feu dans le bidon est mort depuis longtemps.

Les escargots se sont débarrassés de leurs sacs carrés et de leurs coupe-vent, les *juicers* de leurs groupes électrogènes, les agents d'entretien de leurs gilets multifonctions. Il y a peu, tous ces objets demeuraient le meilleur moyen de passer inaperçu. Plus personne ne les voyait, ces gens-là, avec leurs accessoires, devenus des secondes peaux. Ils s'étaient fondus dans la masse, mutants parmi les humains. Maintenant allégés, redevenus normaux, ils déploient leurs muscles, étirent leurs dos et respirent mieux.

Abel est avec eux. La colère l'habite. Elle n'explose

plus, elle est contenue, souveraine. Elle le contrôle. Sans musique.

Ils ont réfléchi à l'étape d'après. Ils voulaient capitaliser, à leur tour. Foncer.

Il a voulu mettre le feu au siège de l'Appli, la seule incarnation du logiciel qu'il connaisse. Mais à quoi bon incendier un Algeco blanc ?

Abel s'enivre de la rumeur qui meut la centaine d'invisibles réunis devant lui.

Détruire. Détruire. Voilà ce qu'ils veulent. Cela ne suffit pas de mettre leurs tenues logotées au feu, il faut annihiler tout ce qui les a entravés, une bonne fois pour toutes. Eux, sa mère et lui.

Détruire les fast-foods. Détruire les restaurants.

Non, trop dangereux. La police interviendrait tout de suite. Il faut qu'ils restent mobiles.

C'est la dernière option, la seule, qui émerge.

Les clients.

Dans ce monde vaporeux, c'est le seul point de friction possible. Les utilisateurs. Retranchés. À l'abri. Dispersés. Premiers sur la ligne de front, pourtant. Il a déjà ouvert une brèche. Ce serait dommage de la refermer.

Il est 13 h 56.

*

Lena, toujours réfugiée dans son camion, reçoit les photos d'un cahier noirci de notes. Des centaines de noms, d'adresses et de digicodes défilent devant ses yeux.

Il est 20 h 15.

*

La nuit est tombée sur Paris.

Abel est sur son vélo, suivi par les Loursac et une foule de cyclistes, de trottinettes et de vans blancs.

Ils débarquent dans le quartier Rosa-Parks, où tout a commencé.

Abel se plante devant le magasin Leroy Merlin, soulève son Rockrider et attaque la vitrine avec son vélo. Elle cède au bout de quelques assauts. Un van blanc défonce la vitrine d'un Decathlon. Les escargots en sortent les bras chargés de Rockrider.

Les Dott, Lime et TIER gisent longtemps sur le parvis de l'équipementier sportif.

D'un mouvement commun, les coursiers-partenaires qui possèdent un compte se reconnectent sur l'Appli. Il ne faut pas longtemps avant que les premières commandes arrivent.

Il est 20 h 49.

*

– Jean ! Jean ! Il faut que tu viennes voir ça !

Le rédacteur en chef se précipite vers les ordinateurs de ses pigistes.

Bordel.

Ils se coordonnent.

Devant lui, des dizaines de vidéos différentes, identiques à celles de la veille. Des intrus, assis face caméra, qui se lèvent et s'en vont. La même posture, la même dégaine. Dans des intérieurs bourgeois, vétustes, standard, colorés, neutres, éclairés, sombres. Partout. Cette fois-ci, ils disent quelque chose.

– Nous avons accès.

Jean déverrouille son S10 et téléphone à Paul.

Il est 21 h 40.

*

La décision a été entérinée à 22 h 30, votée à l'unanimité par le rédacteur en chef, le P-DG du groupe, le présentateur et le directeur de l'information de l'Antenne : si le besoin s'en fait sentir, Paul Parsène restera en direct. La suite des événements n'est pas encore claire, mais le pillage du magasin de bricolage, du Decathlon et les premières vidéos que Jean lui a transmises ne laissent plus de place au doute : c'est une nuit d'émeute qui se prépare.

Autour de la table, on a gardé les mêmes. Léon Swierczeski, Ella Jurian et Rémi Lemoine accompagnent Igor, revenu en catastrophe. Tous ont décalé les soirées prévues. Le direct, toujours le direct.

L'avocat est sorti grand vainqueur des débats de la veille. Il n'a laissé aucune place à ses adversaires, forcés de sortir les arguments les plus fallacieux pour rester dans la course. Tellement fallacieux que Parsène lui-même avait dû recadrer le débat. Igor a évité les raccourcis, recontextualisé chaque action des livreurs, sauté par-dessus les pièges les plus évidents, osé les analogies les plus originales et fini en tête sur la photo-finish. Ses trois opposants sont au tapis.

Il est prêt à remettre le couvert.

Il va gagner. Il espère que Théo le regarde.

Paul s'en rend bien compte. Les débats sont déséquilibrés. Son plus jeune poulain est devenu une véritable machine de guerre. Si les conséquences sont délicieuses – l'émission est en *trending topic*, juste devant le *hashtag* #invasion, et même le nom complet d'Igor figure en bonne place des sujets les plus débattus sur le réseau ; Parsène bave déjà à l'idée de recevoir les audiences du lendemain –, il faut qu'il prenne garde à toujours maîtriser sa ligne éditoriale. Hors de question de devenir une tribune de l'extrême gauche. Avec ses références au Comité invisible, aux zadistes et à Extinction Rebellion, Igor commence à lui faire peur.

Sa ligne est simple : le débat, *ad nauseam*. Aucune position gagnante. Jamais. C'est comme ça qu'on forge l'opinion. En la laissant libre de choisir dans l'indicible magma qu'il leur cuisine chaque soir.

Il ne s'est pas emmerdé à faire sortir du bois un député poussiéreux, une patronne foldingue et un expert qui n'en a que le nom, aux idées arrêtées et aux formules grasses, pour laisser la place à la raison. Il faut remettre une pièce dans la machine. Renouveler les cartouches. Ce soir, c'est chaos. On tire à vue !

Jean, avec qui il communique par WhatsApp tout au long de l'émission, lui a promis l'arrivée d'une porte-parole de l'Appli. Si ça l'amuse. Depuis qu'il s'est débarrassé de Yass, vingt-quatre heures plus tôt, il ne se sent plus pisser. Le coup du CDD avait été malin, aussi. Ils pouvaient la surveiller, la faire pointer, minimisant les rencontres avec l'avocat. Mais Paul la regretterait presque. Il aurait préféré se frotter à la nouvelle génération, pour lui prouver qu'il a raison. Il se retrouve avec ce débris de rédacteur en chef. Tant pis.

Il doit rester vigilant : il n'a pas encore gagné la guerre. C'est à terre qu'Igor lui appartiendra enfin. Le grand moraliste gauchisant, il le pliera, jusqu'à ce qu'il soit sien.

Pour l'instant, c'est une route à sens unique. Même la mise à sac d'une demi-douzaine de commerces n'entame pas l'énergie d'Igor.

Pire.

Paul commence à aimer cela. L'avocat domine de la tête et des épaules, tant, qu'il méprise désormais ces outranciers dont il avait eu si peur lors de leur première rencontre. Ils sont creux, ces gens-là. Passé l'émotion, ils perdent pied. Le piège de Parsène s'est refermé sur lui : en gardant l'antenne, il a favorisé un sujet unique et accouché d'une nouvelle voix qui fait taire toutes les autres. Igor l'a bien vu, pendant les coupures servant à diffuser *ad lib* le même reportage sur les violences du soir : en quelques coups de scroll et quelques messages, Paul a réalisé que l'avocat menait aux points.

Alors, il paraît qu'on va lui offrir un nouveau punching-ball. *Bring it on !* Igor est chaud. Il a lâché les chevaux.

C'est Jean qui se coltine d'aller chercher la porte-parole choisie par l'Appli devant l'immeuble qui abrite l'Antenne. Il fait froid dehors. Dans la lumière des lampadaires à iode, les immeubles de l'avenue Parmentier se dressent comme des fantômes, balayés par la fine neige qui s'est mise à tomber sur Paris. La vague de froid qui vient de l'Arctique va durer toute la semaine. C'est ce que disent les collègues de la météo. La buée de son haleine se mêle à la fumée de sa cigarette.

La berline arrive.

À bord, deux femmes. Une enrobée dans une doudoune violette, une autre serrée dans un long manteau noir. Il les fait entrer à l'intérieur, qu'elles se mettent vite à l'abri du froid. Le VTC repart.

– Jean, bonjour… Alors pardon, mais qui est Emma, qui est Jane ?…

– Jane…, répond la doudoune.

– Et moi Emma, donc. Comme convenu, Jane est

disponible pour répondre à toutes les questions. Je reste derrière une caméra, sur le plateau.

– OK, OK… Tout va bien, Jane ?

– C'est ma première télévision, je vous avoue que…

– Ne vous inquiétez pas, tout va bien se passer.

– N'oubliez pas, Jane, c'est votre spontanéité qu'on recherche.

Putain. Igor va la bouffer toute crue.

C'est inconscient. Il n'aurait jamais dû accepter la proposition de l'Appli.

Septième étage.

Maquillage, coiffure.

Jane débarque dans le studio en six minutes chrono.

Tout d'un coup, la pression retombe. Elle s'attendait à quelque chose d'immense, à la hauteur de l'impact de l'émission dans le débat public. Tu parles. Un gourbi mal chauffé où le matériel de prise de vue et de prise de son prend toute la place. Jane se croit revenue dans le bureau humide du banquier qui a signé la vente de son commerce. Marrant de penser à cela maintenant. Ce doit être la vue de tous ces beaux messieurs en costume-cravate qui lui rappelle ce souvenir amer.

Elle prend place sur un tabouret surélevé.

Eh ben.

Paul espère qu'elle sera à la hauteur, cette petite chose fragile qui vient d'arriver sur son plateau. Elle est boudinée dans sa robe rouge. Il les connaît, ces « témoins de la vie réelle ». La technique des entreprises pour montrer l'impact des grèves et des actions sociales sur les salariés et les consommateurs lambda. Pourquoi pas ? Ils sortent toujours de bonnes phrases. Au-delà de la classique « prise d'otage », il aime quand viennent « saccage », « privilèges indus » ou « on a quand même de la chance en France parce qu'ailleurs... ». C'est ça qu'il recherche. La lave pour son magma.

Igor la dévisage avec ce qu'il faut de méfiance. La stratégie va devoir changer. Il ne peut pas tirer à boulets rouges sur une femme qui n'a probablement rien demandé. Mais il exècre le comportement de l'Appli qui jette en pâture une pauvre utilisatrice pour la défendre. Même la responsable de com, dissimulée derrière une caméra, ne doit pas être dans la ligne « salaires » de leur exercice comptable. Même ça, ils ne sont pas foutus de le faire eux-mêmes.

On leur annonce que le magnéto se termine.

Antenne dans cinq...

– Jane, bonsoir.

– Bonsoir.

– Vous êtes une « coursière-partenaire » de l'Appli, et en toute transparence vous avez récemment été nommée ambassadrice pour cette même entreprise... En deux mots, de quoi s'agit-il ?

– Eh bien, je prends la parole pour défendre certains de nos coursiers-partenaires qui sont parfois un peu interloqués par les clichés et les raccourcis qu'on entend dans les médias et qu'on lit sur les réseaux sociaux.

– Et que disent-ils, que dites-*vous*, les coursiers-partenaires ?

– Qu'on tient à notre liberté d'emploi du temps et qu'on chérit plus que tout la possibilité de travailler où on le veut, quand on le veut. C'est pas tout à fait comme ça que travaillaient nos parents, mais bon, c'est comme ça que nous, on veut bosser et c'est ce qui nous va le mieux.

Emma est estomaquée.

Non seulement elle a balancé les mots-clés direct – liberté, possibilité, clichés, raccourcis ; un quarté gagnant – mais en plus, elle a basculé hors script avec aisance. La formation expresse dispensée dans la Skoda Fabia, entre la place de la République et le QG de l'Antenne, a porté ses fruits.

Igor n'est pas décontenancé. Il écoute, sagement.

Jean le surveille du coin de l'œil.

Quelque chose le taraude.

Il est quasiment persuadé d'avoir reconnu Yass, en attendant la voiture d'Emma. Ç'avait été une vision furtive, mais une vision quand même. La sécurité n'a rien fait, elle est partie toute seule. Il faudra qu'il veille à ce que ses accès soient bien détruits.

Ça peut attendre. Pour l'instant, il jubile.

– Ces livreurs qui, pour la deuxième soirée consécutive, ont été ce soir les auteurs de ces invasions de domicile et de ces pillages, dont on peut voir quelques images en simultané, qu'est-ce qu'ils revendiquent, d'après vous ?

– Déjà, je tiens à dire que ce sont des individus marginaux qui n'ont rien à voir avec les valeurs de l'Appli.

– Est-ce que ce sont de vrais livreurs ?

– Pardon ?

– Je reprends, insiste Igor. Est-ce que ce sont de vrais livreurs ? Est-ce que ce sont des locataires ?

– Pour l'instant, l'Appli vérifie l'identité de...

– Parce que si ce sont des livreurs, la question se pose différemment, ne pensez-vous pas, chère madame ?

Il est bon, lui. Emma se demande s'il ne serait pas meilleur de leur côté. Ils ont un *pool* de *lawyers* ultra-agressifs. Elle pourrait faire le relais pour lui, vers l'Appli.

– Le phénomène des locataires existe, oui.

Waouh ! Là, c'est complètement hors script.

– Ah, c'est bien de le reconnaître.

– Pouvez-vous rappeler à nos téléspectateurs ce que vous voulez dire, maître, intervient Paul, nous sommes en direct depuis un moment et peut-être que de nouveaux arrivants n'ont pas eu droit à vos lumières dispensées en tout début d'émission…

Igor s'exécute. Autour de la table, Léon et les autres commencent à s'ennuyer.

Emma sent que la situation bascule. Déjà, en trois minutes.

Tant pis.

L'arme nucléaire.

Maintenant.

Elle fait le signe à Jane.

Jane encaisse la saillie de l'avocat sur les loueurs de comptes. C'est elle qu'il décrit. L'exploiteuse créatrice d'un nouveau lumpenprolétariat – elle doit aller chercher bien au fond de ses souvenirs de terminale ES pour se remémorer la définition du mot. Il y va fort et pilonne dur. Elle comprend mieux pourquoi ils ont cherché – sans doute en vain, pour se rabattre sur elle… – un contradicteur. Derrière sa rhétorique de gauchiste pointe un esprit brillant.

Tant pis pour lui.

Elle a le feu vert pour lancer le missile.

– Eh bien, je peux vous dire que pour faire face à ce phénomène et plus spécifiquement pour cesser tout siphonnage des données de l'Appli à des fins violentes, l'Appli se décide à rebooter l'intégralité des comptes de ses coursiers-partenaires. Tout, je dis bien, tout – adresse, nom, prénom, numéros de carte de crédit mais aussi login des livreurs – sera effacé. Dès demain matin, les propriétaires de comptes recevront un e-mail pour vérifier leur identité et ils devront de nouveau se loguer, avec leurs numéros SIRET et leurs K-bis, écrémant ainsi les usages frauduleux et permettant par là même de mener une enquête, en toute transparence et avec les autorités, sur les véritables responsables des violences de ce soir.

– Ah, ça c'est un scoop. Une réaction, maître ?

– Cela ne change rien au problème. Pire, cela le supprime. Nous avons une classe d'âge qui a été largement précarisée et au moindre soubresaut l'Appli efface tout et recommence en mettant cela sur le dos des locataires, c'est-à-dire les précaires exploités par les précaires. Pardonnez-moi, mais…

– Vous êtes de mauvaise foi, Igor ! s'insurge Ella.

Ça y est, le débat repart, Paul est content.

C'est un bon point pour la petite en rouge. Elle est pas mal, finalement.

Igor tressaille.

Là, au fond de son crâne, il la sent renaître.

Il est 0 h 52.

*

Abel et ses compagnons se coordonnent. La soirée n'est pas finie. Ils en veulent plus, encore plus. Il est temps de briser les dernières chaînes.

Maintenant qu'ils les ont vus, qu'ils ont posé des visages, des voix, des carrures sur ceux qui les maintenaient sur le seuil de leur porte, ils vont vivre.

Ils vont ouvrir toutes les portes.

Il est 1 h 13.

*

Jane tient le choc. Emma est impressionnée. Elle improvise avec talent, ne se laisse pas faire. Parsène la relance régulièrement mais elle reste pertinente.

C'est l'avocat qui est aux abois. Avec la course de fond que leur impose Parsène, la fatigue s'accentue et sa migraine est de retour. Elle le pousse à baisser la garde, au pire moment. Au moment où ses adversaires se rebiffent avec les méthodes qu'ils connaissent le mieux : l'outrance et la mauvaise foi.

Emma le regarde s'agiter sur son siège. Il transpire à grosses gouttes. Sa mâchoire se serre avec régularité, faisant saillir deux veines au niveau de ses tempes.

Le député Lemoine demande la parole. Paul tourne son tabouret vers lui.

– Quelle est votre analyse des violences de ce soir, Rémi ?

– Contrairement à Igor, je ne suis pas dans une opposition frontale entre clients et livreurs.

– Ce n'est pas ce que je dis.

Ça cogne, ça cogne fort.

– Laissons les plateformes et les cyclistes s'organiser ! Ce besoin de légiférer tout le temps est ce qui tue notre pays.

– Tu es dans un autre monde…

– Oui, maître ? Une réaction…

– Il est dans un autre monde, tu es dans un autre monde, Rémi !

Le ton d'Igor surprend l'assemblée. Jamais il n'avait élevé la voix. La règle du vouvoiement, coutume non écrite des plateaux de télévision, a été pulvérisée. Parsène est au bord de la jouissance.

– Un autre monde ?

– Tout à fait ! Regarde-toi, tu dis des choses d'un autre temps. Ça ne marche plus, rien ne marche plus. Les régulations, les discussions. Vous avez été pris de vitesse, on a tous été pris de vitesse.

– Vous parlez comme l'Appli, Igor, attention… Vous êtes à deux doigts de *disrupter*, vous aussi !

– Tu es ridicule !

– Vous remettez en cause l'existence des partenaires sociaux ? De mieux en mieux !

– Pas du tout, je te dis juste qu'aujourd'hui elles vont trop vite pour vous, ces plateformes… Et vos réponses ne conduisent à rien. C'est impossible de leur parler.

Igor pense à son frère. Il espère qu'il le regarde. Il espère qu'il aura compris.

Ça le galvanise.

– Et vous, qu'est-ce que vous faites là alors ? Vous devriez vous occuper de vos clients !

– Mais c'est ce que je fais, monsieur le député. Je parle à la masse, j'essaie de faire passer un message. Au plus grand nombre. Ce qu'il se passe ce soir, c'est rien du tout à côté de ce qui nous attend si on ne change pas profondément les choses. Soit tout change, soit tout va brûler !

– Et vous les changez, les choses, vous, à vous agiter tous les soirs en direct ?

– C'est ce que je te dis, au moins, je mets des mots sur les choses ! Vous représentez qui, vous, franchement ? Et vos partis ? Et vos élus ? Et vos ministres ?

– Ce sont aussi les vôtres !

– Taisez-vous, Lemoine !

– Allons, maître, intervient Paul.

– Non ! Mais vous vous rendez compte de ce dont on débat ? De la manière de canaliser une colère, mais elle explose, la colère ! Elle est partout !

– Vous ne condamnez pas la violence ?

– Mais la violence contre quoi ? Contre un Decathlon et un Leroy Merlin ?

– Des invasions de domicile ! se risque Swierczeski.

– Si vous ne condamnez pas, maître, hurle le député, c'est que vous êtes complice !

– Mais nous sommes tous complices ! Vous, moi, Paul ! Le client, le restaurateur, le loueur de compte, madame qui prêche la bonne parole, sa *script doctor*, qu'on ne cadre pas – allez-y, allez, tournez la caméra vers elle, allez-y ! On a rien dit, par lâcheté, parce que c'était quoi... comment dites-vous, Ella, une « tendance profonde » ? Mais nous sommes tous les complices de ces casseurs ce soir, je le redis ! C'est nous tous qui avons créé ce monstre, et on s'étonne qu'ils se rebellent ? Mais nous sommes tous complices ! Tous !

Il est 1 h 35.

4

Les immeubles avec double digicode, les plus anonymes, ont été sélectionnés parmi l'imposante liste fournie par Abel.

On en trouve dans toute la ville. Aucune zone ne sera oubliée.

Leur motivation se pare des atours de leur jeunesse. Insouciants et euphoriques, comme investis d'une mission divine, les travailleurs des plateformes survolent le bitume en direction des adresses indiquées. Ils ont accès à tout. Nom, prénom, adresse, digicode, étage. Les clients d'Abel sont à leur merci. Ça va être spectaculaire.

Il ne peut plus rien leur arriver. Ils ont une aura, un ange gardien, quelque chose qui les protège et qui les porte. Ils arriveront à leurs fins, ils en sont sûrs. À quoi celles-ci ressembleront ? Ils auront bien le temps d'en disserter au petit jour.

Vu du ciel, l'essaim se disperse au fur et à mesure qu'ils quittent les boulevards de la première ceinture dessinée par

Abel. Téléguidés. Sans Appli. Leur compte a été déconnecté il y a cinq minutes. Ils ont tous reçu la notification en même temps. Un haussement d'épaules a accueilli la nouvelle. Ils ont dépassé le numérique. Ce sont des informations écrites sur un morceau de papier qui vont enclencher la suite. Ils sont *offline*, eux. Intraçables. Libres. Pour de bon.

Leurs écharpes remontées dissimulent des sourires francs, certains rient.

Ils ont retrouvé la mère d'Abel. Une bande de journalistes de l'Antenne s'est rendue au domicile de cette dernière, réveillée par des voisins surpris de voir son fils sur leur écran de télévision. Il n'a pas fallu longtemps pour qu'un camion-régie la localise et qu'un pigiste l'interviewe, cette femme en robe de chambre au regard apeuré, seule devant son appartement à la porte entrouverte. Elle ne comprend pas, c'est un bon garçon. Oui, il livre. Non, ça fait plus de trois mois qu'il n'habite plus ici, mais il la rassure avec ses visites dominicales, certes de plus en plus irrégulières, comme ses SMS. Il dit dormir chez un ami pour réviser, c'est pour cela qu'elle ne s'est pas inquiétée – il a une petite amie, aussi.

– Son prénom ? Je l'ignore. Il est étudiant, mon fils. C'est un bon garçon, vous savez. Je n'ai pas d'explication.

L'extrait est tombé sur la conversation Signal. Abel ne l'a regardé qu'une seule fois. Cela ne lui fait plus rien. Sa pauvre mère a tort, depuis le début, on ne joue à armes égales avec personne, ici. On ne façonne pas les bons garçons en suivant les règles. L'Appli a tort, on ne se fait pas tout seul, c'est faux. La microentreprise, la microadministration, c'est *bullshit*, comme ils disent. On avance mieux ensemble. La preuve.

Abel, place de la République, suit les événements *via* les vidéos *live*.

Ils se sont organisés au mieux pour massivement diffuser leurs actions. En plus de la messagerie cryptée, ils ont ouvert un groupe Facebook où certains diffusent leur trajet en direct. Les smartphones ont migré des biceps au torse, caméras embarquées dans la violence promise.

Une nouvelle notification sur la conversation Signal. Une Loursac leur a envoyé un lien hypertexte. Le *thumbnail* dévoile qu'il s'agit d'un extrait de l'émission de Paul Parsène.

Étrange.

Abel ouvre la vidéo. Apparaît sur son écran ce fameux avocat-militant dont un des livreurs lui a vaguement parlé. Rouge de colère face à un parterre de chroniqueurs, il éructe une phrase avec verve. Abel glisse ses écouteurs dans ses oreilles.

Il n'aura pas le temps d'écouter l'intégralité de l'intervention.

Un livreur la résume pour lui.

#touscomplices !

Maintenant, ils ont même un slogan.

Il est 1 h 54.

*

Le jeune *community manager* n'en croit pas ses yeux.

Cela lui a pris, quoi, sept minutes pour découper l'extrait du discours de l'avocat ? Il l'a mis en ligne à 1 h 43 sur le compte Twitter officiel de l'Antenne. Depuis, les numéros qui dénombrent les RT et les *likes* défilent si vite qu'il ne parvient plus à tenir Jean au courant de la pénétration de son tweet.

Il est resté pour leur faire plaisir, une fois officielle l'annonce que Parsène et ses invités tiendraient le direct encore quelque temps. Le rédacteur en chef lui a demandé d'être vigilant, de choper la première phrase qui lui paraîtrait suffisamment forte et de la balancer en ligne, avec un petit *boost* payant, si besoin.

Quand l'avocat a terminé son discours, le *community manager* a senti qu'il avait enfin trouvé de l'or, trois heures et demie après le début de l'émission. Il a inséré les bons mots-clés, mis les dièses au bon endroit, sélectionné les émojis les plus parlants et shooté le tweet en un temps record.

Il lui a rapidement échappé.

Ça y est.

Il a percé.

Enfin, pas lui, mais en tout cas, cette performance sera sans aucun doute à porter à son crédit le jour où il faudra négocier son premier CDD.

Les mains derrière la nuque, il regarde son compteur s'affoler, encore et encore.

Il est 2 h 07.

*

Les Loursac jubilent. Leurs barrières tombent en cascade. Enfin libres de leurs mouvements, de tous leurs mouvements, loin des éducateurs, des flics, des Lena, des Carl et pourtant en groupe, unies. Leur rage a explosé en extase.

La liberté ultime.

Il est 2 h 08.

*

Abel est branché sur un *feed*, en direct.

Sur son écran, une porte craque sous les coups d'extincteur des Loursac.

Elles entrent sans peine dans l'appartement 6 du 67, avenue Ledru-Rollin, à quelques encablures de la gare de Lyon. Un immeuble de la fin du XXe siècle, avec un ascenseur. Les jumelles ont préféré la porte de service. C'est là qu'elles ont trouvé les extincteurs.

La caméra du smartphone, harnaché sur la poitrine, donne à Abel l'impression d'être dans un jeu vidéo. Un *first-person shooter* dont il ne serait que le spectateur passif.

La serrure cède enfin. Dans l'appartement, la lumière est allumée. Des hurlements. Ceux d'un homme, en caleçon, presque ridicule, posé sur deux jambes fléchies, tend les bras pour empêcher les intrus de le blesser. Elles l'évitent et arrosent d'« eau + additif » les meubles de son hôte, défoncent la télévision à coups de pied et bousculent la bibliothèque.

Sur le *feed* de la deuxième sœur, Abel prend le large et se rend dans la chambre à coucher. Tout virevolte au fur et à mesure que la colère de la Loursac s'abat sur les armoires, les placards, les livres, les fringues et le lit. Sa fureur déborde lorsqu'elle trouve un sac en papier. Agrafée aux anses, une facture, frappée du logo de l'Appli. Elle y met le feu et abandonne le sac dans la penderie détruite.

Il coupe le flux.

À son tour.

Abel s'est faufilé à l'intérieur d'un bâtiment de dix-huit étages du 12e arrondissement. Il doit montrer l'exemple. C'est lui qui a fait monter la pression. Il doit frapper un grand coup.

987B2, puis 13A65. Son client occupe un appartement au dernier niveau. Au rez-de-chaussée, il trouve une rangée de portes. Des cabinets dentaires. Des bureaux de comptable. Aucun intérêt. Non. Abel a mieux.

Il emprunte l'ascenseur qui avale les dix-huit étages en un temps record.

Une fois au sommet, Abel dégaine son pied-de-biche, arraché au Leroy Merlin de Rosa-Parks, et entame la destruction de la serrure dorée d'Hugo Flacole (une boîte de six nuggets, un Big Mac, et un grand soda – commande qui date d'il y a cinq mois, lui a indiqué son cahier). La vétusté du dispositif, loin de ceux à cinq points qu'il a pu croiser dans d'autres immeubles, lui permet de le faire sauter rapidement. Un dernier shoot dans la porte, et Abel déboule dans l'appartement.

Flacole, engoncé dans sa graisse, se rue sur l'intrus dans un cri pathétique. Abel l'évite sans problème. Le gars s'écroule contre un mur, se fait mal à l'épaule. Abel vérifie que son smartphone n'a pas pris un choc dans la manœuvre : il est toujours bien arrimé à son torse.

Il toise le bouffeur de Big Mac, recroquevillé sur le sol. Ses yeux le scrutent.

Ses yeux l'accusent.

Effectivement, tu es complice. Toi aussi. Tu ne dis rien, tu ne fais rien, tu pianotes sur ton smartphone, tu nous convoques et nous on vient, dociles et rapides. Aujourd'hui, on vient, oui. Mais on ne s'annonce pas. On a les mains vides.

Derrière lui, la télévision est branchée sur l'Antenne. Les mots « chienlit », « intervention », « balles réelles » sont prononcés. D'un grand coup de pied-de-biche, Abel détruit les trente-deux pouces Full HD.

Un flash illumine l'appartement. L'occupant le mitraille avec son smartphone. Amusé, le livreur s'approche et prend la pose. Le photographe s'exécute. Sur son écran, les yeux noirs de l'intrus surnagent au-dessus de son écharpe remontée sur son nez. Il porte toujours son casque de vélo.

Abel enjambe le corps flasque d'Hugo Flacole et sort de l'appartement.

Il veut crever le plus de portes possible, les ouvrir aux quatre vents, compléter la carte figée dans son cortex et aller partout, littéralement partout, dans cette ville qu'ils connaissent mieux que tout le monde, qu'ils sillonnent, tous les soirs, pour rien. À eux maintenant ! À eux de tout ouvrir ! De tout occuper !

Dans le couloir du dix-huitième étage, une porte s'est ouverte. Une personne, plantée devant, l'interpelle, menace d'appeler la police. Abel continue.

Il dégringole les escaliers de service et arrive au quinzième. Il répète la précédente opération, sans entrer dans les habitations. Abel se contente de défoncer les portes.

La douleur s'empare de ses bras. Il cogne si fort contre le bois dense que l'acide lactique inonde ses muscles. Qu'importe. Qu'il ait mal, qu'il transpire à grosses gouttes, qu'il ne réfléchisse plus.

Ce n'est qu'au dixième étage que l'évidence le frappe.

Il sort une bombe de peinture de sa poche arrière et la

secoue. Le cylindre grelotte et quand Abel se décide enfin à taguer le mur adjacent à l'ascenseur devant les yeux éberlués d'une jeune femme statique sur le seuil de son appartement, les pièces de puzzle s'assemblent enfin.

En lettres noires sur la paroi blanche claquent treize lettres qui sonnent comme le tocsin.

TOUS COMPLICES

Il est 2 h 27.

*

Igor est groggy.

Après sa saillie, il est resté en plateau encore une dizaine de minutes avant de réclamer une pause à Paul Parsène. Autour de la table, les mêmes chroniqueurs. La fille de l'Appli – l'ambassadrice, comme elle se fait appeler – est restée également. Celle qui la manipule, derrière la caméra, aussi.

L'*anchorman* lui a proposé de s'allonger quelques instants dans son bureau. Il a un canapé en cuir – « superbe » – où lui-même fait quelques siestes. Il y sera très bien. Igor s'est isolé en promettant de revenir vite. Il laisse les débats courir sans lui.

Son crâne est sur le point d'exploser. Ses tempes battent violemment. La migraine est montée passé minuit, naissant dans la base de sa nuque avant de grimper le long de ses cervicales pour se nicher derrière son œil gauche, là où elle aime lui ronger la raison. Elle est tellement violente, ce soir, qu'Igor ne parvient pas à fermer l'œil.

Il ignore ce qui lui a pris. La position de Lemoine a réveillé en lui une rage dont il ne soupçonnait pas l'envergure. Devant le discours sans surprise du député, il a repensé à son grand frère, à ces moments délicieux, à cette enfance dorée, sur ses épaules, à sa désillusion, à la cruauté de la confrontation avec le réel, à son impuissance une fois les batailles perdues, parce que les armes n'étaient pas assez tranchantes.

Tout a reflué, explosé, devant Lemoine qui, ce soir, a pris pour tout le monde.

Son petit précis de radicalité ne manquait pas de spontanéité, mais peut-être aurait-il pu nuancer son propos. L'émeute, comme ça, pour rien, se retourne souvent contre les émeutiers. Il ne regrette rien, attention. Tout ce qu'il a dit, Igor le pense. Il est sincère. Mais il s'est laissé emporter. Il a posé un genou à terre.

C'est que l'intensité physique qu'exige une présence continue sur un plateau télé tel que celui de Paul Parsène est extrême. Lui qui se pensait passé maître dans l'exercice a découvert ses limites. Non seulement physiques, mais aussi intellectuelles. En hurlant sur le député, il a perdu son sang-froid. Il a joué le jeu de Parsène. Alimenté son buzz acariâtre. Il est passé au-delà de la mission qu'il s'était donnée, celle d'informer sans se trahir, d'ouvrir son combat à tous. D'offrir au monde l'héritage de son frère, dont, il en est persuadé, on ne gardera que son énervement.

Une heure qu'il est allongé là. Il est temps de rentrer chez soi.

Jean entre dans le bureau. Avec la délicatesse d'un père venu vérifier l'état d'endormissement de son fils, il s'assied au bord du canapé, où Igor se redresse.

Le rédacteur en chef tend un smartphone à l'avocat.

– Il faut que tu voies ça…

Il est 2 h 45.

*

Abel a publié une photo de son tag sur la conversation Signal et tous l'ont imité.

Les deux mots s'étalent dans toute la ville. Des appartements aux couloirs, des immeubles aux bâtiments publics, des magasins aux écoles, la trouvaille de l'avocat-militant résonne en tout lieu.

Les premières sirènes de police hululent au loin.

Sur son Rockrider, Abel se dirige vers la place de Clichy.

Il faudra penser à se ravitailler. Alcool, bouteilles, flamme. Peut-être des clubs de golf. Quelque chose qui frappe fort.

Et après ?

La question est posée. Dans la conversation, certains expliquent avoir échappé aux flics. Sur un flux en direct, Abel assiste à la fuite d'un livreur qui se faufile dans la ville comme un aigle dans les montagnes.

Il y en a qui souhaitent voir l'araignée de béton tomber. D'autres veulent aller chercher les derniers hommes et femmes de ménage dans les immeubles de la ceinture et les rallier à eux. Finalement, l'intérieur de la première ceinture, le cœur de la ville, récolte la majorité des suffrages. Le cœur de la ville. Ils ont accès à au moins une cinquantaine d'immeubles, là-bas.

Le monde est à eux, définitivement. Ils font ce qu'ils veulent.

Abel reçoit une nouvelle notification Signal.

Le message est personnel, en dehors du fil commun.

Le numéro de l'émetteur est inconnu.

Salut.
J'ai eu ton numéro par un contact.

C'est qui ?

Une sympathisante, disons.

Qu'est-ce qui me prouve que t'es pas la police ?

Rien.
😀

Un temps.

Si vous voulez, je peux vous donner accès
à quelque chose de gros.

Quoi ?

L'Antenne.

Il est 3 heures du matin.

HIVER

Il est 10 heures.

Parsène a tenu tête à sa direction : le direct n'est toujours pas terminé. Face aux événements, il est seul aux commandes. Il préside à toutes les décisions, règne sur le conducteur et impose ses choix lorsqu'il s'agit d'arbitrer qui, parmi le personnel présent au bureau, partira au feu. Face à une actu brûlante, Parsène domine la ligne éditoriale et façonne l'opinion. Il est tout-puissant. Il a placé son émission au cœur de l'actualité, rythmant les heures avec ses scoops, ses intervenants et ses prises de parole. Les autres chaînes reprennent en boucle les images qu'il produit, les phrases de ses intervenants. Il reçoit tout le monde : préfet, sous-préfet, policiers, syndicalistes, ministres, opposants. Ça défile. C'est chez lui qu'on vient prendre le pouls du mouvement. Il domine la TT. Les audiences de la veille, parues à 9 h 03, sont excellentes. Il s'attend à en recevoir de plus belles encore demain matin.

Paul Parsène est au cœur de la machine. Il ne sent pas la fatigue qui terrasse ses chroniqueurs.

Igor est revenu à son poste à 5 heures ce matin, à peine reposé et toujours migraineux. À côté des invités qui passent, toujours les mêmes débatteurs en face de lui. Toujours les mêmes discours. Seulement, l'avocat est coincé. Le député, la cheffe d'entreprise, l'expert, l'ambassadrice le rouent de coups. Ils ne lui laissent plus aucune chance, maintenant qu'ils ont repris le dessus.

Il ignore d'où leur vient cette endurance. Sous les couches de maquillage, les yeux se ferment et les bâillements s'intensifient, mais une fois la lumière rouge pointée sur eux, ils revivent et tiennent bon. Des pros.

Igor n'avait pas encore pris le temps de regarder l'intégralité des vidéos postées par les livreurs. Il a volé quelques moments pendant les décrochages et les duplex, visionnant sur la tablette de Jean les tweets originaux des « envahisseurs ». C'est au bout de la vingtième qu'il a reconnu l'un de ses clients. Au total, il en a identifié une demi-douzaine passés par son cabinet, venus y partager avec lui leurs expériences de livreurs précarisés, de locataires de comptes, de galériens à petit boulot, tous désillusionnés par les promesses faites et les perspectives trompeuses. À chaque rencontre, ils lui apparaissaient comme fébriles et peu assurés, inquiets de devoir rendre des comptes à la plateforme une fois leur identité connue de tous, le jour d'un éventuel rendu de décision. Aujourd'hui, ils ont une autre attitude, un discours commun, un aplomb nouveau : ils s'installent face caméra et débitent leur phrase-choc avant de remonter leur écharpe sur le nez et de partir incendier la cité. Ligués.

Ses clients.

Qui fracassent des portes, détruisent des appartements et taguent « Tous Complices » à travers la ville.

Des dossiers béton, des argumentaires au cordeau, une analyse faite. Tout était prêt. Il allait les défendre.

Trop tard. Il est battu.

C'est Ella qui a compris l'origine du trouble d'Igor, elle qui a dégainé la première, l'accusant non plus de complicité, mais de connivence. Coincé, l'avocat a dû se justifier. Céder du terrain.

C'est fini.

Ça n'allait tout simplement pas assez vite pour ces jeunes révoltés. Ils l'ont pris de court. Eux aussi. Ils se sont jetés dans la dernière forme de contestation possible. En dehors des structures et des modèles, des partis et des syndicats, mais aussi des avocats et des juges. Du *système*. Il leur restait quoi ? La rue. Leur monde. Celui qu'ils explorent, juchés sur leur vélo et qu'ils se sont réapproprié. Pour l'ouvrir, enfin. Ils ont brisé les dernières portes de la ville. Tout le monde a accès à tout.

Maintenant, tout brûle. Ils ne laisseront que des cendres. Des miettes. Ils mettent la ville à plat. À leur niveau.

Un appartement au cœur du quartier Saint-Émilion a lancé la flambée. Les habitants ont été évacués. Aucune victime. Les images de l'incendie tournent en boucle sur l'Antenne.

Les livreurs se sont répandus dans les vingt arrondissements et saccagent tout. Les journalistes reporters d'images documentent les stigmates de leurs actions.

Ils pensent avoir gagné.

Mais ils ont perdu.

Igor est désemparé devant les vidéos mises en ligne par les livreurs – sur le plateau, on dit déjà « casseurs ». Un sentiment d'immense gâchis lui vrille les tripes ; la migraine n'est plus la seule à lui pourrir la vie. Pourquoi se sont-ils rués, comme cela, d'un coup, vers la violence ? L'avocat a longtemps tenté de relier les points. L'évidence l'a frappé avec d'autant plus de brutalité que tout était en place depuis le début.

C'est l'Appli. Tout le ramène à l'Appli. Elle ne leur a pas

laissé le choix. C'est elle qui les a jetés dans l'émeute. En les poussant à bout, elle les a fait exploser, en trois salves :

D'abord, elle les a isolés. Elle leur a fait miroiter un individualisme triomphant, une liberté factice, loin des institutions classiques.

Puis, une fois qu'ils étaient seuls, elle les a pressés. En changeant les conditions de rémunération, en revenant sur les contrats topés, en décidant seule qui avait encore le droit de travailler, en fermant les yeux sur le phénomène des locations de comptes.

Enfin, quand les livreurs se sont retrouvés à bout et que les plus radicaux ont voulu réagir, ils n'avaient d'autre choix que de le faire vite, parce que la vitesse, celle de l'Appli, celle qui les pousse à pédaler toujours plus fort, toujours plus longtemps, était entrée dans leur ADN. La seule cible disponible, en l'absence de patron avec qui négocier ou, même, à séquestrer, en l'absence de bureau à mettre à sac, d'usine à bloquer, de restaurants à envahir parce que leur rideau de fer est baissé, c'était les clients.

Une tactique remarquable.

La seule contestation possible se trouve être celle que l'Appli *seule* veut : sans cadre, extrême, violente. Choquante. Ces mêmes mots qu'utilisent les débatteurs dans le studio pour la qualifier. Leur révolte est insupportable pour des types comme eux. Indéfendable pour des types comme Igor. Répréhensible pour tous.

Malgré les apparences, c'est l'Appli qui a gagné.

Les livreurs n'ont été que les pantins de sa stratégie ultime. Tout contrôler. Jusqu'à la révolte, en la rendant impossible, intolérable aux yeux du monde. Les flics sont déjà là. Tout va rentrer dans l'ordre.

Peut-être.

En attendant, ils détruisent.

Comme ils ont détruit son Camion, son Éden. Tout est vide maintenant. Lena a suivi les événements de la nuit sur son téléphone, le laissant se décharger au fur et à mesure que le son de ses notifications résonnait dans son antre. Elle s'est barricadée tout au fond du grand parallélépipède, définitivement seule, comme elle s'était retranchée dans son appartement, il y a quelques années, seulement éclairée par la lumière bleue de l'écran de son smartphone. Elle est finie. Dissoute.

Où vont-ils, maintenant que les flics les coursent ? Lena se le demande alors que son Nokia rend l'âme et la plonge dans le noir.

Abel est suivi par cinq camarades. Leurs pieds-de-biche font des merveilles. Ils défoncent tout ce qui se trouve sur leur passage. L'enthousiasme des premières actions a laissé place à une pulsion de destruction incontrôlable. Ce fut d'abord les parcmètres, puis les voitures, les vitrines des supérettes et les monuments. Là, les choses ont changé. Au premier symbole de la royauté jeté par terre, les policiers se sont mobilisés.

Ils sont habiles. En moto, les voltigeurs n'hésitent pas à jouer du lanceur de balles de défense pour déséquilibrer les cyclistes. Ils tirent à vue. Les discours des autorités sont clairs : tout doit être fait pour stopper l'hémorragie. Alors, les arrestations sont musclées, même devant les caméras de l'Antenne. En direct, on voit des corps brisés chuter lourdement sur le tarmac, sur fond de ville incendiée. Un JRI a même ramassé un œil, délogé de son orbite après une rafale de balles en caoutchouc propulsées à une vitesse folle.

La course-poursuite est en leur défaveur, Abel le sait. L'émeute ne va pas tarder à amorcer sa décrue, malgré les nouvelles recrues, sorties des immeubles en verre des Maréchaux ou arrivées dans des vans blancs gorgés de colis. Eux ont leurs propres cibles, galvanisés par ce sentiment qui habite les cyclistes depuis cette nuit : ils ne sont plus seuls.

Ils vont perdre, certes. Mais Abel refuse de baisser les armes avant de frapper un dernier grand coup. Le monde les regarde. S'ils doivent mourir, qu'ils le fassent en laissant une trace indélébile dans l'esprit de tous.

Il a rendez-vous avec son mystérieux contact dans une ruelle du 19e arrondissement.

Les artères sont désertes. Abel et ses acolytes, une fois débarrassés de leurs poursuivants, arrivent sans encombre au point de rendez-vous. Une jeune femme, élégante dans un long trench beige, les attend. Abel descend de vélo.

– Yass ?

– Oui.

– Tu as ce que tu nous as promis ?

– Oui.

Yass tend son badge d'accès à l'immeuble de l'Antenne à Abel.

– Il vous servira à ouvrir les portes d'entrée du bâtiment. Pour le reste, ça, dit-elle en désignant leurs armes de fortune, fera sûrement l'affaire.

Abel la remercie. La jeune femme disparaît.

Sur le plateau du studio, Igor est à terre. Le discours de l'Appli est recraché sans nuance par ses adversaires. Jean l'observe, aux côtés d'Emma. Jane, elle, est sur un nuage. Elle est inattaquable. L'Appli est frappée au cœur et elle endosse le rôle de la vierge effarouchée. Son compte Appli est désactivé, mais les autres sont toujours actifs. Même en plein cœur de l'émeute, les gens continuent de commander, des livreurs continuent de livrer.

L'avocat est au fond. Seul rayon de soleil, sa migraine a disparu. D'un coup. Une fois les armes baissées, la douleur s'est volatilisée, comme par enchantement.

Maintenant qu'il sait qu'il est battu, Igor a relâché la pression. Il écoute. Il regarde. Le confort n'est pas désagréable. Adossé au dossier de sa chaise haute, l'avocat se détend. Ils ont gagné. Ils jouissent de leur victoire.

D'après les premières informations de Paul, la police est en train de reprendre le contrôle de la situation. Paul Parsène. L'ennemi intime d'Igor. L'homme avec qui il a bien voulu composer pour faire vivre son discours et celui de ses clients. Un discours aujourd'hui tourné en ridicule, inaudible, caricaturé.

La vitesse domine tout quand Igor est trop articulé, trop verbeux.

Sa phrase magique, le « tous complices », voilà ce qu'ils attendaient de sa part. Une *punchline*. Et l'avocat s'est transformé.

Il est le trublion. Le con venu dîner. Leur idiot utile. Celui qu'on attaque, qu'on vilipende pour faire rire la masse.

Il endosse un rôle, désormais.

Il a fusionné avec l'émission.

Le pire, c'est que cela ne lui déplaît pas.

Il ne pense plus à Yass, jadis remède, puis maladie. La jeune journaliste a disparu de son esprit en même temps que son mal de crâne.

Elle est tout simplement rentrée chez elle. Dans son studio de vingt-huit mètres carrés. Elle se dit que son intérieur n'est pas loin de ressembler à celui d'Estelle, la première victime des envahisseurs. En plus petit. Sans âme. Sans fric. Elle va devoir retrouver du travail. Réécrire son CV, relancer de vieux contacts ; Yass est au chômage, à l'heure où la ville flambe. Son rêve de normalité est mort ce soir. Mais avec panache. Elle a envoyé une baffe sublime au petit kapo qui lui pourrissait la vie depuis un certain temps et s'apprête à regarder en direct les conséquences de son action. Quant à Igor, elle n'a pas eu de nouvelles. Le silence prouve qu'il l'a lâchée, lui aussi.

Elle se demande pourquoi elle ne rejoint pas les livreurs, les laveurs, les coursiers, les indus, les invisibles, les anonymes. Pourquoi elle ne prend pas une écharpe, ne la remonte pas sur l'arête de son nez et ne mixe pas l'alcool, l'éther, l'oxygène et le feu dans une bouteille en verre.

Sans doute a-t-elle peur. Yass n'est pas une femme d'action. Elle préfère regarder. Elle sait filmer, parler, provoquer. Et pourtant, ce matin, pour la première fois, elle a pris part. Elle est dans l'instant, plus dans l'après. Elle est actrice.

Yass s'installe sur son clic-clac face à sa Sony de dix-huit pouces, monte le son, et attend.

Sur l'Antenne, Paul rassure, tout rentre dans l'ordre, répète-t-il, confirmé dans ses propos par les images lui venant du front. On arrête en masse, on éteint les feux. Pourtant, dehors, elle sait ce qu'il se trame. Et le calme n'est pas si apparent.

Abel a mis la main sur un LBD. Un flic est tombé à moto, non loin de lui.

Il avait réussi à se faire filer par une moto jusqu'aux confins de Rosa-Parks. Là, Abel a piégé le pilote et son passager dans un parking. Alors qu'il faisait leur ronde au second sous-sol, il a surgi de derrière un pilier, pied-de-biche à la main, et a fait déraper la Yamaha FJR 1300. Le lanceur du conducteur, groggy après l'accident, a quitté son épaule et glissé sous un véhicule. Quand le passager s'est relevé, il a dégainé le sien. Caché derrière une berline noire, arme à la main, Abel a shooté deux balles au niveau des genoux du type. Sa rotule droite a lâché. Le livreur s'est approché de lui et a récupéré son LBD chargé à bloc. Il a hésité. Mais il ne lui a pas tiré sur le visage.

Le groupe de cinq cyclistes qu'il mène – les Loursac, deux escargots et un ancien livreur de colis – quitte Rosa-Parks et file vers le QG de l'Antenne *via* la rue d'Aubervilliers, qui court le long des rails partant de la gare de l'Est. Sur leur passage, les SDF qu'il avait l'habitude d'éviter leur lancent des hourras et des bravos.

Sur place, Jean s'étire. Cela va faire une trentaine d'heures qu'il est debout. L'adrénaline le tient dans un état de tension élevé. Il est autant en alerte que lorsqu'il a embauché, la veille, à 6 heures du matin. Maintenant, Igor est à eux. Il a cédé. Paul a demandé au juridique de lui préparer un contrat de consultant régulier. L'avocat entre dans la danse. Avec eux tous. Ils ont gagné la guerre.

Jean a un retour quasi instantané de ce qu'il se passe en ville. Les policiers en plateau sont optimistes. Ses JRI assurent pourtant à leur réd' chef que le chaos règne toujours. Les destructions ont cessé, mais les livreurs se sont retournés contre les flics, qui ont bien du mal à leur mettre la main dessus. Les coursiers-partenaires semblent connaître les recoins de chaque arrondissement. Ce sont les autres qui ont été stoppés. Les livreurs de colis et les femmes de ménage. Gentiment parqués dans les commissariats. Ils ne présentent plus de risque imminent. Eux et vingt-deux livreurs sont menottés dans des pièces sans fenêtre.

Tant d'autres à trouver. Comme des poulets sans tête, les voitures de police sillonnent la ville sans but.

L'immeuble de l'Antenne reflète les nuages gris qui s'amoncellent au-dessus de Paris. Autour, les bars et les magasins ont gardé portes closes. D'habitude vivants et maintenus en vie par des employés désireux de tripler leur salaire normal, ils n'ont que leurs vitrines brisées à offrir à des passants inexistants. Certains portent le message. Tous complices.

Ils sont là.

Jean les aperçoit depuis son bureau. Il voit de loin les voitures de police, d'habitude postées devant le bâtiment mais aujourd'hui mobilisées ailleurs. Les émeutiers ont la voie libre. Et ils s'approchent.

Il alerte Paul. Il faut évacuer. L'immeuble n'est pas prêt à essuyer une telle offensive. Les chroniqueurs commencent à paniquer. Mais Paul ne veut rien entendre. Il refuse de rendre l'antenne. Pas maintenant. Il est en feu, lui aussi. Il ne partira pas. Personne ne partira. Il est en train de vivre un moment unique. Le couronnement de sa vie de présentateur. Hors de question de laisser une bande de voyous lui voler son moment.

Jane panique. Emma tente de commander un VTC, mais aucune voiture n'est disponible. Igor se prépare à faire face à ses clients. Que leur dira-t-il, une fois face à eux, sans réponse, eux qui auront toutes les questions du monde ? Igor soupire. Pense à son frère. Il espère qu'il ne lui en voudra pas. Igor aussi a perdu. Ce n'était pas une question de méthode. Mais une question d'ennemi. Le même, le tout-puissant, l'omniscient, qui a tout simplement muté.

Le personnel de sécurité amassé dans le hall regarde le livreur, le premier à s'être manifesté sur les réseaux, s'approcher des portes coulissantes qui donnent accès à l'immeuble.

Depuis son bureau où Paul le retient prisonnier, Jean assiste au spectacle.

Un rectangle blanc brille dans la main de l'émeutier.

Putain.

Le pass de Yass.

Ils l'ont. C'est certain.

Cette petite pute lâche ses dernières forces dans la bataille.

Elle va gagner la guerre.

Le rédacteur en chef appelle le PC sécurité.

Personne ne répond.

Ils sont tous subjugués par Abel, droit devant l'entrée. Il scanne la carte magnétique de la jeune journaliste.

Les portes s'ouvrent.

Armé de son LBD, Abel fonce vers les ascenseurs. Personne ne lui bloque le passage.

Il appuie sur le numéro 7. Une douzaine de livreurs le suivent. Les autres prennent les escaliers de service.

Au septième étage, les portes s'ouvrent sur Jean. Un tir de lanceur en pleine poitrine le neutralise. Abel avance, déterminé, vers le fond de l'open space. C'est là, lui a dit la fille, que se terre Parsène, celui qui donne le tempo. Celui qui les peint comme de vulgaires voyous.

Il va comprendre.

Abel lâche ses dernières cartouches sur les ordinateurs. Les écrans volent, au milieu des pigistes qui tentent de s'enfuir.

Paul tient le direct.

Il ne lâchera pas.

Abel arrive. Le bon garçon arrive. Il aura la lumière, enfin.

Celle qu'ils veulent tous. Les lumières de la réussite. Dans quelques secondes, peut-être que sa mère le verra prendre son destin en main et, pourquoi pas, faire quelque chose dont elle sera fière. Il ignore si elle le regarde, il ignore si elle est inquiète, contente, effrayée. Il sait qu'il a dévié de la trajectoire qu'elle voulait pour lui. Qu'il n'a pas rempli sa part du contrat, qu'il n'a pas suivi les règles, n'a pas tout fait comme il faut, mais qu'il est à la bonne place, ce matin, et qu'il est heureux là où il est. Il a retrouvé un sens en s'arrimant à un collectif. Et dans l'émeute, il a trouvé le groupe, le possible. L'extraction de l'inéluctable. Il ne sait pas où tout cela finira. Mais il éprouve quelque chose qu'il n'avait plus ressenti depuis de nombreuses années.

De la joie.

Lorsque Abel fond sur Parsène, en direct, sous les yeux de la France entière, la régie récupère le contrôle de l'antenne.

Le signal se coupe.

Remerciements

Ma reconnaissance revient avant tout à ceux qui ont bien voulu partager avec moi leur expérience de « coursiers-partenaires ». J'espère ne pas avoir trop trahi leurs récits et qu'ils pardonneront les entorses faites à la réalité.

Un grand merci à Aurélien Masson, qui m'a soutenu pendant la rédaction de ce texte. Ses idées et ses suggestions furent à chaque fois pertinentes. Je suis très heureux d'entrer dans cette belle collection qu'est EquinoX. Merci également aux équipes de correcteurs – j'espère ne pas leur avoir donné trop de fil à retordre.

Merci à Michel, qui a supporté des versions non abouties et des logorrhées interminables, parfois bien avant que je n'entame l'écriture.

Merci à Anne-Charlotte, là de la première à la dernière ligne, et j'espère pour les suivantes.

Du même auteur

Génération Propaganda. L'histoire oubliée de ceux qui ont conquis Hollywood,
Playlist Society, 2017

Dans la même collection

EQUINOX

Racket, Dominique Manotti, mars 2018
Un feu dans la plaine, Thomas Sands, mars 2018
Ceci est mon corps, Patrick Michael Finn, avril 2018
Mamie Luger, Benoît Philippon, mai 2018
Requiem pour Miranda, Sylvain Kermici, septembre 2018
Présumée disparue, Susie Steiner, octobre 2018
L'éternité n'est pas pour nous, Patrick Delperdange, octobre 2018
Les Féroces, Jedidiah Ayres, novembre 2018
L'Étoile du Nord, D.B. John, janvier 2019
Mauvais œil, Marie Van Moere, janvier 2019
La Vague, Ingrid Astier, février 2019
Paradigma, Pia Petersen, février 2019
Cherry, Nico Walker, avril 2019
Ma douleur est sauvagerie, Pierric Guittaut, avril 2019
Le Triomphant, Clément Millian, mai 2019
Glory Hole, Frédéric Jaccaud, mai 2019
L'Icône, Thierry Marignac, septembre 2019
Personne inconnue, Susie Steiner, septembre 2019
La Meute, Thomas Bronnec, octobre 2019
Le Second Disciple, Kenan Görgün, novembre 2019
City of Windows, Robert Pobi, janvier 2020
C'est pour ton bien, Patrick Delperdange, février 2020
Donbass, Benoît Vitkine, février 2020
Joueuse, Benoît Philippon, mars 2020
Marseille 73, Dominique Manotti, juin 2020
The Cry, Helen FitzGerald, juin 2020
L'Un des tiens, Thomas Sands, septembre 2020
Tu me manqueras demain, Heine Bakkeid, octobre 2020
Lëd, Caryl Férey, janvier 2021

L'exemplaire que vous tenez entre les mains
a été rendu possible grâce au travail de toute une équipe.

Édition : Aurélien Masson
Couverture et conception graphique : Mélina Bourgoin et Éric Pillault
Illustration : Yann Legendre
Logo de la collection : Killofer
Correction : Fabrice Émont, Isabelle Paccalet et Blandine Raguenet
Mise en page : Soft Office
Photogravure : Point 11
Fabrication : Maude Sapin avec Lucie Le Bon
Commercial : Pierre Bottura
Relations libraires : Damien Nassar
Presse et communication : Hind Boutaljante avec Axelle Vergeade
Les Arènes du savoir : Pierre Bottura avec Marc Blactot, Fanny Boidron,
Adèle Hybre et Guillaume Lollier

Rue Jacob Diffusion : Élise Lacaze (direction), Katia Berry (grand Sud-Est), François-Marie Bironneau (Nord et Est), Charlotte Jeunesse (Paris et région parisienne), Christelle Guilleminot (grand Sud-Ouest), Laure Sagot (grand Ouest), Diane Maretheu (coordination), Charlotte Knibiehly (ventes directes) et Camille Saunier (librairies spécialisées)

Distribution : Interforum

Droits France et juridique : Geoffroy Fauchier-Magnan
Droits étrangers : Sophie Langlais
Accueil et librairie : Laurence Zarra
Animation : Sophie Quetteville
Envois aux journalistes et libraires : Vidal Ruiz Martinez
Comptabilité et droits d'auteur : Christelle Lemonnier,
Camille Breynaert et Christine Blaise
Services généraux : Isadora Monteiro Dos Reis

Les Arènes,
17-19, rue Visconti, 75006 Paris
Tél. 01 42 17 47 80
arenes@arenes.fr
www.arenes.fr

Achevé d'imprimer sur les presses de l'imprimerie Normandie Roto Impression s.a.s.
à Lonrai (Orne) en janvier 2021.
ISSN : 2609-7966
ISBN : 979-10-375-0123-3
N° d'impression : 2004901
Dépôt légal : février 2021